帝剣のパラベラム
セラフィムロスト：帝の章
川口士
Illustration
kakao
世界設定＝志瑞祐
「全部食べよう。『すべての獣が我が血肉』。これもガリアーノの言葉だ」
セイラン
JN178360

「アルさまがご無事なら何も問題ありません。我らが聖フィリアに代わって神罰を執行します」
シルファ

アルヴェール
「悪いな。見ての通り
不意打ちは失敗だ」

「聖女の体液には、不思議な力があるそうね。純潔は奪わないわ」
少女が疲れきって抵抗をやめても、
エルフは彼女から体液を絞りだそうとするように弄んだ。

ダッシュエックス文庫

# 帝剣のパラベラム

川口士

世界設定：志瑞祐

……星々の彼方より神々の敵、来襲せん。
神々、自らを模した戦士をそろえ、星の海で敵を迎え撃たんとす。
永劫とも思われる死闘の果てに敵は滅ぶも、神々もまた倒れたり。
生き残りし戦士たち、地上に落ちて眠りにつく。
戦士たちはセラフィムと呼ばれたり。ミスリルの骨と鋼の身体を持つものなり。
神々に地上を託されし人間に仕え、敵を打ち倒すことを天命とする鋼の使徒なり。

セラフィムを従えし者よ。
天を翔け、魔を祓うべし。

「聖フィリア教の教典第二章より」

# 序章

春の夜風にまじって、いくつもの獣じみた唸り声が聞こえる。

暗がりに包まれた丘の上で、異形の集団が落ち着きなく蠢いていた。その数は五十余り。ひとではなく、獣でもない。

魔物と、彼らは呼ばれている。堕ちた女神の胎内より生まれし禍々しき災厄であると。

少なくとも、人間にとって魔物が恐ろしい存在であることはたしかだった。彼らは徒党を組んでは村や町を襲い、あるいは山や森の奥に潜んでは入ってきた人間を襲って、その肉を喰らうからだ。知能の高い魔物は金品も奪った。彼らは、人間を獲物と見做している。

いま、魔物たちは両眼を獰猛な光で輝かせて、丘のふもとを見下ろしていた。そこには小さな村がある。夜更けとあって灯りはわずかしかない。住人たちは寝静まっているだろう。

襲うには絶好の機会だった。

大きな岩の上に、一体の魔物が立つ。ぼろきれ同然の黒いローブをまとったトロルだ。

トロルの体格は人間に似ているが、背は低く、顔は大きく、腕は細長い。顔と手、足以外は針のような剛毛に覆われ、肌は濁った赤土を塗りたくったような褐色だ。鼻は醜くふくれあがり、その下にある口は耳まで裂けて涎まみれの牙が覗いていた。

先端に人間の頭蓋骨を飾った杖を振りまわして、黒いローブのトロルが何ごとかを叫ぶ。この魔物が首領らしい。他の魔物たちは服従を示すように、低い唸り声で応じた。

彼らの背後にわだかまる暗がりの奥から、地面を擦るような足音が聞こえたのは、そのときだ。首領のトロルをはじめ、何体かの魔物が怪訝（けげん）そうに振り返る。

そこには、ひとりの人間が立っていた。まだ二十歳にはなっていないだろう美しい娘で、金の縁取りがなされた白い法衣をまとい、同じ色の帽子をかぶり、自分の背丈ほどもある凝った装飾の杖を握りしめて、自身を支えている。法衣と帽子は、聖フィリア教の神官の証だ。帽子の下には、腰まで伸ばした金色の髪と、可憐（かれん）な容貌（ようぼう）があった。

「あ……」

いまごろになって魔物の群れに気づいたのか、女神官が息を呑んで立ちすくむ。その顔が恐怖に青ざめた。対照的に、何体かの魔物は嗜虐的（しぎゃくてき）な笑みを浮かべる。

おそらく旅人が道に迷い、暗がりの中を歩き続けて、運悪くここへ出てしまったのだろう。そう考えたのは黒いローブのトロルのみで、魔物の大半はうまそうな獲物が飛びこんできたとしか思わなかった。

猪のような頭部と大柄な体躯（たいく）を持つオークや、人間の大人ほどもある蛙（かえる）の姿をした魔物が、女神官に近づいていく。女神官は杖を抱きしめ、うつむいて身体を縮こまらせた。

彼女の正面に立ったオークが、無造作に手を伸ばす。

次の瞬間、魔物と娘の間に銀色の輝きが走った。

生首がひとつ、地面に転がり落ちる。わずかな空白のあと、首を失ったオークの身体が仰向けに倒れた。魔物特有の黒い血が、音もなく地面に広がっていく。

「——何と汚らわしい。吐き気を催すとは、まさにこのことですね」

吐き捨てるような侮蔑の声は、女神官の口から放たれたものだった。その手にある杖は、いつのまにか先端から湾曲した大きな刃を伸ばして、大鎌へと形を変えている。刃には黒い血がわずかに付着していた。

魔物たちが動きを止める。黒いローブのトロルは、驚愕の面持ちで女神官を見つめた。

「神聖裁判をはじめます」

大鎌を肩に担いで、彼女は冷ややかな眼差しを魔物たちに向ける。その表情は冷酷な死刑執行人を思わせた。さきほどまでの弱々しい雰囲気は微塵もない。

「もとより堕ちた女神から生まれたとされるあなたがたに、許しなど与えられるはずもありませんが……。二日前、村を二つ襲ったでしょう。家々を打ち壊し、焼き払い、金品を奪い、多くの人間を殺害した。その足跡を追って、私たちはここへ来たのです」

人間の言葉がわかる魔物など、この中には黒いローブのトロルしかいない。そのトロルでさえ、女神官の言っていることは断片的にしか理解できなかった。わかっているのは、この人間が非力な獲物などではなく、自分たちを滅ぼしうる力を持つ敵ということだ。

「どれひとつとっても、人間であれば棒叩き百回をまぬがれない大罪です。まして魔物の仕業とあれば、情状酌量の余地はなし――」

彼女がそこまで言ったとき、問答無用とばかりに一体の魔物が動いた。犬のような頭部を持ち、小柄で敏捷なコボルドだ。持っていた手斧を勢いよく投げつける。

唸りをあげて迫る手斧を、しかし娘はひるむ様子もなく、大鎌で叩き落とした。

それをきっかけとして、魔物たちが猛然と女神官に襲いかかる。翠玉を思わせる瞳に静かな殺意を湛えて、彼女は魔物たちを睥睨した。

「よろしい。以降の手続きを省略し、我らが聖フィリアに代わって神罰を執行します」

女神官が大鎌を横薙ぎに振るう。黒い血飛沫が舞った。彼女に掴みかからんとしていた魔物たちがのけぞり、あるいは地面に倒れる。さらに大鎌を縦横に振りまわして他の魔物たちを牽制すると、女神官は包囲されるのを避けるように後ろへ飛び退った。

黒いローブのトロルは岩の上から動かず、彼女と魔物たちの戦いを見つめている。想像以上に手強い相手だが、多勢に無勢だ。長くはかからないだろう。村を襲うのに支障が出るほど手下を失うとも思えない。

そんなことを考えていると、離れたところから短い悲鳴があがった。

見ると、戦いに加わっていなかった一体のコボルドが地面に倒れ伏している。その傍らには剣を手にした人間の若者が立っていた。

年齢は二十前後というところか。細身で、黒を基調として随所に金糸をあしらった服を身につけている。長い黒髪をうなじのあたりで束ねて背中に流し、日に焼けた顔には不敵な笑みが浮かんでいた。緊張と冷静さを同居させた、戦い慣れた者の表情だ。

若者が地面を蹴る。黒い血に染まった剣を振りあげて、トロルに挑みかかった。ほとんどの魔物は女神官に意識を向けており、両者の間を遮るものはない。

トロルは呪文を唱えると、頭蓋骨をあしらった杖を振りかざした。杖の先端に朱色の輝きが生まれる。若者は訝しげに眉をひそめたが、足を止めることなくトロルに肉迫した。

剣と杖が激突して、朱色の火花が飛散する。若者は目を瞠り、後ろへ下がってトロルから距離をとった。驚いたのも無理はない。枯れ枝に頭蓋骨を飾っただけの杖が、必殺の斬撃を受けとめたのだから。

若者を見下すような笑みを浮かべて、トロルは新たな呪文を唱える。その先端に再び朱色の光が生まれ、今度は拳大の火球に変化した。

トロルが放った火球を、若者は横に跳んで避ける。そして彼はトロルに背を向けたかと思うと、女神官に向かって駆けだした。魔物を次々に斬り伏せて、彼女との距離を縮める。

この光景に、誰よりも早く声をあげたのは女神官だった。

「素敵です、アルさま！　私、アルさまへの想いで身体が燃えあがりそうです！」

目をきらきらと輝かせ、頬を真っ赤に染めて、彼女は鼻息も荒く大鎌を振りまわす。そこに立っているのは、恋人にあふれんばかりの愛を伝えようと身悶えしているひとりの娘だった。死刑執行人の面影はまったくない。

「それどころじゃねえだろ！」

アルと呼ばれた若者の返答は、呆れまじりの怒声だった。

アルというのは愛称で、若者の名はアルヴェールという。騎士の称号を持ってはいるが、仕える主を定めずに各地を旅している、いわゆる流天の騎士だ。

魔物の群れに襲われた村をアルヴェールたちが訪れたのは、昨日の昼過ぎだった。生き残った村人たちから、丘のふもとの村に危険を知らせてほしいと頼まれて、アルヴェールは引き受けた。魔物の足跡をたどって今日の夕方に追いつくと、奇襲の準備をしていたのである。

女神官に怒鳴り返したあと、アルヴェールはさらに二体の魔物を葬り去って、彼女の前にたどりついた。女神官を守るように魔物たちへと向き直り、剣をかまえる。額の汗を拭って、後ろの彼女に呼びかけた。

「怪我はないか、シルファ」

「ご安心ください。私を傷つけていいのはこの地上にただひとり、アルさまだけですから。有象無象の魔物になんて、触れることさえ許しません」

「そうかい。そいつは何より」

　ほがらかな口調の女神官──シルファに、アルヴェールはそっけなく応じる。かなり気分が昂揚しているらしい彼女に少々の懸念を抱きながら、言葉を続けた。

「悪いな。見ての通り不意打ちは失敗だ」

　シルファに魔物たちの注意を惹きつけてもらい、その隙を突いて首領と思われる黒いローブのトロルを仕留めるつもりだったのだが、相手が魔術(マギ)の使い手というのは予想外だった。

「アルさまがご無事なら何も問題ありません。正面から堂々と戦い、殲滅するだけです」

　恐怖はもちろん緊張さえも感じさせないシルファの声に、アルヴェールはそっと視線を動かす。彼女の横顔をうかがい、自分の懸念が的中したことにため息をつきたくなった。

　シルファの口元に、純粋で狂的な微笑が浮かんでいる。長いつきあいで、ひとりの男として彼女を想っているアルヴェールでさえも怖さを感じるほどの。

「さあ、己の行いを悔いながら逝(い)きなさい！」

　大鎌をかまえて、シルファが高らかに叫んだ。それを挑発と受けとったわけでもないだろうが、魔物たちが咆哮(ほうこう)をあげてアルヴェールたちに襲いかかる。

　シルファが無造作に大鎌を薙ぎ払う。彼女に接近していた二体のオークが、それぞれ頭部を切断されてどうと倒れた。その死体を踏み越えて、灰色の肌をした醜い猿のような魔物たちが飛びかかってくる。ゴブリンだ。彼らは手に棍棒や石を握りしめていた。

アルヴェールが横から剣を振るって、一体のゴブリンを斬り伏せる。ほぼ同時に、シルファも大鎌を下から上へとすくいあげて別のゴブリンを両断した。風に乗って飛び散った黒い血が地面を濡らし、魔物たちが怒りの声をあげる。仲間が殺されたことにではなく、獲物であるはずの人間が抗(あらが)っていることに、彼らは激昂(げっこう)していた。

向かってくる魔物たちを、二人は片っ端から斬り捨てていく。シルファは奔放(ほんぽう)に大鎌を振りまわしてオークたちを吹き飛ばし、アルヴェールは彼女の間合いの外に立って、死角から接近を試みる魔物を打ち倒した。

不意に、シルファが鋭く叫んだ。

「アルさま、私の後ろに！」

彼女の言いたいことを正確に理解して、アルヴェールはシルファの背後に飛びこむ。シルファは黒い血にまみれた大鎌を掲げると、祈りの言葉を唱えた。

「星々の彼方より地上を見守る万象の主よ、我らが聖フィリアよ、邪法より身を守る盾を我らに賜(たまわ)らんことを！」

大気中の『力』――エーテルがシルファの正面に集まって波打ち、白い輝きが出現する。光は彼女の胴体ほどもある大きな環を形作り、その内側に複雑な模様を描いた。

直後、魔物たちの後ろからひと抱えもある火球が二人に向かって飛んできたが、それは白い環の表面に触れるや、蒸発するような音とともに霧散する。

「間一髪、間に合いましたね」

シルファが笑顔で小さく息をつく。聖フィリアを信仰する神官の中でもごく一部の者だけが行使することのできる、『聖言(プロシュ)』と呼ばれる力だ。殺到する魔物たちを相手に暴れながらも、彼女は黒いローブのトロルの動きに気づいていたのである。

「助かったぜ、シルファ」

彼女の肩越しに魔物たちの首領を睨(にら)み据えながら、アルヴェールは礼を言う。彼もトロルを警戒していたのだが、大柄な体躯のオークに視界を遮られて、わずか二呼吸分ほど目を離してしまっていた。シルファが聖言を使わなかったら、よけられたかどうか。

「お礼は言葉よりも行動で。三晩、添い寝でいかがでしょう」

「後にしろ」

ことさらに乱暴な口調で返事をして、アルヴェールは彼女の前に出た。黒いローブのトロルもまた、魔物たちを左右に退かせて前へと進みでてくる。魔物の両眼は怒りを帯びて、爛々と輝いていた。アルヴェールは口の片端を吊り上げて、トロルに笑いかける。

「火遊びの次は何を見せてくれるんだ？　堂々と一騎打ちをしようってんじゃねえだろう」

このトロルには何かがあると、アルヴェールは考えていた。魔術を操るといっても、物質の一時的な強化や、火球ていどでは、これだけの数の魔物が従うと思えない。

はたして、トロルは歪んだ笑みを見せると、勢いよく両腕を掲げて短く呪文を唱えた。

トロルを中心に、風が渦巻く。魔物の身体が急速にふくれあがり、黒いローブが引きちぎられた。他の魔物たちが慌てて離れる。アルヴェールもシルファを守りながら後ずさった。その間も、トロルの身体は見上げるほどに大きくなっていく。

薄闇の中で土煙が舞いあがり、足が半ばほど地面にめりこむ。遠雷のごとき唸り声が大気を震わせる。わずか五秒ほどの間に、トロルは四メートルを超える巨人となって、アルヴェールたちを見下ろしていた。

「なるほど、こいつか……！」

顔が強張（こわば）るのを、アルヴェールは自覚する。この巨体で蹴りとばされでもしたら、ひとたまりもないだろう。この力があるからこそ、他の魔物たちは従っているのだ。

「魔物に襲われた村では、これほど巨大な魔物がいたという話を聞きませんでしたね」

シルファの言葉に、「そうだな」とアルヴェールはうなずいた。

「つまり、これがやつの切り札ってわけだ。いいだろう、こちらも切り札を見せてやる」

アルヴェールはまっすぐ剣を掲げる。何かに合図を送るかのように。

ややあって、若者の背後の暗がりから、小柄な少女が現れた。年のころは十五、六。長い黒髪を頭の左右で結んで垂らし、あどけなさを残した顔には愛想のかけらも浮かんでいない。左目のまわりを覆っている紫色の仮面が、無機質な印象をより強めている。

少女は袖のない短衣を着て、裾の一端を足下まで伸ばした奇妙なつくりのスカートを穿（は）いていた。いずれも紅を基調として金の縁取りがほどこされており、スカートには深い切れ込みが入っている。そして、手から肘の上までを長手袋で覆い、細い脚を薄地の布で包んでいた。

「――待ちくたびれたぞ、アル」

アルヴェールの隣に立ってトロルを見上げながら、黒髪の少女は偉そうな態度で言った。

「あと百を数えるほども待たされていたら、面倒になって帰っていたところだ」

「帰るって、どこにだよ」と、呆れた顔でアルヴェールはつぶやく。また、気に入った武勲詩や偉人伝の一節を思いつきで口にしたのだろう。この少女にはそうした悪い癖があった。

「だいたい、こんなまわりくどいことをせず、はじめからわたしにすべて任せておけばよかったのに。アルはわたしを信用していないのか」

「慎重さが足りねえとは思ってるよ」

文句を言う少女に、アルヴェールは率直に返す。そこへシルファが口を挟んだ。

「セイラン、アルさまはあなたのことを大切に思っているんですよ」

「だからアルは馬鹿だというんだ」

セイランと呼ばれた少女は、容赦なく切り捨てる。結んだ黒髪が上下に揺れ動いた。

「我は剣。主の敵をことごとく断つもの。我は盾。主をあらゆる災厄から守るもの。『始祖カインの戦語り(いくさがたり)』の一節だ。わたしたちはそのために在る。わたしたちをそのように使うのが、セラフィムと契約をかわした者――天翔騎士(セラフィータ)の務めだ」

「あのなあ、前にも言っただろう。おまえを戦わせると金がかかるから――」

ため息まじりに反論しかけて、アルヴェールは途中で言葉を呑みこんだ。ひと抱えもある岩をトロルがつかんで、持ちあげたのだ。

アルヴェールはとっさに左腕でシルファを抱えて、地面を転がる。直後、魔物は大岩を持った手でセイランを勢いよく殴りつけた。

耳をつんざくような轟音(ごうおん)が夜空に響きわたる。大小無数の石片が周囲に飛び散り、濁った白煙が丘の一隅に立ちこめた。

間を置いて、獣じみた呻(うめ)き声が虚空に漏れる。

顔をあげたアルヴェールが見たのは、右手をおさえ、痛みに耐えるように巨躯をよじっているトロルの姿だった。魔物の右手の指の何本かは、不自然に折れ曲がっている。

白煙が晴れた。その中心には、セイランが立っている。身体を大きく傾け、右脚をまっすぐはねあげた姿勢で。右足の靴は一片も残っておらず、右脚を包む薄地の布も引きちぎられていたが、彼女の足そのものには傷ひとつなく、淡い虹色の輝きをまとっている。

遠巻きに戦いを見守っていた魔物たちがざわめいた。巨岩を砕き、トロルの指までへし折るほどの蹴りを放った少女が何ものなのかを、彼らはようやく理解したのだ。

セラフィム。はるか神話の時代に、神々によってつくりだされた鋼の戦士。

その姿は千差万別にしてさまざまな異能を持ち、人間に仕え、魔物を滅ぼすという。

　セイランは、相手に立ち直る余裕を与えない。地面を蹴って跳躍し、トロルの手に飛び乗ると、そこを踏み台にしてさらに飛翔した。トロルの顔の高さまで一気に舞いあがる。

　少女の両眼が金色の光を放ち、右足を包む虹色の輝きがまばゆさを増す。黒髪をなびかせながら一回転して、セイランは勢いをつけた蹴撃をトロルの顔面に叩きこんだ。

　魔物の絶叫は、稲妻の轟きに似ていた。鼻を潰されて、黒い血をまき散らしながらトロルがよろめく。地響きとともに倒れた。土煙が派手に舞いあがる。

　セイランが危なげなく着地したのを確認すると、アルヴェールとシルファは立ちあがって、トロルに歩み寄る。魔物は痙攣しながら急速に縮んでいき、元の大きさに戻った。魔術の効果がきれたのだ。

　アルヴェールは剣を振るって、トロルの首を刎ねた。

　それから、呆然と立ちつくしている魔物たちに鋭い視線を走らせる。

「手分けして残りをかたづけるぞ」

　ここで手を緩めれば、魔物たちは再び群れをなして、どこかの村や町を襲うだろう。徹底的に叩きのめし、一体でも数を減らすべきだった。

　三人は、それぞれ別方向へ走りだす。剣を振るい、大鎌で薙ぎ払い、あるいは一撃必殺の蹴りを用いて、魔物たちを次々に骸へと変えていった。

　やがて戦いは終わった。アルヴェールたちは、ふもとの村を見下ろせる位置に集まる。

シルファもセイランも服こそ汚れていたが、傷らしい傷は負っていない。そのことにアルヴェールは内心で安堵の息をついた。

「シルファは疲れてないか？　一度とはいえ、聖言を使ったからな」

聖言の行使は体力の消耗をともなう。シルファはくすりと笑って、得意げに胸を張った。

「アルさま、私は『聖女』と呼ばれる身ですよ。あれぐらいへっちゃらです。それに、アルさまが気遣ってくださるだけで、いくらでも力が湧いてきます」

聖フィリア教会では、とくに強力な聖言を起こせる神官に聖者、あるいは聖女の称号を与えて、たとえば教会内で高い地位につけるなど、さまざまな形で優遇している。聖者たちは教会に感謝し、教会の信徒としての務めにいっそう励むのだ。

もっとも、シルファは教会の思惑などどこ吹く風というように振る舞っている。アルヴェールの旅に同行しているのは、彼女自身の意思によるものだ。

「わたしも平気だ。逃げずに向かってきた魔物も何体かいたが、腰が引けていたからな。相手にならなかった」

セイランが報告する。彼女の右足を覆っていた虹色の輝きはとうに消えていた。

アルヴェールはふもとの村を見下ろす。さすがに騒ぎに気づいたようで、村の灯りはさきほどまでよりも増えていた。

「もう少し待てば、何人かが様子を見にここへ来るだろう。村を守った礼として一晩の寝床と食事、それから銀貨の二、三十枚は期待したいところだが……」

「だが、アル」と、セイランが首をかしげる。

「あの村には、魔物に襲われた村を助けるように頼むつもりではなかったか？」

「……そういや、そうだったな」

アルヴェールはため息をついた。村の大きさを考えると、よその村を助けるだけでもかなりの負担だろう。その上で自分たちが礼を要求したら、彼らは困り果てるに違いない。

——だが、国に仕える騎士がこれだけの数の魔物を倒したら、二、三十枚どころか皮袋いっぱいの銀貨をもらえること間違いなしだ。

それでも、ついそんなことを考えてしまう。一、二ヵ月は遊んで暮らせるほどの。

すると、アルヴェールの内心を見透かしたかのように、シルファが思いつめた顔でこちらを見た。

「アルさまがどうしてもと言うなら、私が村の方々を説得して……」

「しなくていい」

アルヴェールは即座にシルファの申し出を退けた。

彼女が説得すれば、おそらく上手くいく。この神聖フィリア帝国において、聖フィリア教の神官の言葉は強い影響力を持つ。ましてシルファはただの神官ではなく、聖女である。だが、アルヴェールは彼女に強請りまがいの行動をさせたくなかった。

「まだ金には余裕がある。あんな小さな村から小銭を巻きあげることもねえさ。それに、バンガルの武闘勇技で勝てば賞金が手に入るからな」

武闘勇技は、天翔騎士たちが己のセラフィムとともに相手と戦い、技量を争う大会だ。アルヴェールはそれに出場するべく、バンガルの町に向かっているのだった。

おもわぬ寄り道をすることになったが、幸いにも今夜のうちにかたづけることができた。バンガルの町は、ここから南に歩いて二日ほどだ。これなら間に合うだろう。

「あの村には食事と寝床だけ用意してもらおう。それぐらいなら負担にならねえだろう」

それから、アルヴェールはセイランに視線を向けた。彼女の右足は泥で汚れている。

「わたしの靴のことなら気にしなくていいぞ、アル」

取るに足らないことだとでもいうような口調でセイランは言った。

「人間が靴を履くのは、道端の石ころや雑草で足を傷つけてしまうからだろう。わたしの足はたいていのことでは傷つかないし、セラフィムに靴を履く習慣はない」

アルヴェールはセイランの頭に手を置く。頭ひとつ分の身長差が、二人の間にはあった。くしゃくしゃと彼女の髪をかきまわすと、セイランはくすぐったそうな顔をする。

「バンガルに着いたら、新しい靴を買ってやる。あのトロルを仕留めたご褒美だ」

「褒賞か。それなら受けとろう」

生真面目なセラフィムは、納得したようにうなずいてから、かすかに口元を緩めた。

村人たちが丘の上に現れたのは、それから一千を数えるほどの時間が過ぎたころだ。

アルヴェールが魔物たちの死体を見せてことの次第を説明すると、彼らは驚き、礼の言葉とともに、せめて食事と寝床を提供させてほしいと申し出た。

感謝の気持ちというより、法外な報酬を要求される前に先手を打ったというのがわかるような態度だったが、予想していたアルヴェールは笑顔で礼を述べる。

ふと、村人のひとりがアルヴェールに尋ねた。

「あんた、帝国騎士さまなのかね」

「いや、俺は流天の騎士だ」

アルヴェールの返答に、何人かの村人が警戒心を露(あら)わにする。流天の騎士の中には、盗みを働いたり、村を襲ったりするなど、野盗と変わらないような者もいるからだ。

「アルさまは、帝国中にその名を響かせるために旅をしているんです」

そうシルファが補足すると、村人たちは遠慮がちに愛想笑いを浮かべた。

彼女の言葉は村人たちの誤解を解くための思いつきではない。それこそが、アルヴェールの旅の目的だった。旅に出たのは十五のときだったので、もう六年になる。

いまだに望みは果たされていなかった。

# 1　武闘勇技（アドラキオン）

バンガルは、神聖フィリア帝国の南部にある町だ。

南部といってもかなり中央寄りで、帝都ラングリムまでは歩いて四日ほどで行ける。町としての規模は中程度でこれといった特色もないが、すぐそばを主要な街道が通っているため、常に活気に満ちていた。とくにここ数日は、大変なにぎわいぶりを見せている。

武闘勇技が開かれるからだ。

町の外には、楕円形の闘技場が用意されている。雑草を刈り、小石を取り除いて地面を平らに均し、木製の柵で囲いがしてあった。そのまわりには名のある騎士たちのテントがいくつも立てられ、春の穏やかな陽光を浴びている。他のテントを威嚇（いかく）するかのように赤と黄で派手に染めあげられたものもあれば、絹布をふんだんに使った豪奢（ごうしゃ）なテントもあった。

闘技場から離れたところには、百を超える数の露店が軒を連ねている。

酒と食べものを売る店がいくつもひしめきあい、布地（ぬのじ）を扱う店は道行く女性の興味を引き、武具を売り、打ち直す店には何人もの騎士が集まっていた。旅に必要な雑貨を扱う店や、セラフィムの武器を売る店、ロバや馬を売る店もある。

それらの近くでは、吟遊詩人が詠い、道化師が踊っていた。セラフィムを連れた騎士たちは胸を張って歩き、娼婦や町の娘たちが彼らに流し目を送り、見物客たちが行き来する。どこを見てもむせかえりそうなほどに、熱気と喧噪(けんそう)があふれていた。

「まるでお祭りのようですね」

露店と人だかりを、シルファが微笑ましそうに眺めている。彼女は外套を羽織(はお)り、大鎌を杖の状態にして肩に担(かつ)いで、荷袋を背負っていた。

「これなら飯や宿の心配をせずにすみそうだな」

彼女の隣を歩くアルヴェールも、荷袋を背負い直しながら表情を緩める。

アルヴェールたちがバンガルに到着したのは、今朝のことだ。村に泊めてもらったあとはとくに何ごともなく、無事にたどりついたのである。

「いろいろなセラフィムがいるな」

買ってもらった新しい靴をさっそく履いて、セイランは二人の前を歩いている。行き交うセラフィムたちに興味津々という様子で、彼女の瞳は強い輝きを放っていた。

セラフィムの姿形はさまざまで、セイランのように一見して人間と区別がつかないようなものもいれば、熊や狼などに酷似したもの、巨大な壺としか思えないものもいる。

彼らを戦友と恃(たの)んでいる天翔騎士(セラフィータ)たちの武装も一様ではない。全身を隙間なく甲冑で固めている者もいれば、鎖かたびらだけを着こんだ者もいる。ちなみにアルヴェールは革鎧すらつけていない。旅をしている間は、身軽な方が自分に合っているからだ。

「皆、どれぐらい強いのだろう。早く戦いたいな」

「セイラン、あっちには食べものの露店がたくさんありますよ」

シルファの言葉に、セイランの興味は一瞬にしてセラフィムから食べものへと移った。

セラフィムは食事を必要としないが、ものを食べることはできるし、嗅覚や味覚もある。ふらふらと露店に向かいかけた彼女の肩を、アルヴェールは軽く叩いた。

「もう少し辛抱してくれ。まず登録をすませないとな」

ここまで来て武闘勇技に間に合わなかったら、愚かしいどころの話ではない。

「ところで、アルさまはお顔を隠した方がいいのではありませんか？　ここにいる天翔騎士の中には、帝国に仕えている者もいるでしょうし……」

シルファが声を潜めて言った。その生い立ちから、アルヴェールは一部の者に名と顔を知られている。しかし、アルヴェールは心配いらないというふうに肩をすくめた。

「気にしすぎだ。俺が帝都を発ってから六年も過ぎているんだぞ。こんなところで知った顔にばったり出くわすなんてあるはずがない。むしろ聖女であるおまえの方が有名じゃないか」

「ここにいる方々は、騎士は見ても神官は見ていませんから」

シルファがそう答えたとき、横合いから「ねえ、そこのあなた」と、アルヴェールに声をかけてくる者がいた。胸元の大きく開いた服を着た十四、五歳の娘だ。愛敬のある顔だちで、明るい赤毛を後頭部で結んでいた。

「あなた、天翔騎士でしょ？　武闘勇技の前に、うちのお店で景気づけに飲んでいかない？　葡萄酒に蜂蜜酒に麦酒、幸運をもたらしてくれるって酒がずらりとそろってるよ」

「悪いな。武闘勇技の登録がまだで、急いでるんだ。店の名前だけ教えてくれるか」

　愛想笑いを浮かべて、アルヴェールは答える。娘は気を悪くしたふうも見せずに店の名を告げると、すぐに他の騎士へ声をかけに行った。アルヴェールはその後ろ姿を見送って、ほっと胸を撫で下ろす。彼女が粘ってきたら面倒な事態になるところだった。

「――アルさま」

　強力な重圧をともなった優しげな声に、アルヴェールはびくりと肩を震わせる。隣にいるシルファを横目で見れば、感情をうかがわせない翠玉（すいぎょく）の瞳がこちらを向いていた。彼女の口元は笑みを形作っているのに、まったく笑っていないことがわかってしまう。

「登録のあとで、教えてもらったお店に行くつもりですか？」

「いや、あれは話を終わらせるために聞いただけだ」

　どうにか平静を保（たも）って、アルヴェールは答えた。額に汗がにじんでいる。いつだったか、魔物の群れに囲まれたときでも、これほどの戦慄を覚えたことはない。自分と、そしてあの娘が働いている店のためにも、中途半端な答えをしてはならなかった。

「そうですか。いえ、私もお酒は嗜（たしな）みますから、飲むなと言うつもりはありません。ただ、アルさまのためにもお店は選んでほしいと……」

「シルファ、おまえの言いたいことはわかるが」

唇を舌で湿らせて、アルヴェールは説得を試みる。彼女の言葉に対して「はい」を繰り返せば話はすぐに終わるのだが、それではシルファによくない影響を与えると、いままでのつきあいでわかっている。たとえ面倒でも、芽は小さいうちに摘んでおかなければならない。

他の者の邪魔にならないよう通りの端に歩いていって、アルヴェールは言葉を続けた。

「なんで、あの子が俺たちに声をかけてきたと思う？　ほとんどの騎士は自分のセラフィムしか従えちゃいないが、俺にはセイランの他に、おまえという連れがいる。しかも、渋々同行してるってふうじゃねえ。これは、そこそこ金に余裕があるかも、って思うのも当然だろう」

「別に、私はいまの方がアルさまに声をかけたことに不満があるわけではありません」

そう答えながら、シルファはそっぽを向く。アルヴェールは彼女の肩に手を置いて、強引に抱き寄せた。彼女の耳元に口を寄せて、ささやく。

「これだけひとがいるんだ。俺に声をかけてくる女も出てくるだろう。俺だって、厄介ごとを避けるために笑顔を向けることもある。だが、いままでに何度も言ってきたように、俺が大切に思っているのはおまえと、それからセイランの二人だ」

「……もう一度、言ってもらえますか？」

シルファの声から負の感情が薄れたのを、アルヴェールは感じとった。同時に、通行人が自分たちに好奇の視線を向けていることにも気づいた。ここで恥ずかしがって彼女を突き放してはならない。もう一押しなのだ。むずがゆさを堪えて、アルヴェールは言葉を紡いだ。

「俺はおまえのことを愛している。セイランも」

「アルさま」

シルファの目が潤み、声が熱を帯びてうわずった。

「それでは今夜にでもおたがいの愛を確かめあう神聖な営みを……」

「旅を続けられなくなるだろうが」

冷淡に答えて、アルヴェールはシルファの頭を拳骨で軽く小突いた。

「いままでに何回も話しただろう。そういうことは、せめて俺が教会に潰されないていどの力を持ってからだと。教会がいますぐ俺たちを引き離そうっていうならともかくな」

「だいじょうぶですよ。教会も万能ではありません。実際、それに近いことをやってもいままで気づかれていないんですから」

アルヴェールはとっさに言葉に詰まった。

シルファが旅に加わって、三年。いままでは、彼女が夜這いをかけてくるのは珍しいことではなく、アルヴェールも若い男なので、越えてはいけない一線のすぐ手前あたりまでは彼女の行動を受け入れていた。それだけに、そこを突かれると弱い。

しかし、これは一線の手前ですませる気がない者の台詞だ。アルヴェールはもう一度、シルファの頭をこつんと小突いた。彼女に背を向ける。

「急ぐぞ。こんなことで登録に間に合わなかったら、泣くに泣けねえ」

　早足で歩きだすアルヴェールに、シルファとセイランは小走りに駆けて追いつく。隣に並んだ黒髪のセラフィムに、アルヴェールは小声で愚痴をぶつけた。

「セイラン、俺がシルファをなだめているとき、どうしておまえはいつも黙ってるんだ？　知っている武勲詩から何か引用して、助けてくれてもいいだろう」

「男と女のことには決して口を挟むな、どれほど親しくとも。――英雄ガリアーノの言葉だ」

　セイランの返答に、アルヴェールはため息をついた。

　通行人に受付の場所を聞いて、アルヴェールたちはそこへ向かう。

　ほどなく目的のテントが見えた。剣と片翼を交差させた意匠を屋根に大きく描いたもので、剣は天翔騎士を、片翼はセラフィムを象徴している。

　中に入ると、袖のゆったりとした官服を着た男が長机の向こう側に座っていた。武闘勇技に参加する旨を告げると、事務的な口調で名前と身分を聞いてくる。

「アルヴェールだ。仕えている主はいない。空を屋根とし、地を臥所としている」

　名を告げると、男はわずかに顎をあげ、不躾な視線をアルヴェールに向けた。

「流天の騎士アルヴェール……と」

　羊皮紙に名前を綴る男の声には微量の蔑みが含まれていたが、彼はその感情を言葉にせず、アルヴェールの傍らに立っているセイランを見た。

「その娘がおまえさんのセラフィムか」

「ああ。名前はセイランだ」

男は羊皮紙に羽根ペンを走らせると、袖の中から懐中時計を取りだして時間を確認する。

——こいつ、役人のくせに金を持ってるな。

アルヴェールは意外だという顔で、男を見た。懐中時計は同じ大きさの宝石並みの価値があり、よほどの金持ちでなければ手が出せない代物だ。

「あと十分で登録を締め切っていたところだ。一時間半後に闘技場へ来るように」

「わかった。ところで、この武闘勇技には何人ぐらい参加しているんだ？」

「おまえさんで十六人目だ」

聞かされた数字に、アルヴェールは首をかしげた。このテントに来るまでの間に、セラフィムを連れた騎士を数多く見ている。はじめから武闘勇技に出るつもりのない者もいるには違いないが、それにしても参加者の数が少なくないだろうか。

男は慣れた口調で武闘勇技の説明を進める。

「こちらが籤で対戦相手を決めて、一対一で戦ってもらう。倒れてから十を数える間に立ち上がれなかったら負け。セラフィムが戦闘不能になったら負け。降伏を宣言したら負け。死んでしまっても負け。死んだ場合、バンガルの共同墓地に埋葬される」

続けて、男は賞金の説明をした。一勝で銀貨五枚。二勝で十五枚。三勝で三十枚。そして、優勝者には一頭の馬と、黄金の腕輪が贈られる。腕輪の内側には、武闘勇技の優勝者であることが刻まれる。

「ここでは鎧と兜の貸し出しはしていない。必要なら、闘技場に来る前に調達してくれ」

アルヴェールはとくに質問を挟むことなく、説明を聞き終えた。他の町で開催される武闘勇技と、大きく変わるところはない。一対一とはいっても、参加者はセラフィムを連れているので、実際は二対二だ。

「参加者が少ないのは、何か理由があるのか」

アルヴェールが尋ねると、男は無言で首をすくめた。知らないのではなく、答えるまでもないといっているかのようだ。そのうちわかるということかと解釈して、アルヴェールはセイランとシルファをともなってテントを出た。

何気なく北に視線を向けると、はるか彼方にそびえ立つ巨大な剣が見えた。柄頭は蒼穹に溶けこんで、ひとの目に触れない。『天地をつなぐ』と形容される星の剣だ。神話の時代に、星々の海から帝国の北端にあたる地に落ちてきたのだといわれている。

星の剣を眺めながら、アルヴェールは考えにふけった。

――何があったのやら……。

武闘勇技は、天翔騎士が己の武勇を示すことができる貴重な場だ。

十年前のスタディア会戦を最後に、帝国と近隣諸国の間で、大軍をそろえてぶつかりあうような規模の戦は行われていない。せいぜい国境近くでの小競り合いていどだ。

魔物や山賊の存在が絶えることはないが、そうした者たちを打ち倒しても、必ずしも名声に結びつくわけではない。アルヴェールたちは先日、魔物の群れを打ち倒したが、それを知っているのは救われた村の者たちぐらいだろう。広く知られることは、おそらくない。

だが、武闘勇技は多くのひとの目に触れるし、賞金も得られる。活躍すれば王侯貴族に声をかけてもらうことも期待できる。それを考えれば、参加者の数が少ないのは奇妙だった。

「アル、まず串焼きを食べよう」

セイランの言葉が、考えこむアルヴェールを現実に引き戻す。顔をあげると、彼女はもう串焼きの露店に向かって歩きだしていた。

アルヴェールとシルファは苦笑をかわすと、セイランについていく形で露店に並ぶ。

「鳥、鹿、猪、何でもあるよ」と、串焼き売りの男が陽気な声をかけてきた。

「俺はこれから武闘勇技に出るんだが、とくに縁起のいいものは何だ？」

冗談めかしてアルヴェールが尋ねると、男は笑って答えた。

「鳥を食えば鳥のように目がよくなり、鹿を食えば鹿のように足が速くなり、猪を食えば猪のように力強くなれるぞ」

「アル、全部食べよう。『すべての獣が我が血肉』。これもガリアーノの言葉だ」

両眼を文字通り淡く輝かせて、セイランがアルヴェールに詰め寄る。結んだ黒髪がふるふると揺れるさまは、犬や猫がさかんに尻尾を振る様子に似ていた。

一瞬、アルヴェールは迷った。串焼きを買うことをためらったのではない。

――ガリアーノは毒虫を食って死んだんだがな。四十手前で。

そのことを、セイランに教えてやるべきかどうか。

彼女が英雄と言ったように、ガリアーノは豪勇で知られた騎士だった。単騎で敵陣に飛びこみ、自慢の戦斧で敵の首級を挙げたという記録がいくつも残っており、敗北した味方を逃がすためにたった一騎で殿（しんがり）を務めたという逸話もある。

その一方で、悪食で知られた人物だった。腐りかけの獣の肉や、内臓に毒があるといわれる魚、異国の奇妙な姿の鳥でも、彼は平気で食べた。その死については毒殺されたという説もあるが、ガリアーノをよく知る者たちは否定している。

――まあ、串焼きで腹を壊すわけもないか。腹ごしらえにはいいだろう。

アルヴェールは皮袋を取りだすと、数枚の銅貨を串焼き売りに渡した。

「四、いや五本くれ」

自分とシルファが一本ずつ、残りはセイランの分だ。

串焼きが焼けるまでのわずかな間、アルヴェールは周囲に視線を巡らせた。

騎士たちはたくましく、まとっている甲冑はきらびやかで、余裕があるように見える。彼らとともにいるセラフィムたちも、いかにも戦い慣れしているように思えた。

彼らを相手に、自分とセイランはどこまで勝ち抜けるだろうか。武闘勇技には何度も参加しているのだが、はじまる前はいつも緊張感に襲われる。

「アルさま？」

シルファが不思議そうな顔をして、アルヴェールに呼びかけた。彼女の手には、串焼きを載せた木の皿がある。店の前から離れながら、アルヴェールは遠慮がちに言った。

「やっぱり俺はいらないから二人で――」

「縁起のいい食べものなのでしょう。そのようなことは言ってはだめですよ、アルさま。口を開けてください。あーん」

串焼きを手にとって、シルファはアルヴェールの口元へともっていく。その光景を見た通りすがりの娘たちがくすくすと笑った。

「なんだ、アルは串焼きがいらないのか？　こんなにおいしいのに」

串焼きを両手に持って、幸せそうにかじりながら、セイランがこちらを見る。小さな口いっぱいに肉を頬張っているさまはたいそう微笑ましかったが、彼女の主であるアルヴェールとしては、食いながら喋るんじゃないと言いたいところだ。

シルファは変わらずこちらに串焼きを差しだしたままだ。アルヴェールは観念して、串焼きにかじりついた。肉はやや固いが、塩と胡椒、微量の辛子の味が舌から伝わってきて、想像していたよりもうまい。香ばしい匂いも食欲をそそる。

「おいしいだろう、アル。ここ数日はパンと干し肉ばかりだったからな」と、セイラン。

「泊めてもらった村ではスープも出ただろう。シルファ、おまえも食べろ。俺は一本でいい。これ以上食べたら酒がほしくなっちまう」

「わかりました。では、いただきます」

　串焼きを食べるシルファとセイランから視線を外して、アルヴェールは再び騎士たちに目を向ける。槍を肩に担ぎ、白い甲冑をまとった騎士がこちらへ歩いてくるのが見えた。細面で、整った顔だちをしている。年は二十五、六といったところか。

　彼は一頭の黒馬を連れていた。たてがみも、蹄すらも黒いその馬は、顔の半分を仮面のようなもので覆っている。手綱も鞍もつけていないというのに、おとなしく騎士に従っていた。

　秀麗な白と優美な黒の一対は立っているだけでも絵になり、娘たちは魅入られたように騎士と黒馬を見つめ、華やいだ声をあげた。

「まさか、『疾走する槍』か……？」

「間違いない。流天の騎士のドルキオだ」

　彼を遠巻きに見ていた騎士たちが、戦慄を帯びた声でささやきをかわした。その会話を聞いておもわず顔をしかめるアルヴェールに、セイランが尋ねる。

「アルは、あの黒馬の天翔騎士を知っているのか？」

「噂は聞いている。見るのははじめてだがな。とある町に押し寄せた百を超える魔物の群れを

もきゅ
もきゅ
もきゅ

たったひとりで撃退したとか、圧政を敷く地方領主に敢然と立ち向かって、その配下の騎士や兵をことごとく打ち倒して非道を正したとか、そういう話に事欠かない有名人だ」

アルヴェールの声音には、微量のひがみがあったかもしれない。ドルキオもまた流天の騎士だが、その知名度と人気はアルヴェールとくらべものにならないからだ。そんな若者の心情にかまうことなく、セイランは質問を重ねた。

「どうして彼は『疾走する槍』などと呼ばれているんだ？　あの槍がひとりでに動くのか？」

「それはわからねえ」

アルヴェールは真面目くさった顔で首を横に振る。

「あいつが黒馬にまたがって槍をかまえ、正面から突撃すると、あたかも槍が空中を駆けてくるように見えるからそう呼ばれるようになった……。そういう話を聞いたことはあるが、実際に見たことはないからな。何にせよ、ああいうのとは戦いたくねえな」

アルヴェールのつぶやきを聞き咎めて、セイランが不思議そうに聞いた。

「なぜだ？　強敵とぶつかりあうのは騎士の誉れだろう」

「前に説明したことがあるだろう。二つ名は、高名な天翔騎士の証みたいなもんだ。すべての観客があいつの味方になって、俺に野次(やじ)や罵倒が飛んでくる。やりにくいったらねえ」

「それでしたらアルさま、私に考えがあります」

シルファがアルヴェールの左腕を抱えこんで、得意そうに言葉を続けた。

「アルさまはこの機会に、『妻に愛を捧ぐ』という二つ名を称すればいいのです。過去にそのようなふたつ名を持つ騎士がいたといいますし、何も問題はないかと」

「そのまま使ったら剽窃（ひょうせつ）だろうが」

　腕に押しつけられるシルファの胸のやわらかさを意識しないようにしながら、アルヴェールは呆れた顔で応じた。

　アルヴェールの知っているかぎりでも、『すべての武勲を貴女に』や『麗しき君へ』といった二つ名で呼ばれていた騎士はいる。だが、その騎士たちは戦いや公務など、何らかの実績を認められた上で、そう呼ばれることを望んだのだ。目立った武勲のないアルヴェールがそのような二つ名を用いたところで、観客の苦笑を誘うだけであろう。

「それに、やりにくいとは言ったが、悪いことばかりじゃねえ。二つ名を持たない騎士が、二つ名持ちに勝てば、その効果はでかいからな。まあ、ドルキオと必ずぶつかるとはかぎらないし、そうなるとしても後の方が望ましいんだが」

　楽観的な口調でアルヴェールが言ったとき、別の騎士たちの会話が漏れ聞こえてきた。

「聞いたか。あの『疾走する槍』以外に『鋼の門』と『星屑大蛇（ほしくずおろち）』もこの武闘勇技に参加しているそうだ」

「本当か？　どうしてこんな町の武闘勇技に、二つ名持ちの騎士が何人も……」

　ぎょっとして、アルヴェールはおもわずその騎士たちを見た。『鋼の門』も『星屑大蛇』もドルキオに劣らず、帝国中に勇名をとどろかせている天翔騎士だ。

——そういうことか、ちくしょう。

声には出さず、アルヴェールは吐き捨てる。参加者が少ない理由を悟った。

——二つ名持ちが三人もいるとわかれば、そりゃあほとんどの騎士は辞退するだろう。

セイランが言ったように、優れた騎士と武芸を競いあうのは誉れに違いない。だが、負ければその騎士は敗者として人々に記憶される。

武闘勇技の観客に、皇族や貴族、有力者がいることは少なくない。彼らの前でおもわぬ醜態をさらすよりも、辞退した方が無難だと考える者が現れるのは当然のことだった。

——二つ名持ちの騎士と戦う機会なんて、そうそうありゃしねえが……。

アルヴェールは唸った。自分の力を試してみたい気持ちはある。実際にぶつかってみなければ勝負はわからないという思いもある。だが、やはり負けるのはいやだし、シルファにみっともない姿を見せてしまうことは避けたい。

「セイランはどう思う？　おまえはどうせ戦うと言うんだろうが……」

意見を求めるというよりも、気持ちを固めるために、アルヴェールは己のセラフィムに話しかける。そのときになって、アルヴェールはセイランがそばにいないことに気がついた。シルファも不思議そうに左右を見回している。

——ついさっきまで串焼きを食っていたはずだが。他の露店でも覗きに行ったか？

耳障りな怒鳴り声が聞こえたのは、そのときだった。

そちらを見ると、セイランがひとりの男と睨みあっている。彼女の後ろには竪琴を持った吟遊詩人らしい娘が倒れていた。どうやらセイランは彼女をかばっているようだ。

セイランにすごんでいる男は、アルヴェールと同い年か、ひとつ上というところだろう。赤い髪をとさかのように逆立てて、鋲をいくつも打った鎧を着こんでいる。その傍らには、大人をたやすく丸呑みにできそうな大蛇が、控えめにたたずんでいた。紫色の鱗が陽光を浴びて煌めき、大蛇の頭部の右半分は、銀色の仮面に覆われている。男のセラフィムだろう。

「シルファはここで待ってろ」

アルヴェールは足早に歩いて、セイランを守るように両者の間へと割りこんだ。

「俺のセラフィムが何かしたのか？」

「てめえがこいつの飼い主か。不細工なセラフィムに似合いの、田舎くさい騎士だな」

とさか頭の男は怒りも露わに、歯をむき出しにしてアルヴェールに詰め寄る。そのうっとうしい髪をむしってやろうかと、アルヴェールは内心で毒づいた。

――だが、喧嘩を買うとしても、まず状況を把握してからだ。

できれば武闘勇技の前に、手の内をさらしたくはない。

「こいつに非があるなら謝罪しよう。俺のセラフィムは何をやった？」

尋ねると、男は身体を斜めに傾ける。セイランの後ろで地面に座りこんでいる吟遊詩人に、怒気に満ちた視線を叩きつけた。

「その女がザラミスの大蛇退治なんて縁起でもねえ詩を詠ってやがったから、ぶん殴ってやったんだ。そうしたら、てめえのセラフィムが俺の脚を蹴りやがった」

「貴様、まだ言うか。この女性の詩は見事なものだったではないか」

前へ進みでようとするセイランを、アルヴェールは手を伸ばして制する。

──何かと思えば……。阿呆らしい。

武闘勇技ではときどき聞く話だった。戦いを控えて神経質になっている騎士が、吟遊詩人の詩などに過剰な反応を見せるのだ。このとさか頭の男も大蛇退治の詩を聴いて、自分のセラフィムが倒されるさまを想像してしまったのだろう。

本音をいえば、吟遊詩人も少しばかり軽率だったとアルヴェールは思う。武闘勇技の場に騎士が活躍する詩はつきものだが、それを楽しめる余裕のある騎士は多くない。

──だが、詩が気に入らなかったというなら、黙って立ち去ればすむ話だ。

アルヴェールはわずかに身体をひねって、吟遊詩人を見た。彼女の頬は赤く腫(は)れている。

顔をしかめて、アルヴェールはとさか頭に向き直った。

「他に吟遊詩人は何人もいる。少し歩けばすぐに他の詩が聴けるんだから、好きなものを聴いてりゃいいだろう。この娘を殴る必要がどこにある」

「俺は不愉快な詩を詠うなと言ってるんだ！」

男は顔を真っ赤にして怒鳴る。アルヴェールが反論する前に、セイランが声をあげた。

「不愉快だと？　家畜や人間を襲う凶悪な大蛇を、天翔騎士ザラミスが討ちとる物語だぞ。そんな大蛇に自分のセラフィムを重ねるなど、愚かしいにもほどがある。貴様が吟遊詩人を殴ったのは、ただの八つ当たりではないか」

アルヴェールはおもわず額に手をやった。セイランの言うことは正しい。正しいゆえに、火に油を注ぐことにしかならない。

「てめえっ！」

とさか頭が腰に帯びていた剣を抜き放つ。男のセラフィムも、主の怒りを感じとったのか、ちろちろと赤い舌を出してアルヴェールたちを威嚇した。

アルヴェールは周囲に視線を走らせる。町の住人や商人などの観客らは、遠巻きに自分たちを眺めていた。騎士はさすがに動じていない。ちょうどいい余興がはじまったとでも思っているのかもしれない。

――見世物扱いするなら、せめて銅貨でも投げてくれねえかな。

それならいくらかやる気も出るのだが。心の底からアルヴェールはそう思った。

「アルさま、ここは私にお任せください」

銀色の杖を両手で握りしめて、シルファが小走りに駆けてきた。

「アルさまの敵は私の敵。あの男が二度と下劣な暴言を吐くことなどできないように――」

「いや、おまえは下がっていろ」

　男を見据えながら、アルヴェールはシルファを押しとどめた。

「あいつはセイランに喧嘩を売った。俺が買うのが道理だろう」

　少なくとも、セイランは間違ったことを言っていないとアルヴェールは思う。彼女と契約を結んだ天翔騎士としては、彼女の正しさを認めて、守ってやらなければならない。

──ただ、こいつの脚を蹴ったことだけは、あとで説教だが。

　アルヴェールは荷袋を地面に下ろして、腰の剣に手をかけた。だが、すぐには抜き放たず、男にひとつの提案を持ちかける。

「なあ、俺とおまえの決闘だけで終わらせねえか？　セラフィム同士を戦わせれば、無関係の人間を巻きこみかねない。それに、武闘勇技の前にセラフィムの力を見せるのは、おまえだって避けたいだろう」

　大蛇のセラフィムがどのような能力を持っているのかはわからない。セイランの能力も見せたくない。アルヴェールの提案に、とさか頭の騎士は「ふん」と、せせら笑った。

「怖じ気づきやがったか。武闘勇技ならセラフィムをぼろくずにされても格好のつけようがあるが、ここではそうもいかないからな。まあいい。このポールにも情けってものがある」

　ポールという名らしい男は大蛇のセラフィムに待機を命じると、剣を両手で握りしめる。

　だが、そこでポールは動きを止めた。顔をしかめて、アルヴェールに問いかける。

「てめえの顔、どこかで見たことがあるような……。昔、帝都にいたか？」

「急に何を言いだすかと思えば。臆病風にでも吹かれたか？」

剣を抜きながら、アルヴェールは内心の動揺をとっさの挑発でごまかした。ポールはそのことに気づかず、表情を険しくしてまっすぐ挑みかかってくる。

アルヴェールはわずかに腰を低くして、迎え撃つ体勢をとった。

――よく見ろ。やつの動きを。

相手を圧倒するような膂力も、速さも、目を瞠るほどの技術も自分にはない。そのことを、アルヴェールは噛みしめるような悔しさとともに理解している。昔からそうだった。

そんな自分に、武芸の師といっていい姉は、ひとつの戦い方を教えてくれた。

――やつの足、目、表情。わずかな動作も見逃すな。

怒りのためだろう、向かってくるポールの動きは、一言でいって雑だ。それでもアルヴェールは油断しない。自分の間合いまで相手を引きつけて、狙いすました一閃を繰りだした。

甲高い金属音とともに、男の手から剣が吹き飛ぶ。回転しながら地面に転がった。右手をおさえて立ちつくすポールに、アルヴェールは剣の切っ先を向ける。

「まだやるか？」

ポールは悔しそうに歯を食いしばる。何か言おうとしているようだが、言葉にならないらしい。とさかのような赤い髪は、乱れて古びた刷毛のようになっていた。

「アルさま！」

決着がついたと判断して、シルファが飛びついてくる。アルヴェールの胸に飛びこむと、彼女はいまにも泣きそうな顔ですがりついた。

「アルさま、お怪我はありませんか？　いますぐお顔を拭いてさしあげます」

「わざわざ拭いてもらうほど汚れちゃいないだろう」

「品性に欠けた言葉の数々がアルさまのお顔を汚していますけが」

「そうか。すごいな、おまえの目は」

アルヴェールは決して皮肉で言ったのではない。こうなったときのシルファには、ほとんど何を言っても無駄なので、素直にうなずいているだけだった。

「このていどは当然です。アルさまのことはいつも見ていますから」

「俺のことはいいから、あいつに殴られた娘の手当てを頼む」

「それならもうすませました」

笑顔で即答するシルファに、アルヴェールは後ろを振り返る。腫れあがっていた吟遊詩人の頬はきれいに治っており、殴られた跡などまったく残っていない。聖言プロシュによるものだ。

「よくやった。それじゃ、さっさとここから離れるぞ」

武闘勇技がはじまる前から目立つのは、本意ではない。シルファとセイランを連れて歩きだそうとしたアルヴェールだったが、不意に表情を厳しいものにして、シルファを後ろへとかばう。ポールが隠し持っていたらしい短剣を抜き放ったのだ。

「おいおい、負けを認めたんじゃなかったのか」

アルヴェールはうんざりした目をポールに向けたが、彼の従えている大蛇のセラフィムが動く気配を見せたことに、舌打ちしそうな表情をつくった。相手の持つ能力によっては、面倒な事態になる。周囲にどのような被害が及ぶのかもわからない。

——セイランに、やつのセラフィムをおさえてもらうしかねえか。

ところがそこで予想外のことが起こった。大蛇のセラフィムが、何かを警戒するかのように動きを止めたのだ。盛んに動かしていた舌も引っこめて、彫像のように固まっている。

そして、ポールにも異変が起こっていた。こちらに向かってくるどころか、口を半開きにしたうつろな表情で立ちつくしている。その手から短剣が抜け落ちた。

落とした短剣を拾おうともせず、ポールは魂が抜けたような表情で、後ろに控えている大蛇のセラフィムに手招きをする。大蛇のセラフィムは、あきらかに挙動のおかしくなった主に対して首をかしげたものの、長大な尻尾をくねらせながら彼に従った。

大蛇を連れて、ポールはふらふらとした足取りで歩き去る。アルヴェールはその背中を見送ったあと、後ろに立っているシルファを振り返った。

「おまえ、何かやったな？」

それは疑惑ではなく、確信だった。はたしてシルファは満面の笑みを浮かべる。男なら誰でも見惚れてしまうだろう笑顔だが、アルヴェールは頭を抱えたくなった。

「はい。聖言によって、あの男に聖フィリアの幻影を見せました。アルさまに刃を向けた無法者への処置としてはだいぶ手ぬるいと思いますが、騒ぎをおさめるのがアルさまのお考えなのでしょうから」

「ああ、そうだな、うん。俺の考えをわかってくれて嬉しい」

アルヴェールは力なく笑った。逆効果だろうと思いながら。

シルファが行使したのは、『荘厳なる畏怖』と呼ばれる聖言だ。自分たちに向けられた敵意を奪って、一時的に相手を茫然自失させるというものである。

そうとうに修行を積んだ神官であっても、発現させるには時間と手間のかかる困難な聖言なのだが、シルファはいとも簡単に使ってみせた。聖言に詳しい者が見たら目を剥くだろう。

「シルファ、おまえが俺のために何かしようとしてくれるのはありがたい。今回も助かった。だが、なるべくそういうことは控えてくれ。おまえのことは俺が守るから」

「アルさま……」

両手を胸の前で合わせて、シルファは頬を赤く染める。

「私は幸せ者です。アルさまにそんなふうに言ってもらえるなんて」

肝心なところを聞き流されてしまった気がしたが、ひとまず彼女がおとなしくなったので、これでいいとアルヴェールは割り切った。それに、他にやっておくことがある。

「少しの間、セイランと待っていてくれ」

シルファにそう言うと、アルヴェールは、野次馬にまじって自分たちを眺めている騎士に向かって歩きだした。目が合ったところで、彼――ドルキオに会釈する。

「おかしなことを聞くが、やつのセラフィムを止めてくれたのは、あんたか？」

大蛇のセラフィムをおさえたのはシルファではない。聖言を男に使ったと、彼女は言ったからだ。ドルキオの仕業だと思ったのは、ほんの一瞬ではあったものの、彼のいるあたりから強烈な視線を感じたためだった。

黒馬の鼻面を撫でながら、ドルキオは微笑で応じた。

「私ではなく、この子だがね。セラフィムを大切にしている騎士が好きなのだよ」

黒馬と目が合って、おもわずアルヴェールはひるみそうになる。しかし、腹に力を入れてこらえると、笑顔をつくって頭を下げた。

「感謝する。おかげで余計な被害が出ずにすんだ」

「こちらこそ、おもしろい戦いを見せてもらった。あなたも参加者なのだろう？　私の名はドルキオ。この子はザルトマーだ。よかったら、あなたの名を教えてくれないか」

名のられては、アルヴェールも名のりを返さないわけにはいかない。自分とセイランの名を告げ、流天の騎士であることも付け加える。ドルキオはおもしろいと言いたげに目を細めた。

「アルヴェール卿とセイラン殿か。闘技場で会うのを楽しみにしている」

「名高い『疾走する槍』にそう言ってもらえるとは光栄だ。そのときはお手柔らかに頼む」

俺はなるべくならおまえと戦いたくないがな。そう心の中でうそぶきながら、アルヴェールはにこやかに応じた。そこへセイランが歩いてくる。彼女はドルキオの黒馬を指さした。

「アル、このセラフィムは間違いなく強い。ぜひ一戦――」

「先に礼を言え。おかげで騒ぎをでかくせずにすんだんだからな」

アルヴェールはセイランの後頭部をつかむと、ドルキオに向かって下げさせる。

「この通りの礼儀知らずでな、ご容赦願いたい」

「気にしてはいないさ。私のセラフィムも、こう見えてかなりのじゃじゃ馬だ。ところで、アルヴェール卿。あなたは流天の騎士だといったが、最近はどのあたりを旅していたのか、よかったら教えてもらえないか」

奇妙なことを聞くものだと思ったが、ドルキオの表情から害意はうかがえなかったので、アルヴェールは正直に答えた。

「ここ一年は帝国東部から南部を歩きまわっていた。何か気になることでもあるのか？」

今度はアルヴェールから質問をぶつけると、ドルキオは声をおさえて答えた。

「南部で、魔物が群れをなして現れたという話を何度か聞いてな。どうも南の国境あたりから北上しているらしく、いくつもの村や町が襲われたそうだ。南部を旅していたなら、何か聞いたことがないかと思ってな」

アルヴェールはわずかに目を瞠る。初耳だった。

「魔物に襲われた村は見たな。魔物退治みたいなこともやった」

村の名と、それから自分たちが打ち倒した魔物の数を告げる。こちらの力量を推測されてしまうので、魔物の数についてはごまかしたかったのだが、真剣そのもののドルキオの表情を見て、内心で嘆息しつつ正確な情報を伝えた。ドルキオは表情をやわらげた。

「ありがとう。あなたから聞いた話はおおいに役に立つと思う。それにしても、見事なものだな。五十もの魔物を、あなたとセラフィムの二人だけで打ち倒すとは」

「不意打ちが上手くいっただけだ」

二人で片付けたことにしたのは、シルファを目立たせたくなかったからだ。もっとも、この男には見抜かれているかもしれないが。

黒馬を従えて、ドルキオが「それでは」と、歩き去る。徐々に喧噪が戻ってきた。歩きだそうとしたアルヴェールたちに、何人かの野次馬たちが話しかけてくる。

「あんた、なかなかやるじゃないか。武闘勇技に参加するのか？」

「名前は何ていうんだ？　教えてくれよ、ひとまず一回戦目はあんたに賭けるからさ」

アルヴェールは愛想笑いを返すと、シルファたちを連れて、急いでその場から離れた。

太陽が真上にさしかかり、武闘勇技の開始を告げるラッパが吹き鳴らされる。

セラフィムを連れた騎士たちが、闘技場に集まっていた。数は十五人。その中に、大蛇のセラフィムを連れたポールの姿は見当たらなかった。

――シルファが使ったあの聖言は、長くもたない。充分に間に合うはずだが……。

自分を恐れて辞退したとは思えない。ドルキオなど二つ名を持つ騎士の参加を知って戦意を失ったと考える方がよほど納得できるので、そう考えることにした。

闘技場の外側には、観客が幾重にも列をなしている。一部には階段状の観客席が設けられ、そこには有力者や貴族の子息、令嬢が座っていた。彼らの背後では、冠をかぶった女神の旗が風を受けてひるがえる。神聖フィリア帝国の国旗だ。

町の教会長が壇上に立って、神に祈りを捧げる。武闘勇技は神に捧げる儀式でもあるのだ。

参加者たちは神に向かって、不正を行わず、堂々と戦うことを誓約する。

バンガルの町の長が武闘勇技の開催を宣言すると、観客たちの歓声と拍手が空を震わせた。

「遠き神々の時代、星々の彼方より恐るべき敵が来襲した。神々は敵を討つべく、自らを模した鋼の戦士を創造した。それがセラフィムである……」

町の長が、聖フィリア教の教典から引用しながらセラフィムについて語る。

戦いの果てに神々も敵もともに倒れたあと、生き延びたセラフィムたちは流星となって地上に落ちた。彼らには、新たな使命が課せられたのだ。

戦いの中で地上に落ちた敵――堕ちた女神と呼ばれる脅威から、地上と人間を守ることである。堕ちた女神は無限に魔物を生みだすからだ。星の海での戦いにおいても、その力で神々とセラフィムたちを苦しめたという。

神々と敵との戦いは、およそ七千年前の出来事とされているが、現在においても、人間たちはいまだに堕ちた女神を滅ぼすに至っておらず、魔物は大陸中に広がっている。

それゆえに、武闘勇技の開催を宣言する者の話は、次の言葉で締めくくられるのだ。

「今日、この場に集った勇敢な騎士たちの中から、堕ちた女神を滅ぼす英雄が現れることを、我々は願っている」

町の長の話を聞き流しながら、アルヴェールは参加者たちをそれとなく観察していた。いずれも戦士としての風格を漂わせた、一癖も二癖もありそうな顔ぶれだ。二つ名持ち以外の騎士も手強いと思った方がよさそうだった。

彼らのほとんどは兜と甲冑で武装している。アルヴェールもまた、急いで調達した兜と胸甲を身につけていた。自分の戦い方には合わないと思うのだが、二つ名持ちが三人もいるとなれば考えを変えざるを得ない。当たりどころが悪ければ命を落とすか、身体の一部を失う恐れがあるからだ。自分の頭部と体格に合うものを手に入れられたのは、幸いといってよかった。

「どのセラフィムも強そうだな、アル。籤で相手を決めるのがもったいない思いだ」

隣に立っているセイランは、目を輝かせている。彼女の表情はアルヴェールの緊張をいくらかやわらげた。その頭に手を置いて、軽く撫でる。

にわかに周囲の騎士たちがざわめいた。彼らの視線を追って、アルヴェールは壇上を見上げる。町の長の隣に、ひとりの大柄な男が立っていた。無骨な印象を与える鈍色の甲冑に身を包み、線の太い顔に微笑を湛えて、自分たちを見下ろしている。

「ゴダール……」

目を丸く見開いて、アルヴェールは驚きの声を漏らした。

ゴダールは、帝国に十人いる騎士団長のひとりだ。

十六年前のヴァザンの戦いや、帝国がマルダニス、シューレーンの二国を相手に勝利をおさめたスタディア会戦で輝かしい武勲をたて、『豪腕』の二つ名で呼ばれている。鍛え抜かれた肉体から繰りだされる槍の一撃はすさまじいもので、盾で防いでも盾ごと甲冑を貫かれるという話だった。騎士からの人望も厚い。

それほどの男が、どうしてこの町の武闘勇技に姿を見せたのか。その疑問はすぐに解けた。町の長が高らかに宣言したのだ。

「ゴダール卿はいくつかの町を視察している最中で、この町には今朝、立ち寄られた。さきほど、参加者のひとりが直前に辞退したという報告があったので、私から頼みこんで、特別に参加してもらったのだ。すべての天翔騎士にとっても、彼らの戦いぶりを見守る者たちにとっても、よき日とならんことを」

熱狂的な声でゴダールを迎える観客たちとは対照的に、参加者の何人かは愕然とした顔で、また別の何人かは苦々しい顔で、帝国の騎士団長を見上げていた。

町の長は気の利いた演出を用意したつもりかもしれないが、参加者にしてみれば、自分たちを優勝させる気がないとしか思えない。ドルキオでさえ緊張を面に出している。

「あの男と知りあいなのか、アル」

隣に立つセイランに聞かれて、アルヴェールはため息まじりにうなずいた。

「昔、よく顔を合わせた。向こうは俺のことを覚えちゃいないだろうがな。ここにいる参加者が束になってかかっても勝てるかどうかわからねえやつだ。近隣諸国にまで名前が知られていて、百人の天翔騎士を、セラフィムごとひとりで叩きのめしたなんて噂もある」

もっとも、それはさすがにつくり話だろうとアルヴェールは思っている。

アルヴェールの話に驚く様子もなく、セイランはゴダールを見上げて言った。

「ならば、あの男に勝てば一気にアルの名はあがるな。シルファも喜ぶ」

「おまえな、それは道端に金貨が落ちていれば大金持ちになれると言ってるようなもんだぞ」

つい、たしなめるような口調でアルヴェールが言うと、セイランは眉をひそめた。

「またアルの悪い癖が出た。相手がなにものだろうと、戦うからには必ず倒すという気概を持たなければ、勝てるわけがないだろう。始祖カインも言っていたぞ」

「大きな声じゃ言えないが、始祖は割と負けてるからな」

勝機のある相手ならば、アルヴェールも戦意を奮いたたせることができる。だが、相手がゴダールでは、万にひとつの勝ち目さえあるとは思えなかった。

不満そうにしているセイランをなだめる言葉をさがしている間に、町の長が一戦目の組みあわせを発表した。

「最初の試合は、流天の騎士アルヴェール。相手は――『豪腕』のゴダール！」

大歓声が闘技場を包みこみ、アルヴェールは呆然と立ちつくす。何人かの参加者が気の毒そうな顔でアルヴェールを見た。


他の参加者たちが去り、アルヴェールとセイランだけが闘技場に残る。そこへ、ゴダールがセラフィムをともなって下りてきた。

ゴダールのセラフィムは、二十代半ばと思われる長身の女性だ。

黒い長袖の服と足下まであるスカートに身を包み、その上に白いエプロンをつけた侍女の格好をしている。白いヘッドドレスが、艶やかな黒髪の中にささやかな彩りを添えていた。顔だちはわからない。銀色の仮面が、顔全体を覆っているからだ。

アルヴェールと十数歩の距離を置いて対峙したゴダールは、緊張に顔を引き締めた。

「壇上から見たとき、もしやと思いましたが……。やはり殿下でしたか」

「覚えていたとは嬉しいぜ、ゴダール。昔は世話になったな」

アルヴェールは皮肉げな笑みを浮かべる。嬉しいというのは嘘ではない。だが、他のさまざまな出来事も連鎖的に思いだされてしまうので、楽しい気分にはとうていなれなかった。

「だが、殿下はよせ。俺は流天の騎士だ。宮廷にはもう六年も帰っていない」

アルヴェールは帝国皇帝ファルカリスと平民の母との間に生まれた、妾腹の皇子だ。三男である。しかし、自分の生まれを誇ったことも、ありがたいと思ったこともない。シルファとセイランはもちろん知っているが、他人に教えたことはほとんどなかった。

闘技場の外では、観客たちがゴダールの名を、あるいは『豪腕』の二つ名を叫んでいる。二人の会話は、闘技場の中にいる者たちにしか聞こえなかった。

両者は闘技場の中央まで進み、兜を脱いで握手をかわす。武闘勇技の習わしだ。

間近に立つゴダールを見上げて、アルヴェールはおもわず手を強く握りしめた。

ゴダールは今年で三十四歳。騎士となった十五歳のときから、めざましい活躍を見せていたという。まさに鋼のような肉体の持ち主で、鉄の甲冑をまとっていても、太い腕や脚を見ればそれがわかる。アルヴェールではどう足掻いても太刀打ちできないだろう。

「アルさま！　がんばってください！」

試合場を囲む柵の外から、シルファが笑顔で手を振っている。観客の九割以上がゴダールの名を叫ぶ中で、まわりの声にかき消されまいと、彼女はいつになく大声を張りあげていた。

「アルさま！　少しの間、待っていてください！　教会長を説得して応援団を……！」

アルヴェールは慌ててシルファの方を向き、この上なく真剣な顔で、両腕を斜めに交差した。

「だめ」の合図である。彼女なら本当にやりかねない。

「苦労なさっていますな」

「俺を苦労させているのはあいつじゃねえ。教会の連中さ」

苦笑するゴダールに、アルヴェールは肩をすくめる。

「まあ、そんなことはどうでもいい。はじめようか」

アルヴェールが言うと、ゴダールは一礼して距離をとる。アルヴェールも同じように数歩ばかり後退した。二人は兜をかぶり、剣をかまえる。それを確認してラッパが吹き鳴らされ、大太鼓が打ち鳴らされた。戦闘開始の合図だ。歓声が、さらに大きくなる。

アルヴェールはその場から動かなかった。ゴダールもだ。セラフィムたちも、主の指示を待つかのようにたたずんでいる。

――まずいな。

アルヴェールは重苦しいため息をついた。覚悟はしていたが、ゴダールのかまえにまったく隙が見られない。どれだけ目を凝らして観察しても、突破口らしきものが見いだせない。

行く手を巨大な岩にふさがれて、立ち往生しているような気分だった。その岩にはまるで歯が立たず、剣で斬りつけても、刀身の方が傷だらけになるのだ。

　だが、このまま手をこまねいているわけにもいかない。こちらが動かなければ、ゴダールが向かってくるだろう。宮廷で、彼が姉に剣を教えているとき、練習台として用意されていた甲冑を一撃で両断したのを、アルヴェールは見たことがあった。

──だが、とにかく前に出ないと……。

　そう思って半歩ばかり踏みだしたあと、アルヴェールは慌てて足を戻す。決心がつかない。

「アル、どうする？」

　セイランが聞いてきた。彼女はとうに靴を脱ぎ捨てており、その両脚は膝の下から爪先まで虹色の光に包まれている。光は風をまとい、砂塵を巻きこんで、周囲に渦を巻いていた。

　その光が、落ち着きを取り戻させる。自分が顔中に汗をかいていたことに、アルヴェールは気づいた。わずかな時間とはいえ、ずいぶんと悩んでしまっていたらしい。

　深呼吸をして、額の汗を拭う。アルヴェールは前傾姿勢をとった。

「セイランはゴダールのセラフィムをおさえてくれ。俺とやつの間に割りこませるな」

「わかった」

　セイランが声を弾ませる。アルヴェールはゴダールを見据えた。

　どれだけつぶさに観察しても、針の穴ほどの隙も見いだせない。降伏も、逃げることもできない。そんな相手と戦うことになったらどうするのか。それについても、姉は教えてくれた。

――どこでもいいから敵の身体の一点を狙って、正面から突っこめ。

諦めて討ち死にしろということか。そう問いかけた自分に、姉は違うと言った。

隙がなければ、つくるしかない。気迫と覚悟で。

力や技術があれば、それらを使うのだが、ないのだから他のもので代用するしかない。

まったく腹の立つ姉だ。アルヴェールは笑みを浮かべたが、すぐに歯を食いしばる。

周囲の光景を視界から消し去って、ゴダールだけを見つめる。さらに、ゴダールの首から下も消し去る。まだ大きい。点とはいえない。ゴダールの鼻の頭に狙いを定める。自分の持つ剣の切っ先と、彼の鼻の頭の間に、見えない軌道を描く。

気合いの叫びをあげて、アルヴェールは地面を蹴った。まっすぐ突撃する。観客たちが声をあげたが、聞こえてはいなかった。ゴダールがわずかに姿勢を変え、左腕のあたりに隙を見せる。一瞬の半分の間、アルヴェールは迷ったが、振り切った。一歩ごとに鮮明になってくる、彼の鼻だけを睨みつける。ゴダールの間合いに飛びこんだ。

次の瞬間、衝撃とともに、アルヴェールの意識は途切れた。

†

身体に重みを感じる。しかし、不思議と苦しくはない。じんわりと伝わってくるぬくもりが心地よく、湯に浸かっているような気分だ。実際に湯に浸かったのはだいぶ前だが。

目を開ける。甘い匂いが鼻をついた。

すぐそばにシルファの顔があり、その向こう側には薄暗い天井が見える。

「気がつきましたか、アルさま」

アルヴェールと目が合うと、シルファはぱっと顔を輝かせた。

「本当によかった。もしこのままアルさまが目を覚まさなかったらどうしようかと……」

「おう」と、彼女に生返事をして、アルヴェールは身体を起こそうとする。しかし、シルファにおさえこまれた。

「じっとしていてください。まだアルさまの身体を癒やしているところですから」

その言葉と、身体から伝わってくる感触とを不思議に思って、アルヴェールは首を動かす。視界に飛びこんできた光景に目を丸くした。

シルファは下着姿で、素肌の上に法衣を羽織っている。ほとんど全裸と変わらないその格好で、彼女は絨毯(じゅうたん)の上に寝ているアルヴェールに覆いかぶさり、身体を密着させていたのだ。

また、アルヴェールもズボンは穿(は)いていたが、腰から上には何も着ていなかった。そうとわかると全身がかあっと熱を帯び、身体の一部がたぎって力強さを増す。

「まあ、さっそく元気になってきましたね」

その反応に喜色を浮かべて、シルファはアルヴェールの左頬に唇を押しつける。ゆっくりと舌を這わせた。背筋を突き抜ける奇妙な快感に、アルヴェールはおもわず身を硬くする。

「シ、シルファ!?　おまえ、何を……」

「何を言ってるんです、アルさま。手当てに決まっているでしょう」

優しげな微笑を口元に湛えて、シルファはアルヴェールと唇を重ねた。若者の唇を舌先で丁寧になぞったあと、そっと口内へ舌を差し入れる。

聖者、聖女と呼ばれるほどの力を持つ神官の中には、じかに肌を重ねることで相手の痛みをやわらげ、傷や病を癒やす者がいる。

シルファにもその力は備わっており、彼女の場合は涙をはじめとする体液すらも、ある種の力を帯びていた。だから、手当てという彼女の言葉に偽りはない。これがもっとも効果的な手段であることは間違いないのだ。

シルファのやわらかな肌が、ぬくもりが、匂いが、アルヴェールの体内に残っていた戦意を凶暴な衝動に変えて、突き動かす。

彼女の舌に、アルヴェールは自分の舌を無遠慮に絡めた。

唇を重ねたのはこれがはじめてではないし、彼女の純潔こそ奪っていないが、その身体はいままでに何度も味わっている。音を立てて、シルファの唇を何度も吸った。シルファが驚いたような反応を見せたのはほんの一瞬で、彼女はすぐに嬉しそうな笑みを浮かべる。

唇を離すと、シルファは蕩(とろ)けた表情でアルヴェールを見下ろした。

「アルさまぁ……。どうぞ、私を好きなように」

言われずとも、そのつもりだった。アルヴェールは彼女を抱きしめ、左手で背中を優しく撫でながら、右手を肉づきのいい尻へと持っていく。丸みを帯びた臀部(でんぶ)を撫でると、シルファは甘い声でアルヴェールの耳元に「もっと……」と、ささやいた。

アルヴェールは彼女の唇を奪い、何度もついばんで感触を味わう。唾液が糸を引くほどに堪能してから、ようやく離した。ふと、壁に掛かっている振り子時計が視界に入る。

――時計？

懐中時計ほどではないものの、振り子時計も高級品だ。シルファの身体に夢中になっていろいろなことを意識から放っていたが、聞かなければならないことがあった。

「ここはどこなんだ？」

「教会の客室です」

次の瞬間、アルヴェールは冷静さを取り戻してシルファを勢いよく引き剥がした。

「ど、どうしたんですか、アルさま。もしかして身体のどこかが痛むとか……」

「痛みなんて一気に吹き飛んだわ！　それどころじゃねえよ！」

小声で怒鳴るという器用なことをしながら、アルヴェールはすばやく周囲を見回す。

石造りの部屋だ。そばには自分たちの服がたたんで置かれている。荷袋もあった。

壁には振り子時計の他に複数のランプがとりつけてあり、室内をぼんやりと照らしている。

テーブルといくつかの椅子はあるものの、ベッドはない。テーブルの上には握り拳ほどの大きさの、両手を高く掲げた女性の像が置かれている。聖フィリアの像だ。

アルヴェールは緊張に息を呑むと、扉に視線を向けた。幸い、外にひとの気配はなく、ほっと胸を撫で下ろす。怒るに怒れないといった顔で、シルファに向き直った。

「シルファ。昔から『壁に耳あり、隙間に目あり』というだろう？　まして教会なんて、誰がどこから見ているかわかったもんじゃねえ。おまえの心遣いは嬉しいし、調子に乗った俺も悪かったが、気をつけてくれ」

もしも自分がこのままシルファの身体を弄び、楽しんで、それを教会の誰かに見られていたらと思うと、冷や汗が止まらない。

教会の権威は強大だ。聖フィリア教を国教としている神聖フィリア帝国の皇帝や、諸国の王たちでさえ無視することはできない。

いまのところは教会もシルファの意志を尊重して、彼女がアルヴェールの旅に同行していることについては苦情と嫌味ていどですませているが、アルヴェールの行動次第では容赦なく強硬手段に訴えてくるだろう。

「だいじょうぶです、アルさま。愛の営みは聖なる行為であると、教会も認めています。聖フィリアも、始祖カインとのまじわりによって子を産むという奇跡を成したのですから」

気にしすぎだとでもいうように、シルファは笑顔で言った。

神聖フィリア帝国の建国神話の一節である。聖フィリアはカインに従うセラフィムであり、子をなせない身体であったにもかかわらず、カインの子を産んだという話だ。教会は、この話を聖フィリアの奇跡として語り継いでいる。

「もしも教会が何か言ってきたら、派手に燃やしてしまいましょう」

「何をとは聞かんが、何だろうと俺たちがそろってお尋ね者になるからやめろ」

「ですが、アルさまも苦しいのではないですか？」

シルファの視線が、アルヴェールの顔から股間へと移った。いきりたった身体の一部はいまだに熱を帯びて、鎮まる様子を見せない。

「私がこの身体を使って慰めてさしあげます。いままで何度もやってきたことですもの」

「だから、ここでそういう台詞を口走るんじゃない。急に誰かが入ってきたらどうする」

艶めいたシルファの顔を見ていると流されそうになるので、扉だけを睨みつけながら、アルヴェールは髪を乱暴にかき回した。ようやく気を失う前の記憶がよみがえってくる。

――そうだった。俺たちはゴダールと戦って……。負けたんだな。

最後に見た光景は、灰色がかった空だった。ゴダールの一撃によって吹き飛ばされ、気絶したのだ。あまりの無様さに、何もかもがいやになってふて寝したくなる。それでもどうにか気力を奮い起こして、アルヴェールは気になったことを聞いた。

「セイランはどうした？」

アルヴェールの質問に、シルファは言いよどんだあと、困ったような笑みを浮かべる。

「ちょっと出ています。あの子は無事ですよ」

「教会にあるあれやこれやが気になりでもしたか」

アルヴェールは苦笑を返した。好奇心の強いセイランらしい行動だ。自分にはシルファがついているから安心だと考えたのだろう。

身体の具合を確認する。あのような倒され方をすれば、ふつうは身体中が悲鳴をあげて、起きあがるのも容易ではないはずだ。だが、身体を動かしてみてもほとんど痛みはなく、大きな怪我も、骨が折れている気配もない。

「身体の調子はどうですか、アルさま」

「ああ。おまえのおかげでだいじょうぶだ。ありがとう、シルファ」

気を取り直して、アルヴェールはシルファに礼を述べる。彼女が肌を重ねてくれたから、自分はこうしていられるのだ。そのあとのことはともかくとして、感謝すべきだった。

「ところで、武闘勇技はどうなった？」

「一時間ほど前、日が沈むころに終わりました。アルさまが倒れたときは、もうこのバンガルに血の海をつくるしかないと思いましたが……」

話しているうちにそのときの光景を思いだしたのか、シルファが肩をわなわなと震わせ、瞳に狂気をちらつかせる。アルヴェールは彼女の肩を優しく叩いて、どうにかなだめた。彼女が落ち着いたところで続きを促す。

「呆然としている私に、アルさまとセイランを教会に運ぶべきだと、ゴダール様が言ってくれたんです。教会の方にも事情を説明してくれて……。それから、ドルキオ卿がお二人を運ぶのを手伝ってくれました」

「そいつはけっこうな借りができちまったな。二人は、まだこの町にいるのか？」

アルヴェールの質問に、シルファは首をかしげた。

「わかりません。私はずうっとアルさまのそばにいたので」

「それもそうか。せめて礼ぐらい言いたかったが……。そういや、誰が優勝したんだ？」

「アルさまの試合以外は見ていないので経過はわかりませんが、優勝したのはゴダール様のようです。少し前に、そんな話し声が聞こえました」

「扱いからしてあきらかに飛び入りなのに、優勝をかっさらっていったのか、あいつ」

アルヴェールは唸った。不満はあるが、それ以上にこの町の長に呆れている。今後、バンガルで武闘勇技が開かれても天翔騎士たちは警戒するのではないだろうか。

そんなことを考えていると、ノックもなしに扉が開いて、ひとりの女性が入ってきた。

背はセイランと同じぐらいだが、その顔に浮かぶ不遜で嗜虐的な笑みは、少女には作り得ないものだ。腰まで届く黒髪を後頭部で結び、細かな装飾をほどこした絹服とスカートという格好で、真紅の外套を肩に羽織り、腰に剣を差している。

喉元まで出かかっていた抗議の声を呑みこみ、アルヴェールは驚きに目を丸くして、その女性を見つめた。シルファはというと、翠玉の瞳に明確な敵意を宿している。

その女性は胸をそらして、二人の視線を楽しげな表情で受けとめた。ランプの明かりが彼女の顔に絶妙な陰影をつくって、凶悪な微笑を描きだす。

「ひさしぶりね、愚弟。宙を舞うおまえの滑稽な姿には笑わせてもらったわ」

「はて、どちらさまですかね」

驚愕から立ち直ったアルヴェールは、歪んだ笑みを浮かべて精一杯とぼけてみせた。

「まさか、この帝国の皇女殿下がこんなところに現れるわけがない。もしも本物のクラリス姉……皇女殿下なら、挨拶代わりに金貨の一枚でもよこしてくれるはずだ」

「減らず口は健在のようだけれど、記憶力は衰えたようね。それとも寝ぼけているのかしら」

クラリス姉と呼ばれた女性は冷笑を浮かべた。

「錆びついた銅貨でよければ恵んであげるわ。騎士の戦いではなく、道化師の芸を見せてもらった代金としてね。そのあとはゴダールと、彼のセラフィムの二人がかりで殴り飛ばしてもらったら？　多少は頭が働くようになるかもしれないわ」

軽口をあっさりいなして、その女性は大股でアルヴェールに歩み寄った。

彼女はクラリッサ。アルヴェールの腹違いの姉であり、神聖フィリア帝国の第一皇女だ。アルヴェールは小さいころから彼女のことを「クラリス姉」と呼んでいた。

クラリッサは背中を曲げ、無造作に手を伸ばして、絨毯の上に座っている弟の顎をつかむ。息がかかるほど顔を近づけて、冷たい言葉を投げかけた。

「迷ったわね、愚弟」

その言葉は見えざる氷の手となって、アルヴェールの臓腑をわしづかみにした。とっさに声が出ないアルヴェールに、クラリッサは冷淡な視線と言葉を続けて浴びせかける。

「ゴダールに負けたのは仕方ないわ。でも、あれは許せない。迷うなと、私は教えたはずよ。迷いはすべてを鈍らせるからと。宮廷を飛びだして、何年もあっちこっち放浪して、その結果がこれ？　失望どころじゃないわ。諦めて帰ってきたら？　自分のセラフィムを手に入れたいまなら、以前よりはいい待遇になるでしょうし――」

「世迷い言はほどほどにしていただけませんか、皇女殿下」

地の底から響いてきたかのような低い声が、クラリッサの台詞を遮った。シルファがクラリッサの手をつかんで、アルヴェールの顎から引き剥がす。彼女はもう一方の手を、床に置いていた杖に伸ばした。杖は瞬時に大鎌へと変わり、湾曲した刃が銀色の輝きを放つ。

「あら、いたの？　淫乱聖女」

さきほどから視界に入っていただろうに、たったいま気づいたといいたげに、クラリッサは鼻で笑った。下着姿のままのシルファに、侮蔑の眼差しを投げかける。

「おまえって、いつ見ても神官らしくないふしだらな格好をしているわね。身体つきも。その割に、愚弟との仲はたいして進展していないようだけれど」

「ずいぶん役に立たない目玉を備えているようですね、傲慢皇女。二つともくり抜いて代わりにガラス玉でもはめこんだ方がいいのではありませんか？　多少は見栄えがよくなりますよ。だいたい、私とアルさまの仲は――」

アルヴェールはすばやくシルファに飛びかかり、彼女の口を手でふさいだ。ここで彼女がめったなことを口走ろうものなら、この姉は喜んで教会の関係者に触れまわりかねない。

「愚弟、邪魔をしないで。言いたいことがあるようだから、最後まで言わせてあげなさい。それによって淫乱聖女がただの淫乱女になり、おまえが死ぬまで宮廷から出られなくなったとしても、受け入れる覚悟はあるのでしょう。そろっていい年なのだから」

クラリッサの両眼には冷ややかな怒りがにじんでいる。アルヴェールは首を横に振った。

「違うんだ、クラリス姉。いまのは売り言葉に買い言葉ってやつでさ。シルファがこんな格好をしているのは、武闘勇技で負った傷を治すために俺が頼んだだけだ。聖者や聖女にそういう力があるのを、クラリス姉が知らないわけはないよな」

必死に弁明する弟を、クラリッサは不満そうな視線で突き刺す。だが、彼女としても本格的な争いは避けたいと思ったのか、納得するようにうなずいてみせた。アルヴェールは視線でシルファに合図を送りながら、恐る恐る手を離す。

小さく息を吐きだすと、シルファは真っ赤な顔でクラリッサを睨みつけた。

「アルさまが大切に思っているお身内の方ですから、ここまで我慢してまいりましたが、さすがに限界を感じてきました。それ以上の暴言は、たとえアルさまが許しても私が許しません。もちろん神も許しません。神聖裁判（アギオディカ）にかければ満場一致で火あぶり間違いなしです。今夜から土の中を永遠（とわ）の寝床となさいますか？」

「やかましいわね、たかだか聖女の分際で」

　聖女をたかだか、などと言えるのは、帝国広しといえどもクラリッサぐらいだろう。二人の視線が敵意を帯びて交わった。

「そうやっておまえが際限なく甘やかすから、愚弟の馬鹿さ加減に拍車がかかったのではないかしら？　聖女はおとなしく教会の奥に引きこもって、神々に祈りを捧げていればいいのよ。帝都の教会はおまえの帰還を待ちわびているそうじゃない」

「教会にいなければ、祈りが届かないということはありません。各地を旅して苦境にある者、助けを求める者に力を貸すのも、聖女の務めと認識しております。皇女殿下こそ、むやみに厳しくすればアルさまの心を傷つけるだけというのがわからないのですか。アルさまに必要なのは、愛です。いつもアルさまだけを見て、アルさまのことだけを考えて、アルさまのためにできることをする。その想いが、アルさまをだめにするはずがありません」

　一語を紡ぐごとに、二人の表情はそれぞれ険しくなり、瞳に宿る敵意は色濃くなっていく。子供が見れば泣きだし、大人が見ても慌てて後ずさるだろう。凶悪としか表現しようのない二人の顔は、女というよりも獣のようですらあった。

アルヴェールは己の甘さを後悔したあと、仕方がないと腹をくくった。かなうことなら二人を放っておいて逃げだしたいが、この教会にいるだろう神官や信徒に、まかり間違って聖女と皇女の殺伐とした取っ組み合いを見せてしまったら、収拾がつかなくなる。

「はい、そこまで、そこまで。クラリス姉は二歩下がって。シルファも少し落ち着け」

勇気を奮い起こして、アルヴェールは二人の間に割って入る。

「アルさま、脇へ寄っていただけませんか。この教会を焼き払ってでも、そこの神敵を討ち滅ぼさなければなりません」

「どきなさい、愚弟。そこの聖女気取りに俗界でのしきたりを叩きこんでやるわ。陽の射さないみじめな暮らしを体験させて、身のほどというものを骨の髄までわからせてあげる」

早くも勇気が枯渇してきた。だが、二人をこのまま野放しにはできない。冷静になれと自分に言い聞かせて、アルヴェールはシルファの耳にささやいた。

「あとでひとつだけ言うことを聞いてやるから、いまはおとなしくしてくれ」

聞き分けのない子供を釣るような口上だが、シルファはじっとアルヴェールを見つめると、

「絶対ですよ。約束ですからね」と小声で返して大鎌を杖に戻す。それを見届けて、アルヴェールはクラリッサに向き直った。

「クラリス姉。シルファと喧嘩をするためにここに来たんじゃないだろう？」

心配なのは、この姉の気性からして、ただ自分を叱りつけるためだけに来たという可能性があることだが、幸いにもクラリッサは「む」と小さく唸って気を取り直す。彼女は腕組みをしてアルヴェールを睨みつけると、ぶっきらぼうな口調で言った。

「戦う際の心得は？」

唐突な問いかけだったが、アルヴェールは一瞬の間を置いて、すぐに答える。

「よく見ること。相手の武器だけでなく、足さばきから目の動きまで」

「隙を見いだせないときは？」

「一点を狙って、気迫と覚悟を武器に迷わず挑むこと」

彼女に剣を学んでいたころ、稽古のたびに復唱させられた言葉だ。あれから何年も過ぎているとはいえ、忘れるわけがない。クラリッサは満足そうにうなずいた。

「ちゃんと覚えていたことだけは褒めてあげるわ。次は実践しなさい。それじゃ、二人とも服を着て。それから本題に入るわ」

彼女の言葉に、アルヴェールとシルファは服を拾いあげてすばやく身につける。クラリッサは扉を振り返って呼びかけた。

「待たせたわね。入ってきなさい」

扉が開いて、一組の男女が姿を見せる。

『豪腕』のゴダールと、彼のセラフィムだった。

ゴダールは甲冑をまとったままだったが、腰の剣は外している。その顔には疲労がにじんでいた。セラフィムが身につけている侍女の服はところどころが破れ、穴が開き、泥で汚れている。彼女の手には、丸めた大きな羊皮紙があった。

部屋に入ってきた二人を見て、アルヴェールは微妙な表情をつくる。彼にも何か事情があったのだろうと考えることはできても、心からの賞賛を贈る気にはさすがになれなかった。

「優勝したんだってな。おかげで俺はしばらく節約生活だ。おめでとう」

「素直に勝者を讃えろとは言わないけれど、お金を絡めないと嫌味も言えないの？」

呆れた顔をするクラリッサに、アルヴェールは肩をすくめてみせる。

「俺が金にうるさいのは昔からだ。クラリス姉や兄貴たちと違って、小遣いをもらったことがないからな」

言いながら、よくないなとアルヴェールは思った。宮廷にいたころの話をすると、どうしても負の感情がわだかまる。姉から視線を外し、ゴダールたちに何の用だと聞こうとした。

再び扉が開いたのはそのときだった。ただし、今度はずいぶんと勢いよく。

「いま戻ったぞ、アル。貴重な経験を積んできた」

そう言いながら部屋に入ってきたのは、セイランだ。黒髪は乱れ、服はぼろぼろだが、いつになく機嫌がよさそうである。アルヴェールが呆気にとられていると、彼女はゴダールと彼のセラフィムに気づいて、神妙な態度で頭を下げた。

「さきほど稽古をつけてもらったこと、あらためて感謝する」

アルヴェールは視線でゴダールに説明を求める。ゴダールは苦笑を浮かべた。

「あなたのセラフィムは、武闘勇技が終わるのを待って、ローズ――私のセラフィムに再戦を申しこみに来たのです。他の騎士のセラフィムにも挑戦していたようですが」

アルヴェールはおもわず天を仰いだ。これほどはた迷惑なセラフィムもいないだろう。姿勢を正すと、アルヴェールはあらためてゴダールに深く頭を下げた。

「俺のセラフィムがえらい迷惑をかけた。すまない」

「いえ、ローズにもいい経験となりましたので。これぐらい覇気がある方がよろしい」

ゴダールがそう言えば、彼のセラフィムであるローズも無言で会釈する。

気まずい思いをしながらも、アルヴェールは気になっていたことを聞いた。

「二つ名持ちの天翔騎士が多い武闘勇技だったが、あいつらはおまえが呼んだのか？」

「それについては私から説明するわ」

クラリッサが横から口を挟んだ。椅子をひとつ引き寄せて座り、形のよい脚を組む。

「私がゴダールに命じたのよ。武勇に長けた二つ名持ちの騎士を、帝都ラングリムに呼ぶようにと。あの三人は、召集に応じたまではよかったのだけれどね。帝都までの通り道だったからという理由でこの町に立ち寄って、武闘勇技に参加したというわけ」

アルヴェールは唖然とした。ゴダールが申し訳なさそうな表情で口を開く。

「彼らは軽率だったかもしれません。ですが、もともと彼らも野盗や魔物との戦いにばかり明け暮れていたわけではなく、武闘勇技で勝ち続けることでも名をあげてきたのです。機会があれば武闘勇技に参加したいという気持ちはわかっていただけませんか」

腕組みをして、アルヴェールはゴダールを睨みつけた。

ドルキオたちを咎めようとは思わない。自分が彼らの立場でも、やはり武闘勇技に参加しただろう。二つ名持ちだからといって、他の騎士に遠慮する理由は何もない。

それに、彼らもリスクを負っていなかったわけではない。籤次第では二つ名持ち同士での潰しあいになっただろうし、無名の騎士相手に苦戦したり、負けたりするようなことがあっては、築きあげてきた名声に傷がつく。

一方で、無名の騎士にとってはそれほど痛手にはならない。アルヴェールにしても、あのゴダールが相手なら負けるのも当然だと思われたはずだ。

「おまえの飛び入りは、あの三人へのお小言ってところか？」

そう聞くと、ゴダールは幅広い肩を縮めてうなずいた。

「武闘勇技の受付をやっていた者は私の友人で、さる貴族の子息なのです。それで私に彼らのことを教えてくれまして。武闘勇技を盛りあげてほしいと、彼から頼まれたのも事実ですが」

「わかった。そういう事情なら仕方がない」

セイランのこともある。笑顔をつくるのにはいくばくかの努力が必要だったが、アルヴェールは笑って話を終わらせることにした。

「話の腰を折って悪かったな、クラリス姉。本題って何だ？」

クラリッサに尋ねると、彼女はゴダールに目配せをした。ゴダールのセラフィムがテーブルに歩み寄り、持っていた羊皮紙を広げる。アルヴェールたちはテーブルを囲んだ。

羊皮紙の正体は、地図だった。神聖フィリア帝国を中心に、中原の諸国を描いたものだ。クラリッサが厳しい視線をアルヴェールに向けた。

「愚弟、地底樹というものを知っていて？」

アルヴェールは首を横に振る。はじめて聞く名だった。

「途方もなく大きな木の魔物よ。その名の通り地底で育ち、地面を割って現れるの。逆さまに生えていて、地上には何百ともいう数の根を出し、それを縦横無尽に伸ばして餌を捕食するのですって。マーリス魔法学院に過去の記録を調べさせたのだけれど、百三十年前にも地上に現れたことがあったわ。そのときの大きさは、このバンガルの町と同じぐらい」

マーリス魔法学院は魔術師の養成機関であり、帝国において最大の研究施設である。学院からの報告となると、信頼性は非常に高い。

「町と同じ……？」

　アルヴェールは息を呑み、シルファも目を瞠った。それほど巨大な魔物の存在など、聞いたことがない。セイランだけは瞳に好奇の色をにじませている。

「百三十年前は、地底樹の近くにあったいくつかの町が丸ごと潰されたそうよ。人間や家畜はもちろん、魔物さえもおかまいなしに捕らえていたのですって」

　クラリッサは続けた。

「魔物まで喰うのか……」

　アルヴェールは顔をしかめたが、同じ魔物であっても容赦なく喰らう魔物はいる。人狼や食人鬼、邪蝙蝠(エルバース)と呼ばれる、人間の頭部を持つ巨大な吸血蝙蝠などがそうだ。

「その地底樹が、ダルカン平原……我が国と、南にあるサマルガンドの間に現れたのです」

　ゴダールが、地図で場所を示しながら説明する。地底樹は、帝国の国境と、サマルガンド王国の国境に挟まれる形で出現したようだ。ふと、アルヴェールはあることを思いだした。

「南部で、魔物の群れがいくつも現れたって話を聞いたが、まさか……」

「耳が早いわね。私とゴダールは関係があると見ているわ」

　クラリッサが言った。地底樹から逃れようと、魔物が北上しているのだ。アルヴェールたちが通りかかったところのように、予期せぬ襲撃を受けた町や村もあるだろう。あらためて、アルヴェールは地図を見つめた。

「サマルガンドも、こちらと同じような被害を受けているんだろう？　力を合わせてさっさと滅ぼさないと――」

「まだ話は終わってないわ。最後まで聞きなさい、愚弟」

アルヴェールの言葉を、クラリッサが半ばで遮った。

「地底樹は、厄介な特徴を持つ魔物なの。町に比肩するほどの大きさまで成長すると、その内部が迷宮のような形状になるのよ。そして、内部のもっとも深いところには核果と呼ばれる果実がひとつだけ生っている。——この核果には、人間を不老にし、半壊したセラフィムを修復したり、力を引きだしたりするほどの力が秘められているそうよ」

沈黙が室内に広がる。クラリッサの両眼には、息を呑むほどの強い意志が輝いていた。

アルヴェールは姉から視線を外して、地図をぼんやりと眺めた。彼女の言葉が事実なら、帝国とサマルガンドとで、地底樹の奪いあいになるだろう。他国が介入してくる恐れもある。

——なるほどな。

内心で、悪態をつく。二つ名持ちの騎士たちを呼び集めるわけだ。

「アルヴェール卿。我々が核果を手に入れるために、協力していただけませんか」

厳粛な表情でゴダールが言った。アルヴェール卿という言い方は、皇帝の息子ではなく、天翔騎士としてアルヴェールを認めるという彼の意思表示だろう。

「地底樹ほどの魔物を滅ぼせば、それを成し遂げた騎士の名は帝国中に知れ渡りましょう。流天の騎士ならば、これほどの名誉を得る機会は他にないと思われます」

アルヴェールはすぐに言葉を返さず、考えこむような表情をつくる。シルファとセイランは無言で若者を見守った。アルヴェールの決断に従うと、彼女たちは決めている。

ゴダールに続いて、今度はクラリッサが言った。

「愚弟。六年前、おまえは陛下に言ったわね。宮廷にいては手に入れられないような名声を得て戻ってくると。ちょうどいいのではないかしら。もちろん報酬も弾むわよ」

クラリッサはローズに目配せをする。ゴダールのセラフィムは腰の後ろに手をまわして小さな皮袋を取りだすと、テーブルに置いた。開いた口から覗いたのは、大量の金貨だ。その輝きに短い唸り声を漏らしたあと、アルヴェールは露骨に強がった笑みを浮かべる。

「面倒な魔物を相手にする報酬としちゃ、ちと少ないんじゃねえか？」

「これは、いわば支度金よ」と、クラリッサはあっさり答えた。

「金貨で六十枚。もちろん別に報酬は用意するわ」

アルヴェールはよろめきかけたが、どうにか身体中に力を入れて耐え抜く。喜んで協力しますとうなずいてしまいそうになる言葉であり、光景だった。

六十枚もの金貨があれば、どれだけのことができるだろう。自分たち三人の服を新調し、必要な道具をそろえ、馬を二頭飼い、町に寄るごとに宿に泊まっても、三年は何もせずに暮らせる額だ。シルファとセイランにも楽をさせてやれる。

しかし、アルヴェールは目を閉じて、首を左右に振る。一瞬の幻想を振り払うと、険しい表情で姉を見据えた。

「ありがたい話だが、余計なお世話だ。たしかに俺は名をあげるために宮廷を出た。だが、クラリス姉にお膳立てをしてほしくはない。たとえ帝国にとっての一大事でもだ」

部屋の外に漏れ聞こえないようにという配慮から声は低めだったが、アルヴェールの両眼にたぎった怒りはすさまじいものだった。クラリッサは形のよい眉をひそめつつ、半分だけ血のつながった弟の主張を、冷えきった態度ではねのける。

「どのような機会であっても利用してやろうという気概も持たずに、自分の力だけで名をあげることができると、本気で思っているのかしら？　六年も大陸を旅して、そのていどのことも学ばなかったの？」

アルヴェールは無言で拳を強く握りしめた。他の者に同じことを言われたのなら、苦笑を浮かべるか、肩をすくめて受け流しただろう。姉であり、武芸の師でもあり、心を許したことのある数少ない人物だからこそ、憤りをおさえることが難しい。

しかし、アルヴェールはそれ以上感情を吐きだすことはしなかった。熱くなった頭で反論の言葉を考えている間に、背後の不穏な気配に気づいたのだ。

まさかと思って振り返ると、そこには再び杖を大鎌に変えたシルファの姿があった。

「アルさま、やはりその毒虫はここで始末するべきです。アルさまのためにも、地上の平和のためにも。神もそれを望んでおられます。ただちに神聖裁判を」

シルファの目に正気の色はなく、空虚な殺意だけが満ちている。口元に浮かんだ微笑は、どす黒い感情のみでつくりあげられたかのようだった。あまりに苛烈な攻撃衝動によって強張ったこの表情を見て、魔女だと思う者はいても、聖女だと思う者はいないだろう。

「よし、落ち着こう、シルファ。俺は怒ってない。全然腹を立ててない。だから、その大鎌を下ろすんだ。深呼吸をしよう。吸って、吐いて。そう、いいぞ。気にしすぎだ、あのていどで俺がかっとなるわけないじゃないか」

アルヴェールが放っておいても、無言でたたずんでいるゴダールとローズが対処するのだろうが、彼らに任せるわけにはいかない。セイランはあてにできない。五分近い時間をかけて、アルヴェールは懸命にシルファをなだめる。どうにか落ち着かせたときには、姉に対する怒りのほとんどが、どこかに吹き飛んでしまっていた。

疲労感を漂わせた顔で、アルヴェールはクラリッサと視線をかわす。

「クラリス姉、話がこれだけなら、俺たちは行くぞ」

名声を求めてやまない流天の騎士にとっては、たしかにありがたい話だ。アルヴェールも、自分の力だけで功成り名遂げることができるとは思っていない。だが、それでも譲れないものはある。宮廷の助けだけは借りないと、旅に出るときに若者は決意していた。

クラリッサがどう考えていようと、皇族が持ってきたという時点で、それは宮廷の斡旋に他ならない。そのような話に、首を縦に振ることはできなかった。

「ひとつ教えてあげるわ。このことはさすがに知らないでしょうから」

狂乱の一歩手前まで迫っていたシルファを見ても、クラリッサは微塵も動じていなかった。冷ややかな口調で、アルヴェールにさらりと重大なことを告げる。

「皇帝陛下がお倒れになったの」

ランプに照らされたアルヴェールの顔から血の気が引いて、青ざめた。

「何だって……？」

「お父さまが倒れたと言ったのよ」

この一日で最大の衝撃が、アルヴェールを襲った。これにくらべれば、武闘勇技におけるあれやこれやなど、取るに足らない些細な出来事のように思えた。

とっさに言葉が出てこず、頭も働かず、アルヴェールはその場に立ちつくす。そんな弟に、クラリッサは哀れむような眼差しを向けた。

「驚くような話ではないでしょう。今年で六十七なのよ。むしろ、帝国の皇帝というお立場にありながら、よく最近まで健康を保ってこられたものだと思うわ」

アルヴェールは顔をしかめて、非難するような目をクラリッサに向ける。

「ずいぶん冷たい言い方をするじゃないか。クラリス姉は、親父のことを尊敬しているもんだとばかり思っていたが」

「お父さまに敬意を払わなかった日はないわよ。おまえと違って」

「……兄貴たちは何をやっているんだ」

アルヴェールとクラリッサには、二人の兄がいる。長兄のサガノスは、父ファルカリスの跡を継ぐ身であり、宮廷で父の補佐を務めているはずだった。

次兄のバルトロンは戦いを好む気性の持ち主で、国内を駆けまわっては山賊討伐や魔物退治でおおいに活躍している。アルヴェールも次兄の名は、旅の中で何度か耳にしていた。

「サガノス兄さまは、倒れられた陛下の代理として国政を取り仕切っているわ。バルトロン兄さまは北方に不穏な動きがあるとかで、そちらへ向かってる」

「北というと、マルダニスか？　それともシューレーン？」

帝国の北西にはマルダニス王国が、北東にはシューレーン王国がある。どちらも表だって帝国と対立しているわけではないが、帝国に隙があれば領土をかすめとろうとしているのは共通しており、国教近くでの小競り合いが絶えない相手だ。

「あなたは知る必要のないことよ。教えてあげられるのは、バルトロン兄さまは敵より少ない兵力で北の国境に向かったということだけね。兄さまだけを引き抜くことはできないわ」

「親父の吝嗇(りんしょく)主義は、まだ続いてたのか……」

毒づいたアルヴェールに、クラリッサは話すべきことはすべて話したというように口を閉ざす。アルヴェールはセイランに視線で合図を送ると、荷袋を手にさげた。

それまで黙っていたゴダールが進みでて、アルヴェールに手を差しだす。

「ご武運を」

アルヴェールは皮肉っぽい笑みを浮かべて、彼の手を握った。そのとき、ゴダールの左頬に小さな傷跡があることに、アルヴェールは気づいた。一筋の細い切り傷だ。

「おまえ、その傷は誰にやられたんだ？」

驚きを隠さず、アルヴェールは尋ねる。二つ名持ちの騎士たちの誰かだろうが、いったい誰がゴダールに己の刃を届かせることができたのか、気になった。

「申し訳ない、アルヴェール卿。いまはまだ明かすことはできないのです」

穏やかな笑みを浮かべて、ゴダールは太い首を横に振る。そう言われると、アルヴェールとしてもそれ以上は聞けなかった。

「じゃあな」

三人は部屋を出る。扉を閉めて、アルヴェールは小さく息を吐きだした。

「出入り口はあちらです」

シルファが廊下の先を指で示したとき、ひとりの男がこちらへ歩いてくるのが見えた。年齢は四十ぐらいか。まとっている白い法衣から、この教会の神官長だとわかった。アルヴェールたちが荷袋を手にさげ、あるいは背負っているのを見て、彼は親しげに声をかけてくる。

「聖女さま、もう行かれるのですか。もっとゆっくりなさっていかれては」

「ありがとうございます、神官長殿。ですが、もうアルさまも歩けますから。お世話になりました。帝都の教会へは、あなたのことを伝えておきます」

優しげな微笑を浮かべて、シルファは如才なく対応する。いつもこの態度であってくれればいいのにとアルヴェールが思っていると、神官長がこちらをじろりと睨みつけてきた。

「アルヴェール卿でしたな。少しお話があります。お時間をいただいても？」

苛立ちをおさえたような口調から、彼が言いたいことをアルヴェールは察した。それどころじゃないと一蹴してやりたいが、こういう手合いは放っておくと面倒になる。

「二人は出入り口のそばで待っていてくれ」

シルファたちに言うと、アルヴェールはおとなしく神官長についていった。廊下を進み、物陰に入ったところで、神官長は足を止めてこちらに向き直る。

「困りますな。聖女さまの立場を利用して、好き放題に振る舞われるのは。我が教会は聖フィリアの教えを信ずる万人に開かれておりますが、宿屋ではありませんぬ」

予想通りの言葉に、アルヴェールはおおげさに肩をすくめた。

シルファによれば、自分とセイランをここに運びこむように言ったのはゴダールだ。自分たちとクラリッサを引き合わせるために、彼はそうしたのだろう。

——文句があるならあの二人に言ってくれ。

そう思うが、この国の皇女や二つ名持ちの騎士よりも、妾腹の皇子で流天の騎士である自分の方が苦情を言いやすいのは間違いない。それに、シルファがアルヴェールの旅に加わった三年前から、教会の関係者は自分を敵視している。

彼らの苛立ちもわからないわけではない。アルヴェールと行動をともにするまでのシルファは、聖女と呼ばれるにふさわしい娘だったからだ。朝と夕の祈りを欠かさず、目上の者に敬意を払い、目下の者に優しく、教典の内容を諳んじ、他者の幸福を願い、奉仕の精神にあふれ、どぶさらいでも薬草摘みでも率先して行い、常に笑顔でいた。

ところがいまのシルファは、何においてもアルヴェール第一である。

彼らにしてみれば、品行方正だった娘が悪い男につかまって染めあげられたようなものだ。だからといって、アルヴェールが彼らの恨み言を聞いてやる義理などないのだが、今回は部屋を借りた手前がある。多少は気を遣うべきだろう。どうせ明日には忘れていることだ。

「あなたは聖女さまのお立場をわかっておいでか？　帝国の未来、教会の未来を考えれば、あなたは言葉を尽くし、知恵を絞って聖女さまを説得するべきなのです。帝都に帰るようにと。これはあなたのために言っているのですよ？　もしも聖女さまに何かあったら、神聖裁判を省略してあなたは火刑に処せられるでしょう。むろん、その前にありとあらゆる責め苦に苛まれることになります。あなたのお身内の方もただではすみますまい」

「あいにく俺に身内はいねえんだ。だいたい俺に説得できるぐらいだったら、教会の説得上手たちが、とうに聖女さまを帝都へ連れて帰っていると思わないか？　俺ばかり責めないで、あんたより偉い立場の連中にも言ってくれよ」

このあたりで充分だろうと判断してアルヴェールが反論すると、神官長は不満そうに口をつぐんだ。納得したのではなく、反論の言葉をさがしているのだろう。アルヴェールは荷袋に手を入れると、銅貨を一枚取りだした。指先で弾いて神官長に放る。

「教会への寄付だ。あんたにも聖フィリアのご加護があらんことを」

気を失っていた間の部屋代としては充分だろう。

「聖女さまのお身体に何か変化があったら、我々にはそれがわかるのですぞ」

神官長の言葉を背中に受けて、アルヴェールが出入り口に向かう。待っていたシルファとセイランとともに、教会を出た。

空はすっかり暗くなっている。無数の星に囲まれて、双月——大きな碧月（あおつき）と小さな紅月（あかつき）が並んで輝いていた。伝承によれば、紅月は百年前に生まれたものらしい。幼いころから双月を見慣れているアルヴェールには、月がひとつしかなかった時代があるなど信じられなかった。

数百メートル先に、無数の明かりがゆらめいている。耳をすませると、歌声らしきものが聞こえてきた。武闘勇技の余韻だ。あそこでは多くの人々が飲み、食らい、踊り、歌って、戦い抜いた騎士たちを讃えているに違いない。

腹が鳴った。思えば、バンガルに着いてからは串焼きしか食べていない。

「アルさま、これからどうしますか？」

シルファに聞かれて、アルヴェールは笑って答えた。

「まずは食いものと酒だ。おまえたちも好きなものを頼め」

「しかし、アル。今回の武闘勇技では銀貨の一枚も稼げなかったんだぞ」

申し訳なさそうな表情で言うセイランに、アルヴェールは首を横に振る。

「だからこそ、ろくでもない記憶を引きずらないように英気を養う必要があるんだ。おまえは遠慮せずに……いや、少しだけ遠慮しながら、食いたいものを食え」

普段のセイランの食べっぷりを思いだして、アルヴェールは修正した。セイランはたちまち笑顔になって、「わかった」とうなずく。

アルヴェールたちは町を彩る明かりに向かって歩きだす。

ところが、数歩も行かないうちにシルファが足を止めた。

「どうした？」

不思議に思ってアルヴェールが聞くと、シルファはくすりと笑った。

「まだアルさまに願いをかなえてもらっていなかったことを思いだしまして」

彼女とクラリッサの喧嘩を止める際に、ひとつだけ言うことを聞くと約束したことだ。

ごまかすわけにはいかない。アルヴェールは頭をかいて、彼女の言葉の続きを待つ。シルファは杖と荷袋を地面に置くと、両手を胸の前で合わせた。頬をかすかに染めて、少し恥ずかしがるような、それでいて期待するような表情で、アルヴェールを見上げる。

「アルさまから、私に口づけをしていただけますか？」

アルヴェールはとっさに言葉に詰まった。いまさら接吻など照れるものでもないが、こうしてあらたまって求められると、やはり少し恥ずかしい。

周囲の気配をさぐる。近くにひとはいない。もしも教会の関係者が自分たちをつけていたとしても、この暗さなら何をやっているかなどわからないだろう。

それでも動くきっかけがなかなかつかめず、視線をさまよわせていると、セイランがわざとらしく自分たちに背を向けた。気を利かせたつもりなのだ。

アルヴェールはシルファを抱きしめる。彼女の唇に、自分の唇を押しつけた。

†

アルヴェールたちが去ったあとの教会の一室では、クラリッサとゴダールが酒杯をかわしていた。テーブルには葡萄酒の他に、チーズや果物、干し肉などを盛った皿が並んでいる。教会が用意したものだ。神官長はもっと贅を尽くしたものを用意すると申し出たのだが、クラリッサが丁重に断ったので、このような食事になったのだった。

セラフィムであるローズは給仕を務め、ゴダールの背後に控えている。

「皇女殿下の食事にしては質素ですが、よろしかったのですか」

「私は『吝嗇帝』の娘だもの。こういった食事はきらいじゃないわ」

ゴダールに問われて、クラリッサは機嫌よさそうに答えた。『吝嗇帝』とは、彼女やアルヴェールの父であり、皇帝であるファルカリスのあだ名だ。皇帝の異名としては不名誉きわまるが、当人が否定もしなければ禁じもしないので、市井の人々の間にも膾炙している。

「それに、お酒をおいしくするいちばんのご馳走はもういただいたもの」

「と、申しますと？」

「愚弟よ。私の思ったとおりの答えを出してくれたわ」

葡萄酒を満たした銀杯を傾けながら、クラリッサは言った。ゴダールは太い首をひねる。

「アルヴェール殿下は、こちらの提案を拒まれたではありませんか」

「こちらの提案を呑んでいたら、私は愚弟を見放していたわ」

銀杯を空にして、ゴダールのセラフィムに差しだしながら、クラリッサは言葉を続けた。

「六年前に宮廷を飛びだしてから、愚弟は一度も帰っていない。帝都には何度か足を踏みいれているのに。それほど嫌っている宮廷の誘いに乗ろうとするなんて、よほど切羽詰まっているか、矜持を失ったかのどちらかよ。矜持のない人間を、私は信用しない」

ローズが、クラリッサの銀杯に新たな葡萄酒を注いだ。それを横目で見ながら、ゴダールは皇女に問いかける。

「何らかの事情で切羽詰まっていたとしたら？」

「その事情次第で、こちらを裏切るかもしれない。やはり信用できない。だから、あの答えでよかったのよ。これで愚弟は独自に動く。陛下をお助けするために」

銀杯に口をつけながら、ゴダールはそっとクラリッサの表情をうかがった。本心だろうか。それとも強がりだろうか。いずれにせよ、もう少し弟君にこのような態度を見せればよかろうにと思わずにはいられなかった。そうした内心をしまいこんで、彼は話を進める。

「アルヴェール殿下は、陛下のために動いてくださるでしょうか」

妾腹の子であるアルヴェールは、宮廷で疎外(そがい)されていた。宮廷で大切に扱われていたのは、正統な血筋を引く二人の皇子と、そしてクラリッサの三人であり、アルヴェールはほとんどいないものとして扱われていたのだ。

「ええ。だから、あの子はもう放っておいていい。私たちは、やるべきことをやるわ。ゴダール、あなたは帝都に戻るのだったわね」

「はい。この事態に乗じる輩に備えて、帝都の守りを固めなければなりませんから。ドルキオ卿たちのこと、よろしくお願いいたします」

ただ地底樹から核果を手に入れ、討ち滅ぼせばいいというわけではない。魔物に襲われるだろう村や町を放っておくことはできないし、サマルガンド王国を牽制(けんせい)しなければならない。政務をはじめとする諸事は長兄のサガノスが処理し、動揺する廷臣をおさえているが、それもいつまでもつかわからない。やるべきことはいくつもあった。

# 2　過去と、決意

はめこみ式の小さな窓から、春の朝日が射しこんでいる。

目を覚ましたアルヴェールがまず思ったのは、身体がだるいということだった。空気が濁っている気もするし、何かがのしかかっているような重みも感じる。

毛布に手を伸ばすと、別のものがてのひらに触れた。髪、それからひとの肌だ。視線を動かすと、やや乱れた金色の髪が、眼前に広がっている。

一糸まとわぬ姿のシルファが、毛布の中に潜りこんでいた。

華奢(きゃしゃ)な肩、細い腕、豊かな胸に腰から尻に至る曲線、しなやかな太腿のすべてが惜しげもなくさらけ出されている。双丘はアルヴェールの胸に押しつけられて、その形をやわらかく変えていた。身じろぎをすると、中心にある薄紅色の先端が擦れてくすぐったい。

アルヴェールは緊張と興奮に身体を熱くしながらも、懸命に記憶をさぐる。ゆうべの出来事が記憶の底から徐々に浮かびあがってきた。

――教会を出たあと、てきとうな酒場に入って……。

シルファとセイランをねぎらうために、パンや葡萄酒、骨のついた豚肉の煮込み、キャベツと鶏肉のスープ、茹でてバターを乗せたジャガイモなどを注文し、しばらくは楽しい一時が続いた。セイランは大きいことだけが取り柄のライムギパンをかじりながら、次はゴダールとローズに勝つと息巻いていたものだ。

そうしていくつかの皿を空にしたとき、アルヴェールたちは数人の男たちに絡まれた。

「うん？　おまえ、一回戦目で『豪腕』にたった一撃でのされた騎士じゃねえか。ありゃあ見物だったぜ。俺の知るかぎり、あそこまで恥ずかしい負け方をしたやつはいねえ」

男のひとりが笑いながらそう言って、アルヴェールに酒臭い息を吹きかけてきた。

アルヴェールは笑って受け流そうとしたのだが、シルファが黙っていなかった。「神聖裁判(アギオディカ)をはじめます！」と叫ぶや杖を振るって、たちまち男たちを薙ぎ倒したのだ。大鎌に変化させなかっただけ、自制心がきいていたと思いたい。

ともかく、そうして殴られた客たちは他のテーブルをひっくり返したり、料理を運んでいた給仕(きゅうじ)の娘を巻きこんで床に倒れたりしたので、大騒ぎになった。

店内のあちらこちらで客同士の喧嘩がはじまり、怒声と皿が飛び交う事態になったので、アルヴェールは数枚の銅貨をカウンターに放り投げると、シルファとセイランの手を引いて店から逃げだしたのだった。武闘勇技(アドラキオン)の余韻が残っていたのだろう、酔った客の何人かはあきらかに自身を騎士に見立てていたので、自分たちばかりに原因があるとは思わない。

そうして三人はてきとうな宿屋に入りこんだ。部屋を二つとり、シルファたちとわかれてひとりになったアルヴェールは猛烈な眠気に襲われ、ベッドに倒れこんだのだった。

シルファがうっすらと目を開ける。きょとんとした顔でアルヴェールを見たあと、優しげな微笑を浮かべた。

「――昨夜は楽しい一時を過ごしましたね、アルさま」

アルヴェールは顔を引きつらせた。まさか越えてはいけない一線を超えてしまったのか。

一呼吸分ほどで覚悟を決めると、アルヴェールは彼女に訊いた。

「シルファ、俺は何をやった……？」

「ええと、私がまた夜這いに失敗したあとですね」

いやな出だしだなとアルヴェールは思ったが、黙って耳を傾ける。

「二人でお酒を飲もうとしたら、間違えておたがいの顔にかけてしまって。顔を舐めあうことでお酒を味わったのですが、私もアルさまもだんだんその気になって。今度はおたがいの身体を――つまり、私が咥えたり、挟んだり、跨がったり……。アルさまも、私の身体を撫でまわしたり、吸ったり、擦りつけたり……。そうして堪能したのですが、ついにアルさまは私を奪ってくださらなかったんです」

――そうだ。俺はすぐに眠っちまった。シルファに何もしていないはずだ。

シルファがここにいることについては、とくにおかしなことではない。

彼女が真夜中に裸で迫ってくるのも、アルヴェールの寝込みを襲ってくるのも、もはやセイランが気にしないほど、よくあることだからだ。

ほんのりと頬を染めながらシルファが語り終えると、アルヴェールは心の中で昨夜の自分に喝采を送った。一線は越えなかった。越えなければ何をしてもいいのかという疑問はあるが、彼女と旅を続けるにあたって、そこは何より大事なのだ。

「――アルさま」

両手を胸にあてて、シルファがアルヴェールを見つめた。翠玉の瞳が純粋な光を湛える。

「私は、いつかアルさまにこの身を捧げることができるのでしょうか」

彼女の視線を受けとめて、アルヴェールは素直に反省した。

自分は彼女を大切に思っているし、シルファもそのことを理解している。

だが、それによって打ち消すことのできない鬱憤や不安は存在するのだ。彼女にそうした想いを与えているのは、まぎれもなくアルヴェールだった。

たとえば南のサマルガンド王国など、教会の手が及ばない地へ逃げれば、シルファの願いはかなうかもしれない。だが、異国の地に定住しようとすれば、相応の苦難があるだろう。それにアルヴェールの旅の目的にもそぐわない。

アルヴェールが目指しているのは、教会が認めるほどの名声を得ることだ。

もっとも、いつになれば達成できるのかはわからない。ともに旅をして、もう三年。シルファはアルヴェールを支えながら、その日がくるのを待っている。

アルヴェールは彼女の肩に手を置くと、その額に唇を押しつけた。いくばくかの間を置いて離れると、シルファは嬉しそうに微笑む。ベッドから下りて、自分の法衣を抱えた。

「私は身体を拭いたら、教会へお祈りに行ってきます」

「そうか。一時間後ぐらいに教会に迎えに行けばいいか？」

アルヴェールが教会に顔を見せれば、神官長がまた何を言ってくるかわからない。シルファは「はい。そのぐらいで」と、答えて嬉しそうに部屋を出ていった。

ひとりになってからシルファのことや、これからの旅のことを考えたあと、アルヴェールはのろのろとベッドから出る。上着を着たところで、扉が外からノックされた。

扉を開けると、セイランが立っている。

「起こしにきたぞ、アル。おはよう」

機嫌がよいらしく、セイランは笑顔だ。頭の左右で結んだ黒髪も元気にはねている。

「おう、おはよう。ちょうどいいところに来てくれた」

水がどこにあるのかセイランに聞くと、裏手に井戸があるという。アルヴェールは彼女に頼んで木桶にいっぱいの水を汲んできてもらい、それですばやく身体を拭いた。

「ところでおまえ、何かいいことでもあったのか？」

「昨日、いろいろなセラフィムに挑んだから、早朝の鍛錬（たんれん）が充実したものになったんだ」

その返答に、アルヴェールは微笑ましい視線をセイランに向ける。セラフィムの身体は人間と異なり、鍛えたからといって強くなるものではない。セイランによると、「何かあったときに、それまでの蓄積をもとに、より速く反応できるようになる」というものらしい。

「いまのままでも、おまえは充分に強いと思うぞ」

アルヴェールがそう言うと、セイランは首を横に振る。黒髪もいっしょに揺れた。

「まだまだだ。アル、前にも言ったが、神々の時代には、わたしは空だって飛べたんだ」

たしかに以前にも聞かされたことはある。時折、きわめて断片的にではあるが、数千年前、あるいはそれよりも遠い神話の時代について思いだすセラフィムは珍しくない。

「いつか、アルとシルファとともに空を飛んでみせるぞ」

「そうだな。俺がよぼよぼの爺さんになるまでに頼む」

着替えをすませて部屋を出る。カウンターに向かうと、壺を磨いている宿の主人の姿が見えた。彼に井戸の水の代金を払って、食事をしてくると告げる。セイランとともに宿を出た。

朝と呼ぶにはもう遅いが、昼と呼ぶには早すぎる頃合いだ。見上げれば青空が広がり、太陽が白く輝いている。春風の舞う中を人々はせわしなく行き交い、通りはにぎわっていた。

二人は並んで通りを歩く。聞こえてくる話題は、やはり昨日の武闘勇技のことが多かった。

「飯の前に、シルファを迎えに行くぞ。おまえの服も何とかしないとな」

隣を歩くセラフィムの少女を、アルヴェールは見下ろす。紅を基調としたセイランの服は、当然ながらぼろぼろのままだった。この町を出る前に修繕しておかなければならない。

「服も、わたしの身体と同じように、時間の経過とともに修復されればいいのに」

服の汚れを手でこすりながら、セイランは言った。

セラフィムは、あるていどの傷なら放っておけば治る。直る、というべきかもしれない。大きな傷、深い傷は修復に時間がかかるし、傷によっては修復されないものもある。アルヴェールも、旅の中で、腕や脚のないセラフィムを見たことがあった。

「ものは考えようだ。修繕できるから、布をあてたり、模様をつけたりする楽しみもある」

「なるほど。それは思いつかなかった」

真面目に反応するセイランが微笑ましくて、アルヴェールは思いついたことを言った。

「シルファに何か縫いつけてもらうのもいいかもしれないな。あいつは裁縫も得意だ」

「そういえばこの前、自分の法衣にアルへの愛の詩を縫いつけたいと話していたな」

「もしやろうとしているところを見たら、絶対に止めてくれ」

自分が恥ずかしいのは我慢できるが、他人には見られたくない。とくに教会の関係者には。

ふと、セイランが足を止める。通りの端から聞こえてくる歌声に、興味を示していた。

「今日はゴダールの武勲を詠う詩ばかり聞こえていたが、違う詩を詠う者もいるのだな」

「他の詩を聴きたいってやつもいるだろうからな。そういう客を狙ったんだろう」

何気ない口調でセイランに答えたアルヴェールは、詩の内容を聴いて眉をひそめる。

それは、人間とエルフの戦いを詠ったものだった。

武闘勇技での、町の長のセラフィムについての語りは、嘘ではない。

だが、すべての事実を語ったものでもない。神話の時代が終わってすぐに、人間の時代が訪れたわけではなかった。

その二つの時代の間には、エルフと呼ばれる種族の時代があった。

エルフは一千年をゆうに超える寿命を持ち、魔術(マギ)を自在に操り、人間を奴隷として使役し、高度な文明を築いた。数千年にわたって、彼らは地上を支配していたのだ。

一説には、神々は人間ではなく彼らにセラフィムを与えたのだといわれているが、これは帝国の始祖カインと、彼のセラフィムであったフィリアによって否定されている。

永遠に続くかと思われたエルフの国家も、五百年前に滅びた。エルフ同士の確執や争いが蓄積して歪みを生み、人間の叛乱が崩壊に拍車をかけたのだ。その後、人間たちによってエルフは徐々に大陸の片隅へと追いやられ、ついには姿を消した。

エルフを見たという話はたびたび出てくるが、公に存在が確認されたことはない。もはやエルフはおとぎ話や英雄譚に出てくる妖精などと同じ扱いだった。

だが、エルフは滅びておらず、ごくわずかな者たちが、人間への復讐と国家の復活を願って暗躍しているともいわれている。

「――セイラン、行くぞ」

珍しく、アルヴェールは黒髪のセラフィムを急がせた。セイランは人間とエルフの戦いが気になるそぶりを見せたが、アルヴェールに待つつもりがないと悟ると、おとなしく従った。

まもなく、教会が見えてきた。

シルファの姿を見つけて、アルヴェールは呼びかけようとしたが、寸前で言葉を呑みこむ。

教会の出入り口の手前には短い階段があるのだが、彼女は杖をついた老婆を助けて、いっしょに階段をのぼっていた。老婆のものだろう小さな荷袋も持ってあげている。

微笑を浮かべて、アルヴェールは歩調を緩めた。

普段のシルファは優しく、そして強い娘だ。迷子の子供がいれば、いっしょに親をさがしてやり、悪漢に絡まれている少女がいれば、敢然と助けに入る。アルヴェールがシルファに惹かれていったのも、旅の中で彼女のそうした面を何度も見てきたからだ。

もしもシルファが自分の旅に同行していなかったら、聖女としての道を正しく歩んだかもしれない。ときどき、アルヴェールはそう思うことがある。教会に対してあまり強気に出ないのは、そうした考えからくる申し訳なさのようなものもあった。

老婆が階段をのぼりきり、シルファに礼を言って教会へと入っていく。そのとき、シルファがこちらを見た。自分に気づいたようだ。小走りにこちらへ駆けてきたシルファは、セイランと笑顔をかわしたあと、アルヴェールを見あげた。

「アルさま、とりあえず口づけを」

「教会の前で、それもとりあえずで求めるな」

アルヴェールはことさらに厳しい顔をつくりつつ、シルファの頭を優しく小突（こづ）いた。

薄い生地のパンに、鶏肉や細切れにした野菜を挟んだものを大通り沿いの露店で買う。その他に、サマルガンド産の黒茶というものも好奇心から買った。ある種の葉を発酵させ、熱し、乾燥させて湯を注いだ飲みものだという。

四人分のパンと、三人分の黒茶を持って、アルヴェールたちはてきとうな空き地に入った。

空き地は円形の柵に囲われ、子供でも名前を知っている偉大な皇帝や、名高い武勲をあげた武将、天翔騎士の石像が柵に沿って飾られている。

アルヴェールたちはあまりひとのいない場所を選んで、並んで地面に腰を下ろした。

パンには塩と胡椒をきかせたソースが使われており、頬張ると自然と口元が緩む。黒茶も、独特の香りと、舌にかすかな苦みの残る味がパンに合っていた。

視線を巡らせれば、天翔騎士について詠う吟遊詩人や、芝居を見せる人形師の姿がある。菓子を食べながら談笑している主婦たちや、地面に落書きをして遊んでいる子供たちもいた。

食事をしながら、アルヴェールは昨夜のことを二人に聞いた。

「アルさまは、落ちこんでいたセイランを励ましていましたね」

「励ました……？」

くすりと笑って話すシルファに、アルヴェールは首をひねる。彼女は楽しそうに続けた。

「酒場にいたときです。元気なように見えて、やはりセイランは落ちこんでいました。新しい靴を買ってもらったのに一勝もできなかった、再戦を挑んでもだめだった、アルさまの剣であり、盾である身として、あまりに不甲斐ないと。そんなセイランに、アルさまはこう言ったんです。『戦い方が悪かった。あれは自分たちのやり方ではなかった』と」

そんなことを言っただろうか。いや、言ったかもしれない。

「──雰囲気に呑まれて、考えなしに正面から突っこんだのは失敗だった」

アルヴェールがそう言うと、口元にソースをつけながら、セイランが反応した。

「何だ。アルもちゃんと覚えているんじゃないか」

「いや……」

アルヴェールは頭(かぶり)を振った。覚えていたのではない。昨夜、教会を出てから食事をするまでの間に、考えていたのだ。

クラリッサに指摘された通り、アルヴェールは迷った。そのために踏みこみや突撃の鋭さがどうしても足りなかった。それも敗因には違いないが、他にないわけではない。

圧倒的な実力の差があるにもかかわらず、アルヴェールは自分らしくない戦い方をして、その差を埋める努力を怠った。

ゴダールのことを多少は知っているのだから、何かしら揺さぶりをかけるべきだった。通じなかったかもしれないが、試みもしなかったことが問題なのだ。

「先日の魔物との戦いもそうだが、アルは小細工を弄した卑怯な戦い方が好きだからな。『性格に合った行動こそが、もっとも上手くやれる』と、古の将軍セザーも言っている。わたしも地面に穴を開けるなどして、戦いやすくするべきだった」

「それ、やり方によってはルール違反になるからな」

アルヴェールは笑って、セイランの髪をくしゃりと撫でた。

食事を終えたあとも、三人は地面に腰を下ろしてくつろいでいた。

人形師の芝居をぼんやりと眺めながら、アルヴェールは考えにふけっている。

——さて、これからどうするか。

クラリッサの提案ははねのけたが、地底樹を放っておくわけにはいかない。

町から町へ旅を続ける天翔騎士としては、魔物が活発に動きまわったり、南への街道が軍に封鎖されたりすることは望ましくない。それに、サマルガンド王国には以前、シルファとともに行ったことがある。あの国の人々に対して、悪い印象はそれほど抱いていない。

加えて、父が倒れたというクラリッサの言葉が、アルヴェールに大きな衝撃を与えていた。

——あの親父が……。

アルヴェールの脳裏に、黄金の小さな冠をかぶり、白髪まじりの黒髪を肩まで伸ばし、長い髭をたくわえた老人の顔が浮かぶ。

記憶の扉が開いて、幼いころからのさまざまな光景が若者の脳裏に広がっていった。

†

神聖フィリア帝国は、五百年の歴史を持つ。圧政者ロドを打ち倒した若者カインが、彼に従う者たちとともに興した。最初は王国だったが、周辺諸国との戦いに勝利し、いくつかの国を従属させて帝国となった。ロドとの戦いからはじまり、皇帝となったカインに背いた弟アベルとの戦いをもって終わる建国譚は、帝都の民に広く親しまれている。

その帝国で、アルヴェールは皇帝ファルカリスと、平民の娘アンナとの間に生まれた。

二十二年前、ファルカリスはわずかな手勢だけをともなって、いくつかの都市を視察した。その途中で、休憩のためにとある村に立ち寄った。

そのようにして突然現れた皇帝一行の相手を務めたのが、アンナである。彼女は村にひとつしかない酒場にファルカリスたちを案内し、酒と食事を用意した。皇帝はアンナを見初めて宮廷へ来るように誘い、彼女は承知した。

そして翌年、アルヴェールが生まれたのだ。

このことはたいして話題にならなかった。ファルカリスは皇妃クロエとの間に二男一女をもうけており、長男のサガノスも、次男のバルトロンも健康に育っていたからだ。妾腹(しょうふく)の皇子がひとり誕生したところで、注目されるはずがなかった。

また、皇妃クロエはたいへんな悋気の持ち主だと、宮廷に勤める者たちは知っていた。皇帝も彼女に気を遣っている。皇妃の不興を買うような真似を、するはずがなかった。

アルヴェールは宮廷で育てられることとなり、老いた従僕と侍女が、彼の面倒を見た。アンナは宮廷を去って、帝都の一隅で静かに暮らしはじめた。もっとも、足繁く宮廷に通っては、アルヴェールの世話をしていたので、宮廷を追いだされたというわけではないようだった。

母と、従僕と、侍女と、この三人がそばにいる間、アルヴェールは不自由を感じることも、孤独を覚えることもなかった。ただ、不思議に思ったことはあった。

「どうして僕はお父さまに会うことができないの？」

素朴な疑問に、母は笑って答えた。

「お父さまは忙しいのよ。毎日、難しいことを考えたり、ひとと会わなければいけないから」

この答えはアルヴェールを満足させなかったが、聞いてはいけないことなのだと悟らせることはできた。何より、嘘ではなかった。

アルヴェールが見る父の姿は、多くの官僚から報告を受けながら廊下を歩いているか、きらびやかな衣服をまとったひとたちと話しているか、というものだったからだ。母の言葉に納得することはできた。

アルヴェールが五歳のとき、母が死んだ。

帝都の外へ薬草を摘みに行った際、よく似た形の毒草を間違えて採ってきてしまい、それがもとで命を落としたのだという。

死というものについて、アルヴェールはよくわかっていなかったのだが、母には二度と会えないのだと従僕と侍女に告げられ、そのことが悲しくなって泣きじゃくった。

母は、市街にある共同墓地に埋葬された。

共同墓地は、中央に墓代わりの大きな木がそびえ、四角い囲いに沿って花壇が配された静かな場所で、アルヴェールは従僕と侍女に手を引かれて毎日のようにそこを訪れ、教えてもらった祈りの言葉を唱えた。一ヵ月も過ぎたころには、ひとりで行けるようにまでなっていた。

それからさらに数ヵ月が過ぎたころ、今度は従僕と侍女がいなくなった。二人とも、年齢を理由に宮廷を去ることを決めており、生前の母とも話しあっていたのだという。

引き止めなかったのは、そのまま二度と会えないとは思っていなかったからだ。

二人が去った数日後、新しい従僕と侍女がアルヴェールの前に現れたが、この二人の仕事ぶりはきわめて事務的だった。

前の従僕たちは手の空いたときに昔話を聞かせてくれたり、菓子をつくったりしてくれた。アルヴェールがいたずらをしたら真剣に叱るなど、親身に接してくれた。

ところが、新しい従僕たちはそうしたことを何ひとつしなかった。アルヴェールが話しかけても取りあわず、最低限のことをやったらさっさと引きあげてしまう。

アルヴェールが宮廷を他人の家のように感じはじめたのは、そのころからだ。宮廷を歩きまわり、おもいきって他の者に声をかけても、冷淡な態度をとられてしまう。妾腹の皇子への対応など、それで充分といわんばかりだった。

父と話ができないのも、不満だった。子として声をかけてほしいという想いはもちろんあるが、それ以上に、母のことをどう思っていたのかを聞きたかった。なぜなら、父は一度も共同墓地を訪れていなかったからだ。

何をどうすればよいのかわからないまま二年と数ヵ月が過ぎて、八歳になったアルヴェールはひねくれた子供に育った。理由は簡単で、自分と二人の兄をくらべるようになったからだ。自分が着ているのは地味な装飾のほどこされた麻の服で、兄たちが着ているのは金糸や銀糸の刺繍が華やかな絹服だった。式典の場で、彼らは着飾った大人たちにうやうやしくかしずかれ、あたたかな笑顔に囲まれていた。アルヴェールのまわりには誰もいなかった。

そうして宮廷における己の立場を思い知らされたアルヴェールだが、迷い、悩み、鬱屈とした感情を覗かせるようになったていどで、現状を打開しようとはしなかった。正確にはその方法が思いつかず、動けなかったのだ。

その日の昼過ぎ、アルヴェールは宮廷をひそかに抜けだして、市街に出た。共同墓地へ行く道以外のところへ、足を踏みいれたのだ。

従僕も侍女も、自分の仕事が終わればすぐにいなくなり、日が暮れるまで戻ってこない。自分に会いに来る者はいないし、関心を持つ者もいない。見張りの兵たちの目を盗むことさえできれば、抜けだすのは難しくなかった。

市街に何か用事があったわけではない。ただ、もはや息苦しさしか感じない宮廷から逃げだしたかったのだ。それに、小さいころに母から話を聞かされていて、興味はあった。

市街には、アルヴェールの知らないものがあふれていた。

通りを駆ける子供たち、立ち並ぶ露店の数々、水汲み場で談笑する主婦たち。香ばしい匂いに食欲を刺激され、喧噪に耳が痛くなる。伝わってくる熱気に奇妙な昂揚感を覚えながら、アルヴェールは大通りを歩いた。

帝都ラングリムは、大陸でもっともにぎわっている都市だ。

帝国の民はもちろん、近隣諸国の商人や職人も数多く見られ、人間だけでなく、二本足で歩く竜族──ドラゴニュートの姿もある。おっかなびっくり歩くアルヴェールの姿が見咎められなかったのは、このように雑多な人々であふれかえっていたからだった。

ほどなく空腹を覚えて、アルヴェールはパンを売っている露店の前へと歩いていった。パン屋をじっと見上げる。何と言えばいいのか、わからなかったのだ。無言で自分を見つめてくる少年に、パン屋はことさらに不思議そうな顔をつくって聞いた。

「パンがほしいのかい、坊や」

アルヴェールはうなずいた。

「銅貨二枚だ。小さいのなら一枚にしてあげてもいいがね」

アルヴェールはきょとんとした顔で、何度か瞬き（まばた）をした。

ものを買うのにお金がいるのだということを、知識としては知っていた。だが、それまで買いものをしたことがなかった少年は、現実のものとして捉（とら）えていなかった。

「お金、ない……」

「なら売ってやることはできねえな。お母さんにでもお願いして、また来な」

慣れた口調で、パン屋は少年をあしらった。アルヴェールの服装から、それなりの身分の者だと察しをつけたのだろう。

アルヴェールはこくりとうなずくと、とぼとぼとその場から歩き去った。あらためて見てみると、誰もが買いものをするときには銅貨や銀貨を用いていた。一枚の銅貨も持たない自分はここにいるのはふさわしくないのだと思って、アルヴェールは宮廷に帰った。

その日の晩、アルヴェールは夕食を持ってきた侍女に、宮廷の外へ出たことを話し、ため息まじりに淡々と叱られた。勝手な行動をされると、私どもが迷惑を被るのです。どうか、ここから出ないでくださいませ。

「ならば、誰かがいっしょにいるなら外に出てもよいのか」

勝手な行動でなければ問題ないのか。そう考えて聞いてみたのだが、返答は明白な拒絶だった。殿下に何かあれば、私どもが迷惑を被るのです。さきほどと同じ口調で侍女は言った。

「まったく、サガノス様やバルトロン様と違って小遣いももらえない身で……」

アルヴェールが危機感を抱いたのは、このときだった。

宮廷にいるかぎり、自分は食事にも服にも、寝る場所にも困らない。言い換えるなら、飢えや寒さから逃れるためには、宮廷にいなければならない。

いつか老いて死ぬまで、自分はこの部屋で過ごすことになるのだろうか。

このままでは、おそらくそうなる。

逃げるべきだ。そう思ったが、どこに逃げるのかと考えて途方に暮れた。自分にはひとりの味方もいない。宮廷の外では金が必要になるのだとわかったが、それもない。

無力感に包まれて、数日が過ぎた。


死んでやる。アルヴェールはそう決意した。

宮殿の最上階にあるバルコニーから飛び降りてやる。たくさんのひとの目につくように。

昨夜、広間で吟遊詩人が詠っていたのを盗み聞きしたのだ。かつて、圧政を敷いた王の前で毒を呷り、己の死によって王を弾劾(だんがい)した者がいたらしい。

これは、自分に対する不当な扱いを訴える抗議の死だ。だからこそ、広く知ってもらわなければならない。

その日の昼、アルヴェールは中庭を見下ろせるバルコニーの柵の上に立った。地上からの高さはおよそ二十メートルといったところか。中庭を彩る花壇や池が、驚くほど小さく見える。ここから落ちれば、八歳の子供など間違いなく死ぬに違いない。

中庭には、休んでいたのだろう兵士や侍女らしき者たちの姿がある。十人ぐらい。見届け役としては充分だろう。彼ら彼女らの口から、自分の死は宮廷中に伝わるはずだ。

あらためて地面を見下ろすと、目眩がした。空を見上げて、呼吸を整える。

風が頬を撫でた。自分が大量の汗をかいていることに気づく。手が、震えていた。

誰か、このバルコニーに来る者はいないのか。魂の叫びを聞かせてやるのに。自分がいかにみじめで苦しい思いをしてきたか、ありったけの語彙を尽くして語ってやるのに。

顔の汗を拭う。そうだ、汗を丁寧に拭き取らなければ。

死体に浮かんでいる汗を見て、自分が怖がっていたなどと誤解されてはたまらない。抗議の自殺は、怖がっていてはだめなのだ。

再び中庭を見る。目がくらんだ。

思った。見届け役はあれで足りるだろうか。もう何人か中庭に現れるまで、待つべきではないか。宮廷中で話題にならなければ、死ぬ意味がない。

悩んでいると、後ろから声をかけられた。

「まだそこにいたの」

振り返ると、バルコニーの出入り口に、ひとりの少女とひとりの男が立っている。

少女は装飾の多い絹服とスカートという格好で、腰には短剣を差している。値踏みするような目で、彼女はこちらを見つめていた。

男は初老で、黄金の小さな冠をかぶり、黒髪を肩のあたりまで伸ばし、顎に長い黒髭をたくわえている。豪奢な絹服をまとい、その上にローブを羽織っていた。自分に向けられたその目は、羽虫か何かを見るかのように思えた。

少女は腹違いの姉だ。ひとつ年上で、名前はたしかクラリッサといった。

そして、男は自分の父だ。皇帝ファルカリスそのひとである。

「飛び降りるの？　飛び降りないの？　どっち？」

無言でいる皇帝の代理を務めるかのように、クラリッサは腰に手をあてて、傲然と選択を迫ってくる。その態度と台詞に、アルヴェールは呆気にとられた顔で彼女を見た。

「ちょ、ちょっと待って。わけを聞かないの？　飛び降りようと、してるんだぞ……？」

「興味ないわよ、そんなもの」

あっさりと、クラリッサはアルヴェールを突き放した。

「それで、どうするの？」

笑みを浮かべて、クラリッサが急かす。おまえには無理だろうという嘲笑だった。少なくとも、そのときのアルヴェールにはそう見えた。

　父は無言だったが、自分や姉を止めようとするそぶりは見せなかった。

　少年は激昂（げっこう）した。自暴自棄（じぼうじき）になった。

「死んでやるーっ！」

　絶叫し、足場にしていた柵を蹴る。ところが、膝に力が入りすぎたのか、アルヴェールは体勢を崩した。足が柵に引っかかり、バルコニーの外側に顔を打ちつける。足が柵から外れた。まっすぐ落ちて、下の階の窓の装飾にぶつかる。空中に放りだされた。

　視界が空転したと思ったら、衝撃を感じた。身体が水に包まれる。池に落ちたのだが、アルヴェールはそのことをすぐには認識できなかった。

　おもわず息を吐きだすと、大量の水が鼻と口に流れこむ。思いがけない息苦しさに、アルヴェールは必死になって水をかいた。浮上する。

　水面に出た瞬間、水を吐きだし、めいっぱい空気を吸いこんだ。

「死ぬかと思った……」

　涙と鼻水を垂れ流して、肩を上下させながら、荒い呼吸を繰り返す。

　どれぐらいの時間が過ぎただろうか。気がつくと、池のまわりにひとだかりができていた。しかし、アルヴェールに手を差しのべる者はなく、声をかける者すら現れなかった。

　羞恥心（しゅうちしん）と疲労感に包まれながら、アルヴェールは泳いで池からあがる。そこで力尽きて、地面に座りこんだ。身体も、濡れそぼった服も、心までもが重くて、もう動きたくなかった。

「――生きてるじゃない」

離れたところから聞こえてきた声が、アルヴェールの意識を現実に引き戻す。

顔をあげると、数歩先にクラリッサが立っていた。冷淡な目で自分を見下ろしている。

「死んでやるって大見得切ったのに、どうして生きてるの」

その瞬間、アルヴェールの胸中に激しい怒りが湧いた。よりにもよって、どうして自分よりもはるかに恵まれているこの姉に、そのようなことを言われなくてはならないのか。皇族として認められ、豪奢な服を着て、小遣いももらっているこの姉に。

奥歯を噛みしめ、拳を握りしめて、アルヴェールはクラリッサを睨みつけた。

憎しみに満ちた眼光を、クラリッサは顔色ひとつ変えずに受けとめる。腰に差している短剣を鞘ごと抜いて、アルヴェールの前に放った。

「それを使えば死ねるわよ」

理性が弾けとんだ。短剣を掴み、鞘から抜き放つと、アルヴェールは両手で握りしめる。

「おまえを殺したあとで死んでやるっ！」

荒れ狂う感情を言葉にして吐きだし、地面を蹴った。

だが、短剣の刃が彼女に届くよりも、クラリッサの蹴りがアルヴェールの腹に叩きこまれる方が早かった。アルヴェールの動きが鈍くなっていたとはいえ、短剣を避けようともしなかったあたり、少女とは思えない豪胆さである。アルヴェールはその場に崩れ落ちた。

うつぶせになって悶絶している弟に歩み寄り、クラリッサは呆れたように言った。

「そのていどで死ぬなんて騒いだの？」

アルヴェールは答えられなかった。いまの一撃で残っていた気力も持っていかれたからだ。もう好きにしろという気分だった。

「でも、私を殺すまで死ねなくなったわね」

クラリッサがアルヴェールの正面にしゃがみこむ。それまでと変わらない口調で告げた。

「剣の稽古をつけてあげる。明日、この中庭に来なさい、愚弟」

目を瞠る。何を言われたのか、よくわからなかった。

顔をあげると、クラリッサは中庭を後にして廊下へ戻っていくところだった。

「誰が愚弟だ……」

ようやくそれだけをつぶやくと、アルヴェールは地面に突っ伏した。


翌日、アルヴェールは中庭を訪れた。その手には、鞘に収められた姉の短剣がある。

稽古をつけるという言葉を本気にしたわけではない。冷静さを取り戻して、昨日の自分の行動の責任をとらなければならないと思ったのだ。

——宮廷から放りだされるかな。

自分のような愛妾の子ではなく、正統な血を引く皇女に対して、殺すなどと言い、実際に突きかかったのだ。厳罰はまぬがれないだろう。

ただ、今朝までの間に誰かが自分の部屋にやってくることもなければ、呼びだされることもなかったのは気になった。

——あれだけのことをやったのに。俺には罰するほどの価値もないってことなのか。

短剣を見つめて考えこむ。そうして三十分ばかり過ぎたころ、クラリッサが現れた。

「ちゃんと来たのね。感心したわ」

その言葉に腹が立って、アルヴェールは彼女に謝ることをやめた。短剣を放り投げる。

「俺はどうなる。ここを追いだされるのか」

アルヴェールが聞くと、クラリッサはきょとんとした顔で首をかしげた。それから納得したようにうなずくと、手荒に扱ってもいい玩具を見つけた子供特有の笑みを浮かべる。

「追いだすなんてことはしないわ。おまえだって私たちと同じ、皇帝の子だもの」

「じゃあ、どこかの部屋に死ぬまで閉じこめるとか……？」

「昨日、言ったでしょ。この私が直々に稽古をつけてあげる。それがおまえへの罰よ」

ぽかんとした顔で、アルヴェールは立ちつくした。そんな罰、聞いたこともない。

「でたらめを言ってるんじゃないだろうな」

「私の言葉を疑うの？　死ぬこともできない意気地なしが」

アルヴェールは顔を赤くして大声をあげた。

「あれは……！　あれは、ちょっと間違えただけだ！　次は確実に死んでやる！」

「そう。でも、私を殺さないとおまえは死ねないの。おまえが言ったことよ」

ものの弾みで叫んだことだとは言えず、アルヴェールは黙りこんだ。

その日から毎日のように、アルヴェールはクラリッサに剣の扱いを教わった。

むろん真剣ではなく、木剣を使ったのだが、剣の握り方もろくに知らないアルヴェールは、クラリッサにさんざん叩きのめされた。剣の稽古という名目で、自分を痛めつけたいだけなのではと思うほど、九歳の姉は容赦なかった。

そうして一ヵ月が過ぎたころ、アルヴェールは音をあげた。

このままでは、この暴力的な姉の玩具で一生を終えてしまうと真剣に思った。

クラリッサが加減だの気遣いだのに縁のない少女であることは、間違いなかった。彼女にいわせれば、意外に根性を見せる弟の相手をするのが楽しくて、つい力が入りすぎたということになるのだが、アルヴェールにしてみればたまったものではない。

かといって、抗議の自殺は一度で充分だった。

夜になるのを待って、逃げだそうとアルヴェールは決意した。

その日の夜、二つの月が高く昇るのを待って、アルヴェールは自分の部屋を抜けだした。抜けだしたあとはどうするのか、何も具体的な方法は考えついていない。ただ、宮廷を飛びだしてしまえば何とかなると思っていた。

宮廷の外では、小さな子供でも働いて生きていると母から聞いたことがある。自分も同じことができるはずだ。見張りの兵の隙を突いて物陰から物陰へ移動し、廊下を進む。

宮廷を出た。青みがかった碧月（あおつき）の光が、アルヴェールを照らす。見上げれば、満天の星が煌めいていた。周囲はひっそりと静まりかえっていて物音ひとつしない。

漠然とした恐怖と不安をアルヴェールは感じたが、拳を強く握りしめて、ねじふせる。これからひとりで生きていくと決めたばかりだ。夜の闇ごときにおびえてどうする。

アルヴェールの前に黒い影が現れたのは、そのときだった。

悲鳴こそあげなかったが、アルヴェールはその場に立ちすくんだ。逃げだしたかったが、足が動いてくれない。夜の闇に包まれた空間で、その影は無言でアルヴェールを見下ろしていたが、いくばくかの間を置いて、「誰だ、貴様は」と問いかけてきた。

目の端に涙を浮かべながら、アルヴェールは素直に名のった。

短い沈黙のあと、暗闇の中に光が出現する。声の主が持っていたランプに火を灯したのだ。闇に慣れた目にその光はまぶしすぎて、アルヴェールは顔をしかめた。

ている。

年齢は五十半ばというところか。肩まで伸ばした黒髪と、長い顎髭を持つ男が、そこに立っ

どこか納得したような声が耳に届いて、アルヴェールはおもわず声の主を見上げた。

「――ああ」

アルヴェールは目を瞠った。面白くなさそうな顔つきで自分を見下ろしているその男は父であり、この帝国の皇帝だったからだ。

とっさに声が出てこない。「お父さま」と呼ぶべきか、「皇帝陛下」と呼ぶべきかの判断もつかず、「えっ」という意味のない言葉だけが口から漏れた。

ファルカリスは小さくため息をつくと、息子に背を向ける。

「仕方がない。ついてこい」

それだけ言って、ファルカリスは闇の中を歩きだした。アルヴェールは慌てて父のあとを追う。わけがわからなかったが、父がついてこいと言ってくれたのだ。それに、明かりから離れるのも怖かった。

暗がりに包まれた細い道を、ファルカリスは恐れる様子もなく歩いていく。しばらくして、アルヴェールは父が暗灰色のローブをまとっていることに気がついた。とても一国の皇帝が身につけるようなものではない。何より、人目を忍んでいるかのようだ。

二人の足音に時折、風の音や、ひとの気配に気づいてネズミか何かが逃げだす音が交じる。

何度か大きな通りに出ては、すぐに細い道に入る。

どれほどの時間が過ぎただろうか。実際には一時間と少しというところだろうが、アルヴェールには二時間以上も過ぎたように感じられた。このまま歩いているうちに夜が明けてしまうのではないかと思えたほどだ。

やがて、ファルカリスは小さな店の前で足を止めた。窓から明かりが漏れているので、まだやっているようだ。ファルカリスは言った。

「よいか。この中に入ったら、くれぐれも私のことを皇帝だの陛下だのと呼ぶな」

「で、では、どう呼べば……」

「おじさんでよかろう」

ファルカリスが扉を押し開いて中に入る。彼に続いて扉をくぐったアルヴェールは、鼻をついた酒の匂いによろめいた。

酒場だった。店内には十人近い客がいて、談笑に興じたり、賭け事を楽しんだりしている。生まれてはじめて見る光景に、アルヴェールは激しい胸の高鳴りを感じていた。

ファルカリスは慣れた足取りでカウンターに座り、手に持っていたランプの火を消しながら酒を注文する。隣に腰を下ろしたアルヴェールは、落ち着かずに店内を見回した。何もかもがもの珍しく、見ていて飽きない。

ふと、ファルカリスが思いだしたように聞いてきた。

「いまさらだが、おまえ、金はあるのか」

アルヴェールは唖然とした。いつだかの、パンを買えなかった悔しい記憶が胸中によみがえる。加えて、兄たちが父から小遣いをもらっているという話を思いだした。

「こ、小遣いをもらったことが、ないから」

どもりながら、必死に言葉をつむぐ。しかし、ファルカリスの表情は微塵も動かなかった。

カウンター越しに、店主だろう中年の男に話しかける。

「すまんが、この小僧の分はつけにしてやってくれ。十年もしたら払うだろう」

知らない言葉が出てきて、アルヴェールは慌てた。

「あの、つけって……？」

「借金だ。いつかおまえが金を稼いだら、真っ先にこの店に来て支払いをすませろ」

当然のようにファルカリスは答え、アルヴェールは絶句する。こういうときは、父が代わりに支払ってくれるものではないのか。

これはきっと冗談だ。そう期待をこめて父を見上げたが、ファルカリスはそしらぬ顔で出された酒に口をつけている。父は本気だと、アルヴェールは判断せざるを得なかった。

「何も頼まずに店を出るという手もあるが……。そういう迷惑な客は次から出入り禁止だな」

普段のアルヴェールなら、恥ずかしそうにうつむいて黙りこんでしまっただろう。だが、このときの少年は違った。夜の酒場の雰囲気に呑まれていたこともあるが、父を前にして、今日までわだかまっていた感情が急激に昂ぶっていく。

この父に、何が何でも一矢報いてやらなければ気がすまなかった。

「――おじさん」と、アルヴェールは凶悪な笑顔を父に向けた。

「僕と賭け事をしよう」

「ほう」と、ファルカリスの口元に笑みが浮かんだ。

「おもしろい提案だ。だが、おまえに元手はないだろう」

「つけにしてよ」

即座に言葉を返す。それなら問題ないでしょうとばかりに。ファルカリスは肩を震わせた。

「いいだろう。では何の賭けにする？　サイコロか、トランプか、それとも何かあるか？」

ファルカリスの言葉に、アルヴェールは口ごもった。賭けを提案したのは、すぐそばで他の客たちがやっているのを見たからに過ぎない。ひとつひとつのルールなど知らなかった。

「まあ、よいだろう」

アルヴェールの表情から、そのことを読みとったのだろう。ファルカリスはローブの内側に手を入れると、一枚の金貨を取りだした。アルヴェールはおもわず目を輝かせる。

ファルカリスは指先で金貨を真上に弾くと、落ちてきたところを見計らって両手を振りあげる。そして、握り拳をつくった両手をアルヴェールの前に突きだした。

「さて、金貨はどちらにある？　見事当てることができたら、おまえにくれてやろう」

アルヴェールは驚き、父の顔と両手とを交互に見つめる。それとわかっていれば、父が金貨をつかむ瞬間をもっとしっかり見ていたのにと思ったが、文句を言ったところで父は表情ひとつ変えないだろう。ここは何としてでも当てて、父に痛い目を見せるしかない。

額に汗がにじむほどの真剣さで、アルヴェールはファルカリスの両手を観察する。金貨を握りしめている方の手には何かしら変化があるのではないかと思ったのだが、まったくわからなかった。十秒、二十秒と時間が過ぎ、ファルカリスが「降参か？」と聞いてくる。

アルヴェールはおもいきって、父の右手を指で示した。

ファルカリスは意地の悪い笑みを浮かべて、左手を開く。そのてのひらには金貨が燦然たる輝きを放っていた。アルヴェールはショックのあまり視界が揺らぐのを感じたが、カウンターに手をついて持ちこたえる。父を睨みつけて言った。

「つけで、もう一回……！」

「くるがいい、小童(こわっぱ)め」

実の息子を小童呼ばわりして、ファルカリスは極悪人のような笑みを浮かべる。二人の様子に、数人の客が興味を抱いたらしく、こちらへ歩いてきた。アルヴェールは彼らを気にも留めず、父の手と金貨だけを見つめている。

何気ない口調で、ファルカリスが言った。

「喉の渇きは判断力を鈍らせるぞ。牛乳でも頼んだらどうだ。酒は早すぎるだろうからな」

　アルヴェールは歯ぎしりをした。思いもよらないこの状況に、喉が渇いているのはたしかだった。迷った末に、カウンター越しに店主へ呼びかける。

「あの……。牛乳をください！　つけで！」

つけ。何と便利な言葉だろう。店主は気前よく応じた。

「ついでにパンも食べるかい。残りものの固いやつだから、銅貨一枚でいい」

お願いします。そう伝えて、父に向き直る。アルヴェールが目を離していた隙に、ファルカリスは手の中に金貨をおさめていたようだった。さきほどのように両手を突きだす。

「金貨はどちらにある？　おまえはすでに一度負けているのだから、慎重にな」

アルヴェールは陸に打ち上げられた魚のように、口をぱくぱくと動かした。ずるいと思ったが、見ていなかったおまえが悪いと言われればそれまでだ。今度は左手を指で示す。

ファルカリスが右手を開いた。金貨が輝いている。客たちがどよめいた。

「これで金貨二枚分の負けだな。まだやるか？」

「もちろん」と、アルヴェールは力強くうなずく。今度は目を離さない。

ファルカリスが金貨を指で弾き、両手を交差させながら振りあげる。

どちらかを指で示す前に、アルヴェールは父の表情をそっとうかがいながら言った。

「おじさん、お願いがあるんだ。今度は、僕が指さした方の手を開けてほしい」

自分が指さした方ではない手を父が開けていることに、アルヴェールは気づいていたのだ。

ファルカリスは楽しそうに笑った。

「いかさまをしていると言いたいわけか」

「いかさま？」

言葉の意味がわからずにアルヴェールが首をかしげると、ファルカリスは苦笑する。

「ようするに、ずるをしているとおまえは思っているのだろう。かまわんぞ」

アルヴェールは、父の左手を指で示す。父はゆっくりと左手を開いた。

はたして、そこには何もなかった。

この夜、アルヴェールは金貨十枚分と銅貨二枚分のつけをつくった。

宮廷にある自分の部屋に帰ってきたときは、精神的にも肉体的にも疲れきっており、どこをどう歩いてきたのかさえ思いだせないありさまだった。


不思議な夜を過ごしてから、数日が過ぎた。

アルヴェールは朝から昼までは中庭で姉にしごかれ、それ以外の時間は身体を休めたり、考えごとにふけったりして日を送っている。

その日の昼下がり、アルヴェールは宮廷にあるバルコニーのひとつから、帝都の町並みをぼんやりと眺めていた。陽光は弱く、空は濁っている。

あの夜以来、宮廷を抜けだそうという気持ちは不思議と小さくなっていたが、外の世界に対する未練が消え去ったわけではない。何より、自分を取り巻く環境は何ひとつ変わっていないのだ。蔑まれていることも、クラリッサの剣の訓練も。

しかも、誰にも言えないことだが借金までつくってしまった。宮廷を歩いていて、ふとした拍子に金の話が耳に入ると、あのときのことが思いだされて胃のあたりに痛みを覚える。金貨十枚など、自分では一生かかっても返せる気がしない。

ひとけのないこの場所が、気分を落ち着かせるには最適だった。

それに、ここからだと共同墓地のひとつが見える。母を埋葬した場所が。

皇帝の愛妾なのだから、然るべき場所に、然るべき墓所をつくることができたはずだった。しかし、母はそれを拒んで市街にある共同墓地に眠ることを選んだ。かつての従僕の話では、以前からそのように決めていたらしい。

――母さん。僕、父さんと話したよ。ろくでもない話しかしなかったけど。

共同墓地のある方角に向かって、アルヴェールは声には出さず、呼びかけた。

足音が聞こえたのは、アルヴェールがバルコニーに立ってしばらく過ぎたころだ。わずらわしさを感じてその場から離れようとしたが、相手を見て決めようと考え直した。

足音の主が、隣に立つ。そこではじめてアルヴェールはそちらへと視線を向けた。

宝石をあしらった黄金の冠をかぶり、金糸と銀糸をちりばめた豪奢なローブを羽織って、手に銀色の杖を持った父が、そこにいた。背筋をまっすぐ伸ばして傲然と立つ姿には気圧されるほどの威厳があり、まさに帝国の皇帝にふさわしい。

「何だ、おまえか」

アルヴェールを見下ろして、ファルカリスはどうでもいいといいたげな口調で言った。おもわず言い返そうとすると、皇帝は思いだしたように付け加える。

「つけを返すあてはできたか」

できるわけがない。喉元までこみあげたその言葉を、懸命に呑みこむ。父には聞きたいことが山のようにある。先日の帰り道では、疲れきって何も聞けなかったのだ。

「陛下。どうしてこの前は、あのようなところにいらっしゃったのですか」

宮廷の中であることを意識すると、自然と口調が臣下としてのものになる。皇帝の返答は短かった。

「散策だ」

お忍びというやつか。昔、老いた従僕から聞いた話をアルヴェールは思いだした。国王や王子が身分を隠して市街に出て、人々の様子を見るというものだ。

——でも、酒を飲んで賭け事をやっただけでは……。

しかも息子に借金を負わせている。

——お父さまの散策について、他のひとたちは知っているんだろうか。

　おそらく知らないだろうとアルヴェールは結論を出す。ファルカリスは供の者をひとりも連れていなかった。誰かが知っているなら、必ず護衛をつけようとするだろう。もしも護衛が皇帝の近くに潜んでいたら、アルヴェールはすぐに引き剥がされたに違いない。

　ならば、父を脅迫してつけを帳消しにできるのではないか。この際だから、酒場へのつけも父に支払わせればいい。

　そこまで考えて、アルヴェールは内心で首を横に振った。自分がそのようなことを言って、誰が信用してくれるだろうか。ファルカリスが否定すれば、間違いなく自分は嘘つきとして扱われる。あの酒場の店主も、父の味方をするだろう。

　何より、先日の件をそういう道具に使いたくはない。

「どうした」と、ファルカリスが声をかけてくる。

「余に聞きたいことがあるという顔をしているが」

「……はい、陛下。その、たくさんありまして」

　どうして自分はこのような扱いなのか。この先はどうなのか。母のことをどう思っていたのか。どうすれば、父にもっと近づくことができるのか……。数えあげていけばきりがない。

　しかし、こうして実際に相対すると、何から言えばいいのかまったくまとまらない。父の顔を見上げながら、「ああ」だの「ええと」だのと呻くだけで、いたずらに時間が過ぎていく。ファルカリスはあからさまに落胆したようなため息をついた。

「余も暇ではない。ひとつだけ聞いてやる」

アルヴェールは瞬きをした。ひとつだけ。緊張に全身が強張(こわば)る。

自分のような人間が、こうして父と言葉をかわすことなど、はたしてこの先あるだろうか。

まず、ないだろう。何しろ生まれてからずうっと、声をかけてもらうことなどなかったのだから。

だから、先日の夜と、そしていまのこの瞬間は、奇跡のようなものだ。

だから、間違えてはならない。相手の気を引くような言葉を並べるよりも、これだけは聞いてほしいということを伝えなければ。

「僕、いえ、私は……この宮廷を出て、旅をしたいと思っています」

舌をもつれさせながらも、アルヴェールは言いきった。

「ならん」

短い拒絶で、少年の願いはあっさりと退けられた。

しばらくの間、アルヴェールは呆然と床を見つめていた。どれほどの時間が過ぎただろう、我に返って顔をあげたとき、すでに皇帝の姿はなく、吹きこんでくる風が頬を冷たく撫でた。

何もかもが終わったと打ちひしがれながら、アルヴェールはバルコニーをあとにした。

翌日、アルヴェールは同じ時間にバルコニーを訪れた。皇帝に否と言われた以上、もはや宮廷を出ることはかなわない。そう思うと、むしょうに外の世界を見たくなったのだ。

ところが、そこには先客がいた。

後ろ姿だけでも、豪奢なローブで誰だかわかる。皇帝ファルカリスだ。

アルヴェールは踵を返して立ち去ろうとしたが、気配を感じとったのか、皇帝がこちらを振り返った。昨日と変わらぬ態度で声をかけてくる。

「どうした」

ここで黙って去ってしまえば、それこそ不敬だ。アルヴェールは気まずい思いを抱えながらも皇帝のそばまで歩いていき、床に膝をついた。ファルカリスは言った。

「市街を見に来たのではないのか」

その通りだ。問題は、皇帝がこの場にいることだ。父に、自分の存在を認めてもらえたと思ったのは、誤りだった。酒場では気まぐれにかかわれただけで、自分のことなど何とも思っていないのだ。自分が何をしようとも、眉ひとつ動かすことはないに違いない。

アルヴェールは立ちあがると、皇帝から十歩ほど離れたところで町並みに目を向けた。

今日も帝都は活気に満ちている。声や音はかすかにしか聞こえてこないが、大通りを埋めつくすひとの波や立ち並ぶ露店の数々、城門付近にできているいくつもの行列や行き交う馬車を見れば、アルヴェールにも充分にわかった。

そうして落ち着きを取り戻してくると、やはり父のことが気になる。そっと視線を動かして様子をうかがうと、ファルカリスは黒髪を風になびかせながら、市街を見ていた。

なぜ、このひとはここにいるのだろう。ふと、そんな疑問がアルヴェールの胸中に湧きあがった。一日だけならば、気晴らしということもあるだろう。

しかし、二日続けてとなれば、そうとも考えにくい。何かあったのだろうか。

――もしかして、共同墓地を……母さんの眠る場所を見ようと思ったとか。

まさかと首を横に振る。そんな都合のいいことがあるはずがない。それに、自分の知るかぎりでは、母が共同墓地に埋葬されてから、父は一度もそこを訪れていないのだ。

三十を数えるほどの時間、逡巡する。意を決して、アルヴェールは皇帝に問いかけた。

「陛下はここで何をしておいでなのですか」

「考えごとだ。気が向いたとき、余はここに来ることにしている」

軽くかわされた気がしたが、アルヴェールは勇気を奮ってひとつの願いをぶつけた。

「母の……母さんを埋葬した共同墓地に、行っていただけませんか」

「それはできぬ」

拒絶の言葉が即座に返ってきた。

「なぜですか……」

無意識のうちに、アルヴェールの声は震えていた。

「僕はここから何度も行ったことがあります。僕のような子供でも、半日とかからずに行って帰ってこられるんです。それだけのことが、どうしてできないのですか……」

「それだけのこと、か」

ひとつあくびをすると、ファルカリスはアルヴェールに向き直った。

「存外、出来の悪い息子だな」

「何が言いたいんですか」

母への想いを馬鹿にされたようで、頭の中が熱くなる。アルヴェールは涙をにじませた両眼で、父を睨みつけた。一方、父は息子の視線を平然と受けとめて、小揺るぎもしなかった。

「酒場で学んだと思ったのだがな。何かを望めば対価が必要となる。一杯の牛乳を欲すれば、一枚の銅貨を支払わなければならん。金貨十枚すら支払えないおまえが、この上、余に何をさせようという気だ。中庭に飛び降りたときから何も変わっておらぬではないか」

「それとこれとは違う！」

アルヴェールは必死に叫んだが、ファルカリスは取りあわなかった。

「違わぬよ。おまえを満足させるためだけに、おまえの言うことを聞け。おまえが言っているのはそういうことだ。おまえは、誰かを満足させるために動いたことがあるのか？」

苦しまぎれにあると答えようとして、アルヴェールは口をつぐんだ。父の両眼が鋭さを増している。その眼光は、少年を黙らせるのに充分な威圧感を帯びていた。

一言も反論できずに、アルヴェールはうつむく。両目から大粒の涙がこぼれ落ちた。

それじゃあどうすればいいんだと、つっかえながら何度も繰り返す。何も言い返せない自分が悲しく、悔しかった。

「――役に立て」

父の静かな言葉が、少年の意識を現実に引き戻す。涙と鼻水に汚れた顔で、アルヴェールはファルカリスを見つめた。

命令に従えということか。洟をすすりながら、しかしアルヴェールは内心で首をかしげた。

帝国の万民が膝をつく皇帝が、八歳の少年を使おうなどと考えるものだろうか。

不思議そうな顔のアルヴェールを見て、ファルカリスは小馬鹿にするように笑った。

「いまのおまえは、おまえ自身の役にすら立っていないということだ」

父が何を言いたいのか、わからない。必死に考えていると、足音が聞こえた。近衛兵たちがやってきたのだ。父――皇帝は、近衛兵たちを従えてバルコニーから去った。

次の日、中庭での剣の稽古が終わったあと、アルヴェールはクラリッサを呼びとめた。

「何よ？　そういえば、おまえから私に話しかけるなんて、はじめてかもしれないわね」

額に汗をにじませ、肩に木剣を担(かつ)いで、クラリッサはアルヴェールを睥睨(へいげい)する。

アルヴェールは地面に座りこんだままで、汗も止まらなければ、呼吸も整っていないというありさまだったが、どうにか父のことを語った。もちろん、夜中に酒場に行ったことなど言えるはずもないので、偶然にもバルコニーで出会い、言葉をかわしたことだけを話す。

クラリッサは、目を丸くしてアルヴェールを見下ろした。

「おまえ、宮廷の外に出たいの？」

うなずくと、クラリッサは口角をつりあげて、鼻で笑った。

「ひとつ聞くけど、火を起こすことはできる？」

唐突な質問に戸惑いの表情を見せたあと、アルヴェールは首を横に振る。母が火を起こしているのを見たことはあったが、自分でやったことはない。

「文字の読み書きと計算は？　そうね、金貨、銀貨、銅貨を間違えずに書ける？」

アルヴェールが答えられずにいると、クラリッサは冷笑を浮かべて弟を嘲った。

「火も起こせず、読み書きや計算もろくにできず、剣でも私にかなわないおまえが、この帝都の外に出て何ができるの？　おまえは、おまえ自身を守ることすらできていないのよ。身のほどを知ったら、おとなしくしていることね」

そう言うと、姉は背を向けて歩き去っていった。

その日の夜、アルヴェールはベッドの中で考えを巡らせた。姉に対する怒りが薄れて、ようやく冷静に考えごとができるようになったのだ。

たしかに、いまのアルヴェールは自分を守ることすらできていない。父の言葉の意味は、そういうことだ。心配したから許さなかったのではなく、呆れただけだろうが。

「強くなってやる」

外のことを、もっと知るのだ。知って、生きていく術を身につけるのだ。

そしていつか、父に――皇帝に、言うことを聞かせてやるのだ。

父が母を愛していないとは、思いたくない。母は、父を愛していたのだから。

だから、何としてでも父を従わせてやる。共同墓地へ行かせてやる。

翌日から、アルヴェールは姉との剣の稽古に、真剣に取り組みはじめた。むろん、意志や気合いで急に状況がよくなるわけもなく、それまでと同じように叩きのめされたが、自分を見る姉の目が変わったような気はした。

それから、宮廷を歩きまわり、庭師や料理人など、とりあえずにしても自分の話を聞いてくれそうな相手をさがして、文字の読み書きや計算につきあわせた。火を起こすこともできるようになった。

地道な努力を、毎日たゆまず続けられたわけではない。先の見えない日々に疲れて、一ヵ月や二ヵ月を無為に過ごしたこともある。

また、父がバルコニーにまったく姿を見せなくなり、そのために会う機会が得られなくなったことは、アルヴェールに諦めに近い感情を与えたものだった。

そうしてたびたび歩みを止めることはあったが、しばらくすると、アルヴェールは目的を思いだして、また歩きだした。

季節が巡り、七年が過ぎて、アルヴェールは十五歳になった。

そのころには、アルヴェールはひとりで気ままに市街を歩きまわり、帝都の外にも出るようになっていた。宮廷では変わらず陰口を叩かれていたが、気にしたことはない。

その日、帝都の外で、アルヴェールは赤い子馬に出会った。

炎を思わせるたてがみと、落日の陽光を思わせる朱色の体躯(たいく)を持ち、瞳は白く輝いていた。

首を振ると、たてがみから金色の鱗粉(りんぷん)が舞い落ちて、地面に届く前に消えた。

「──導き手だ」

自分に首をすり寄せてくる子馬を見て、アルヴェールは悟った。

神話の時代に地の底に眠ったセラフィムが、どうやって己の使い手となる人間と出会い、契約を果たすのか。セラフィムと人間をつなぐのが、導き手と呼ばれる存在だ。神聖フィリア帝国では、セラフィムが己の使い手を求めて地上に放つ精霊であると伝えられている。

アルヴェールは、セラフィムに選ばれたのだ。

翌日、身支度を整えたアルヴェールは皇帝ファルカリスに謁見した。

玉座に座る皇帝のそばには、老いた大神官が控えている。大神官は聖フィリア教団の最高位にあって、すべてを統轄する存在だ。

赤い子馬はたしかに導き手だと認められ、玉座の間に居並ぶ廷臣たちはどよめいた。

帝国の初代皇帝カインをはじめ、歴代の皇帝にはセラフィムに選ばれた者が幾人かいる。

だが、皇帝ファルカリスも、二人の兄もセラフィムに選ばれていない。アルヴェールが見事に己のセラフィムを見つけだしたら、帝国における彼の立場は大きく変わるだろう。

重臣たちの動揺をよそに、皇帝は落ち着き払った顔でアルヴェールを見ていた。この年、ファルカリスは六十一歳であり、顔には皺が増え、髪と髭には白いものが目立っている。

「セラフィムを見つけ、契約を結ぶことができたら、どうする」

皇帝の問いかけに、アルヴェールは胸を張って答える。

「すぐに宮廷に戻ろうとは思いません」

毅然とした態度というには、いささか気負いすぎていたが、若者ははっきりと言った。

「流天の騎士として各地を旅し、宮廷にいては手に入れられないような名声を得て、戻ってきます。その暁には、私の望みをひとつかなえていただきたい」

「ほう」と、ファルカリスの口元に、かすかに笑みが浮かんだように見えた。

「申してみよ。余にできることであればいいがな」

「……できれば、陛下だけに聞いていただきたく」

わずかな逡巡のあと、アルヴェールは言った。重臣たちはざわめいたが、ファルカリスは彼らを手で制し、玉座から立ちあがった。アルヴェールの前まで歩いていく。

アルヴェールは皇帝の耳元に、そっとささやいた。皇帝は、笑った。

「よかろう。おぬしが帝国中に名を轟かせるほどの騎士になって宮廷に帰ってきたら、その望みをかなえようではないか」

「そのお言葉、たしかにいただきました」

再び重臣たちがどよめいた。いったい何を約束したのか。まさか次代の玉座を譲るような話をしたのではあるまいかと。

皇帝も、アルヴェールも、その約束の内容については一言も発しなかった。

「――そういえば」

アルヴェールの正面に立ったまま、思いだしたようにファルカリスは言った。

「これまで、おぬしに小遣いをやったことはなかったな。――金は貸してやったが」

後半の台詞はアルヴェールにしか聞こえないほどの小さな声で、若者はおもわず赤面する。

周囲からささやかな笑いが起こった。アルヴェールの反応を、彼らは小遣いをもらえなかった不満によるものと思っているのだろう。

息子に意地の悪い笑みを向けながら、ファルカリスは続けた。

「いまさら吝嗇と呼ばれるのを厭う気もないが、せめて手向けをやろう。ついてまいれ」

そう言うと、皇帝はローブの裾を引きずりながら、アルヴェールの脇を通り過ぎる。予想外のことにアルヴェールは戸惑った顔で父の背中を振り返ったあと、仕方なく従った。

ファルカリスの足取りはゆっくりとしており、アルヴェールはうっかり彼に並んでしまわないよう、気をつけなければならなかった。不思議なのは、ファルカリスが近衛兵のひとりすら従えていないことだ。自分と二人だけで話したいことでもあるのだろうか。

廊下を通り抜け、階段を下り、また廊下を歩く。ファルカリスが一言も発しないため、アルヴェールとしても声をかけづらい。いったい自分をどこへ連れていくつもりなのか。

やがて、ファルカリスはある巨大な扉の前で足を止め、アルヴェールは呆気にとられた顔でその場に立ちつくした。

二人の前にあるのは、宮廷に二十ある宝物庫のひとつだったのだ。アルヴェールはいままで一度も中を覗いたことはないが、金の延べ棒が積みあがり、あふれんばかりに宝石を詰めこんだ箱や、金貨を満たした壺、由緒ある武具などが隙間なく並べられていると聞いている。

期待と興奮で頬を紅潮させて、アルヴェールはわけもなく左右を見回し、それから父の顔を見た。父はゆっくりとうなずき、扉を開けるように視線で促す。

落ち着けと自分に言い聞かせながら、アルヴェールは扉を押し開いた。玉座の間では冷静に振る舞うことができたのだ。はしゃぐ姿を、この父に見せたくはない。

愕然とした。視界に映ったのは、広大な空間だけだった。金の延べ棒どころか、銅貨の一枚すら床に転がっていない。

にわかに事態を理解できず、アルヴェールは落ち着きなく宝物庫の中に視線を巡らせる。だが、どれほど視線を注いでも、何ひとつ見つけることはできなかった。

扉を開けてから、たっぷり一分ほどが過ぎたころ、ようやくアルヴェールは宝物庫から視線を外して、傍らに立つ父を見た。衝撃に、声が震えた。

「こ、これは……どういうことですか」

もしも嘲笑(ちょうしょう)されたら、相手が父であり、皇帝だろうとおとなしくしている自信はない。はたして、皇帝は息子を笑うようなことはしなかった。穏やかな表情で、静かに尋ねた。

「おまえはこれを見て、どう思った」

父の意図がわからず、アルヴェールは眉をひそめる。しょせん妾腹の皇子にくれてやるものなど何もないと、そう言いたいのか。あなたに失望したと、そう答えればよいのか。

目の奥が熱くなり、悔しさと怒りによる罵倒の言葉が次々と湧きあがる。

だが、アルヴェールは爪がてのひらにくいこむほど拳を握りしめて、堪えた。

名声を得て戻ってくると、そう宣言したばかりだ。約束もかわした。それなのに、宮廷を出る前から問題を起こしてどうする。

いくつもの感情が入りまじってぎらぎらと輝く目を父に向けて、アルヴェールは答えた。

「陛下のおっしゃりたいことはわかりました。ええ、俺の力で、こいつをいっぱいにすればいいんでしょう。いつまでに、とは言えませんが、やってやりますよ」

どうにか胸を張って、アルヴェールは言い終える。皇帝は何も言わなかったが、アルヴェールの目にはかすかに表情を緩めたように見えた。

そうして妾腹の皇子は、流天の騎士として帝都をあとにした。

一年後、アルヴェールはセイランと出会い、契約をかわして天翔騎士となった。

さらに二年後、とある事件に巻きこまれたシルファをアルヴェールとセイランは助け、それをきっかけに、彼女はアルヴェールの旅に同行することを申し出た。

三人でさまざまな地を訪れ、多くのものを目にした。昼でもなお暗すぎる森、生命の気配を感じさせない山奥、氷に閉ざされた断崖。魔物の群れと戦い、数百年前の遺跡に潜り、山賊の集団から小さな村を守った。

いつのまにか三年が過ぎて、アルヴェールは二十一歳になっていた。

†

過去へ飛んでいたアルヴェールの意識を現実に引き戻したのは、シルファの声だった。

「アルさま、これからどうしますか？」

その質問に答えるには、わずかな時間が必要だった。

「サマルガンドに行く」

「地底樹の情報を集めるためだな。わたしにとって未知の地だから望むところだが」

セイランが納得したようにうなずいたあと、アルヴェールに尋ねた。

「アルにとって大事な父なのか」

「大事どころか、ろくでもねえ親父だよ。何といっても『吝嗇帝』だからな」

首を横に振るアルヴェールの脳裏には、老いた皇帝のしかめっ面が浮かんでいる。さまざまな表情を見ているのに、真っ先に浮かぶのはそんな顔だった。

「吝嗇……。金銭を惜しむ人物だということか」

「ああ。たとえば、ある場所の橋が落ちたという報告が届いたとする。直すには金貨五十枚が必要だと言われたら、四十枚しか出さない。それで何とかしろ、どうしても足りなければ自力で調達しろってわけだ」

「一時期、継ぎ接ぎだらけの服ばかり着ておられたという話もありましたね」

「ああ、それでシューレーンと激しく揉めたことがあったな」

シルファの言葉に、アルヴェールは苦笑を浮かべた。首をかしげるセイランに説明する。

「シューレーンが、この国の北東にある王国ってことは知ってるな？　十年ほど前に、そこの王子が友好使節として来たんだ。金糸と銀糸を隙間なく縫いこんで宝石で飾りたてた服を着てな。親父は重臣の反対を押し切って、継ぎ接ぎだらけの服を着て応対した」

当然ながら、シューレーンの王子は驚いた。そして、ファルカリスにどうしてそのような服を着ているのかと尋ねたのだ。

「この服なら、多少のほつれや破れは気にならないのでな。そなたの着ているような服では、小さな穴がひとつ開いただけでも台無しになるだろう。ひとつ試してみようか」

シューレーンの王子は使節としての務めを果たすと、逃げるように帝国を去ったという。

「それ以外にも、戦いになったとき、敵より少ない兵しか用意しなくてな。二万の敵が攻めてきたと聞いて、一万五千の兵しか出さないというような。将軍や騎士からは評判が悪い。ヴァザンの戦いやスタディア会戦なんか、もっと兵を用意していれば、より大きな勝利が得られたはずだといまでも言われてるぐらいでな」

「なぜ、大軍を用意できなかったのだ」

不思議そうに尋ねるセイランに、アルヴェールは肩をすくめた。

「吝嗇だからだ。本当は一兵も出したくないんだが、そうもいかないので、負けないていどの兵を出すってわけだ。兵たちにとってはたまったもんじゃないが」

「でも、ファルカリス帝は二度の大きな戦に勝利をおさめたと評判ですよ」

「その二つを除けば、負けなかったが勝ったとは言えないって戦ばかりだ。先帝が獲得した領土を、金がかかるという理由で放棄したこともある。ただ、戦については祖父ちゃん――ジアルドが偉大すぎたから厳しい目で見られてるってのはあるがな」

「常勝無敗の『英雄帝』ジアルドか。六十年前の、魔物の軍勢との戦いで活躍し、その後の近隣諸国との戦いでも勝ち続けた男だな」

「戦好きで、とにかく強かった。常勝無敗ははったりじゃない」

もっとも、アルヴェールにはひとつ気になる点がある。ただ、いま話しているのはジアルドのことではなく、ファルカリスのことだ。

「親父の話だが、馬糞税を取ったのも割と有名だ」

「馬糞に税をかけるということか？」

セイランが首をかしげる。アルヴェールは笑った。

「そんなようなもんだ。おまえもでかい都市には何度か行ったことがあるだろう。大通りを、馬車が四台並んで進むことができるような。それで、これは馬にかぎったことじゃないが、荷車を引く動物はおかまいなしに糞を垂れ流すだろう。その糞はどうなってるか知ってるか？」

「暇な者が役人から報酬をもらって区画ごとにまわって回収しているのだろう。アルから教わったことだ」

「おう。ちゃんと覚えててけっこうなことだ。じゃあ、そうやって回収された馬糞や牛糞のその後は？　これは教えてないはずだが」

アルヴェールが問いかけると、セイランは首を横に振った。

「回収した連中が、燃料だの肥料だのとして売る。汚れ仕事の役得ってところだな。これを親父は口実にした。彼らは糞を拾っているのではなく、小銭を拾っていると言ってな。それで、役人たちが渡す報酬に税をかけたんだ」

「反発はなかったのか？」

「あった。反発を受けない税なんてないからな。だが、親父は押し切った。いまでは落ち着いてるが、当時は場末の吟遊詩人まで『吝嗇帝』は馬糞にも税金を課すと詠ったぐらいだ」

「ところで、わたしの質問に対する答えになっているのか？」

セイランが首をかしげる。シルファが笑って答えた。

「ええ。陛下は、アルさまにとって大事な方ですよ」

「わかった。それならいい」

セラフィムであるセイランは、まだひとの心の機微がわからないときがある。シルファのように率直に伝えてくれる人間が必要なのだった。

「でも、アルさま。サマルガンドに行って、どなたに話を聞くおつもりですか？」

「いまのところ、誰とは決めてねえ。さすがにサマルガンドの王都まで行くわけにもいかねえから、アルハゼフで知りあいをさがしてみるってところだな」

アルハゼフは、サマルガンド王国でもっとも北にある町だ。神聖フィリア帝国との交流も盛んで、帝国の人間も数多く暮らしている。

「そんなに都合よくいてくれるものでしょうか」

「可能性は小さくないと俺は思う。地底樹の位置を考えると、サマルガンドの中で、アルハゼフはその脅威を真っ先に受ける町だ。つまり、地底樹と戦うための重要拠点だ。有力な将軍のひとりや二人、派遣していないはずがねえ」

「では、ザルトーシュ王子殿下も？」

シルファの言葉に、アルヴェールは渋面をつくった。いやな名前を聞いたというふうに。ザルトーシュは、サマルガンドの第二王子である。アルヴェールとシルファとは面識があった。

「可能性としてはあるな」

「では、ティランシア王女殿下も？」

ティランシアはザルトーシュの妹であり、サマルガンドの第二王女だ。

「なあ、シルファ……。前にも言ったが、俺とあいつの間には何もないぞ」

シルファをなだめるように両手を前へ伸ばして、アルヴェールは辛抱強く説得する。彼女の嫉妬は珍しいことではないが、これについては理解できなかった。

なぜならアルヴェールもシルファも、ティランシアに会ったことがないからだ。

二年前、アルヴェールたちはいくつかの事情から、窮地に陥っていたティランシアを助けたことがある。しかし、そのときにアルヴェールたちが果たした役目は囮のようなもので、ティランシアをその場から助けたのは別の者だった。だから彼女の顔は知らない。

そして、ティランシアは極端なほどの人見知りで、決して人前に姿を見せないのだ。アルヴェールのもとに配下の者を派遣してくることはあっても、彼女自身が現れたことはない。

そういうわけで、アルヴェールとしては顔を見たこともなく声を聞いたこともない女性など好きになりようもないのに、シルファがどうして感情を昂ぶらせるのかわからなかった。

「わかりました……。アルさまの頬が緩んでいるように見えますが、そういうことにしておいてあげます」

そう言いながらも、シルファが納得していないことは不満そうに引き結んだ口元からあきらかだ。アルヴェールは、彼女のそばに身体を寄せた。

シルファは話したくないというふうに顔をそむける。だが、ここで彼女が落ち着くのを待つのは悪手だと、アルヴェールはこれまでの経験から理解していた。

「シルファ、ちょっと膝を借りるぞ」

アルヴェールは身体を傾けて、シルファの膝――正確には太腿を枕にして倒れこんだ。シルファが驚いた反応を見せたのも一瞬の半分ほどで、彼女はすぐに微笑を浮かべてアルヴェールの頭を優しく撫でる。

「アルさまったら、もう眠くなったんですか？」

「飯を食って、頭も使った。それに春の陽気が加われば、眠くもなるってもんだ。すぐそばにいい枕もあったからな」

「枕としてだけで、充分ですか？」

何気なく胸に置いていたアルヴェールの手に、シルファが自分の手を重ねてくる。こちらの顔を覗きこむように、身体を傾けた。長い金色の髪が一房、アルヴェールの顔をくすぐる。

「それで、サマルガンドにどうやって行くかだが」

頬が紅潮するのを自覚したアルヴェールは、ごまかすように慌てて首をひねり、手を伸ばして地面に大雑把な地図を描いた。シルファはくすりと笑ってアルヴェールの手を離す。

「まず、このバンガルからまっすぐ南へ行くのは無理だろう。地底樹の位置から考えて、帝国とサマルガンドを結ぶ大きな街道はすべて軍に封鎖されてると思っていい」

余計な者を地底樹に近づけさせないため、また魔物の北上を防ぐために、クラリッサは主要な街道に騎士と兵を配置しているだろう。南へ行こうとすれば、どうしても遠回りになる。

「だとすると、東か西に迂回するというところだが……」

一度、言葉を切って、アルヴェールは覚悟を固める。それから続けた。

「俺たちは、迂回しないですむ道をひとつだけ知っている」

シルファが手を伸ばし、アルヴェールが描いた地図の一点を指で示した。それは、この町から南東に向かって数日ほど歩いたところにある山の連なりだ。

「リジャク山ですね」

アルヴェールは渋面をつくって髪をかきまわした。

「よくわかったな」

「私はずうっとアルさまを見ていますもの。遠くサマルガンドまで行こうというのに、近づきたくないなどという理由で道を避けるようなことを、アルさまはしません」

沈黙が訪れる。聖女の眼光に耐えかねたように、アルヴェールはため息をついた。

「……おまえはいいのか？」

「アルさまがそばにいてくれるのなら、火山の中だろうと、冷たい湖底だろうと」

「さすがにそんなところに行くことはねえ」

降参したというふうに、アルヴェールは肩をすくめる。

「わかった。じゃあ、甘えさせてもらう。リジャク山を通ることにしよう」

「シルファ、安心していいぞ。シルファのことはわたしとアルが守る」

セイランが胸を張って力強く宣言した。

「三年前も、わたしたちは勝った。だからだいじょうぶだ」

「そうね。ありがとう、セイラン。頼りにしているわ」

シルファは満面の笑みを浮かべて、黒髪のセラフィムに礼を述べた。

「それに、私に運命の出会いをもたらした地と思えば、悪くありません」

三年前、リジャク山にはひとりのエルフが隠れるように棲みついていた。そのエルフは邪悪な気性の持ち主で、帝都に忍びこむと、シルファをさらってリジャク山まで連れてきたのだ。

そして、彼女を堕ちた女神への生け贄にしようとしたのである。

そのときシルファを助けたのが、アルヴェールとセイランだった。

「この山には、いまもエルフがいるのか？」

セイランのつぶやきに、アルヴェールは首を横に振る。

「いや、やつが根城にしていた古い時代の神殿は、廃墟になっているはずだ。なにせ聖女をさらったからな、教会はもちろん、信仰心の厚い一部の騎士も激怒して、山を丸ごと焼き払いかねない勢いだった。何度も山狩りをして、徹底的に潰したって話だ」

「それなら安全だな。山賊か魔物がねぐらにしている可能性はあるが」

アルヴェールは地図に視線を落とす。「まあ、他に道がねえしな」というつぶやきは、自分を納得させるためのものだった。


空き地を出ようとしたとき、セイランが足を止めてアルヴェールに尋ねた。

「アル、これは誰の石像だ？　皇帝らしいのはわかる」

彼女が指し示す方向に目を向けると、すぐ近くに大人の背丈ほどもある台座が置かれ、その上に男の像が立っている。剣を腰に下げ、マントをひるがえして、いかにも威風堂々という言葉が似合いそうな石像だった。セイランはその前に立っている。

「ああ、『英雄帝』ジアルドだ」

「他の町でもジアルドの像を見たことはあるが、顔の形が違うぞ」

「ジアルドは特別なんだ。二十代、三十代、四十代の像がそれぞれあるからな」

「数だけなら始祖カインがいちばんだと思いますが、多彩さでいえば、ジアルド帝が優るかもしれませんね」

　隣にいるシルファが、同じように石像を見上げて言った。

「俺が生まれたときには亡くなられていたから、顔を見たこともないがな。『吝嗇帝』なんて呼ばれて人気のない親父とは違う、百戦百勝の偉大なる皇帝だ」

「自分の祖父のことを言っているのに、責めるような声だな」

　セイランが不思議そうな顔でアルヴェールを見上げる。アルヴェールは「そうか？」と、とぼけてみせた。まったく意識していなかったのだが、もしかしたら祖父と比較されて父が悪く言われる光景を多く目にしているせいかもしれない。父は尊敬できるひとではないし、悪く言われるだけのことをやっているのだが。

「帝国の将軍や騎士の中には、いまでもジアルドの時代を懐かしむ方が多いそうですね」

「戦、戦、戦の時代だったからな。戦で武勲を稼いでいた連中にとってはそうだろう」

　シルファに言葉を返して、アルヴェールは歩きだす。できれば今日中に必要なものをそろえて、明日の早朝には発ちたい。それにしても、この町に来てから出費ばかりだ。どこかで金を工面しなければならない。

――サマルガンドで知りあいに出会えたら、借金を申しこむか。

　そんなことを考えながら、アルヴェールは二人を伴って通りを歩いていった。

## 3　サマルガンドへ

バンガルの町を発ったアルヴェールたちは数日後、予定通りリジャク山に入った。

リジャク山はなかなか大きな山の連なりで、これを越えるとなると、慣れた者でも十日はかかるだろうという難所だ。

だが、山の中腹にある古い時代の神殿の奥には、山をまっすぐ貫いてつくられた石造りの通路があるのを、アルヴェールたちは知っていた。

歩いて数日に及ぶその通路を抜け、ふもとに下りて半日も歩けば、サマルガンドが見えてくるというわけである。主要な街道から遠いので、帝国の兵もいないだろう。

アルヴェールたちが山中の神殿にたどりついたときには、だいぶ日が傾いていた。草のほとんど生えていない荒れた地面に、三人の影が長く伸びている。

三年前の出来事から、誰もここを訪れていないのだろう。神殿は、一見してそれとはわからないほどに荒れ果てていた。柱はことごとく亀裂が入るか欠けており、壁は黒く汚れている。屋根の一部は崩れ落ち、瓦礫が地面に散乱していた。

松明（たいまつ）に火を灯してアルヴェールが出入り口の前に立つと、冷たい空気が肌を撫でる。ここをねぐらにしていたらしい小動物が、鳴きながら逃げていく音が聞こえた。

「今夜はここで休んで、夜明けを待って奥に進むぞ」

神殿の奥にある通路は長大で、三年前に通ったときは出るまでに四日かかり、ずいぶんと消耗した。疲労があるときに潜りたいとは思わない。

加えて、シルファのことがある。彼女にはなにひとついい思い出のない場所だ。そんなところに日が沈んでから足を踏みいれるのはいやだろう。

春半ばのいまは、夜でもそれほど寒くない。山賊や獣に対する備えさえあれば、灌木の下で眠ることも可能だ。風をしのげる神殿の出入り口近くなら、充分だった。

火を起こして、湯を沸かす。湯には、薄切りにして乾燥させた生姜（しょうが）を入れた。

「アルさま、お食事の用意ができました」

シルファが両手で持ったものを、アルヴェールに差しだす。彼女の手には、ハムとチーズを挟んだパン、つぶした卵とジャガイモを挟んだパン、焼いた羊肉を挟んだパンがあった。干し肉や干し野菜といった日持ちする食料をとっておくために、山のふもとにある村で買ったものを使って夕食をこしらえたのだ。

「ああ、ありがとう」

アルヴェールは羊肉を挟んだパンに手を伸ばした。しかし、それをつまんだところで手を止める。シルファの表情をそっとうかがった。

「ひとつ聞くが……何か混ぜたか？」

以前、シルファは自分の血を練りこんだパンをアルヴェールに食べさせようとしたことがある。聖女の血の力で疲れを癒やすためという理由だったが、アルヴェールはそういう真似(まね)はしないでほしいと懇々と諭したものだった。

「その……やはり、いやですか？」

シルファは両手のひとさし指を絡ませながら、上目遣いでこちらを見た。ここで頭ごなしに叱ってはだめだと、これまでの経験でアルヴェールはわかっている。必要なのは、覚悟だ。

「いや、もしそうなら事前に教えてほしいだけだ。俺にも苦手なものはあるからな」

努力してアルヴェールがそう言うと、セイランが横から口を挟んだ。

「混ぜたのは涙だ」

「へえ、涙」

おうむ返しにつぶやいたのは、その言葉を理解するのに時間が必要だったからだ。無表情でサンドイッチを見つめるアルヴェールに、シルファが笑顔で説明する。

「処女(おとめ)の涙は邪(よこしま)な呪いを解く力を秘めていると、吟遊詩人が詠っていたのを聞きまして。私が純潔を守れているのも、アルさまのおかげですから。あ、でも、アルさまがお望みになるのでしたら、いますぐにでも……」

法衣に手をかけたシルファを見て、アルヴェールはサンドイッチを持ちあげる。

「それはまたいつかな。いまは食事にするぞ」

言い終えると同時にかじりついた。涙なら、血や髪よりだいぶましだ。

「お味はいかがですか？」

「おまえの気遣いが嬉しくて涙が出そうだ」

幸い、おかしな味はしない。アルヴェールを見て、シルファたちもそれぞれパンにかじりついた。つぶした卵とジャガイモをパンからはみださせながら、セイランがシルファに尋ねる。

「シルファは、涙以外なら何をアルに食べさせたい？」

「アルさまが食べてくださるならどんなものでも用意するつもりだけど……。そうね、いつかアルさまの子を宿したら、アルさまにお乳を飲んでほしいわ」

「母乳か。赤子に飲ませているのだから、栄養はあるのだろうな」

「愛はそれ以上にあるわよ」

自分の目の前でそういう話をしないでほしいとアルヴェールは心の底から思った。

食事を終え、見張りの順番を決める。最初はセイランだ。

アルヴェールが神殿の壁によりかかって休んでいると、シルファが身体を寄せてきた。半分はいつもの甘えだとしても、もう半分は、やはり不安と恐怖だろう。アルヴェールは彼女を抱き寄せた。

「だいじょうぶだ。俺がそばにいる」

そう呼びかけると、シルファがアルヴェールの手をつかんだ。

「アルさま、今夜は、私の手をずうっと握っていていただけますか？　悪い夢を見ないよう」

悪い夢という言葉が、アルヴェールの脳裏に当時の情景を呼び起こす。

黒く塗った祭壇の上に横たえられたシルファの姿。

そのそばに立つ、黒髪のエルフの女と、彼女の下僕である命なき魔物たち。

アルヴェールがその場に姿を現すのがほんの少しでも遅かったら、エルフが手にしていた短剣はシルファの身体に突き立っていただろう。

セイランは黙ってアルヴェールたちを見ている。見張りは彼女に任せて、アルヴェールは伝わってくるシルファのぬくもりに微笑を浮かべた。

†

時を三年ほどさかのぼる。

漆黒の祭壇の上に、ひとりの少女が下着だけを身につけた姿で横たえられていた。

冷たい空気に支配された、石造りの建物の一室である。少女の年齢は十五、六というところか。

両腕と両脚を鉄の輪で拘束され、長い金色の髪が乱れて祭壇に広がっていた。

昼なのか夜なのかもわからない空間で、自らの置かれた状況を自覚しているのだろう、少女の顔は絶望に彩られている。助けが来ることなど期待していなかった。ただ、目を閉じて神々への祈りの言葉を口にする。

違和感を覚えて、少女は眉をひそめた。声を出そうと何度か試みて、出ないことに気づく。封じられたのだ。おそらくは魔術（マギ）によって。

少女の顔が緊張に強張（こわば）る。これでは、聖言（プロシュ）も何らかの方法で封じられているだろう。

聖言は、少女にとって神々と自分をつなぐたしかなものだった。視界に広がる暗闇が、圧力をもってのしかかってくるような恐怖を彼女は感じた。

ふと、視界の端に光が射しこむ。光はゆっくりとこちらに近づいてきた。

少女は息を呑んだ。光の正体は火を灯した燭台であり、それを持っているのは、装飾を凝らしたローブをまとった、エルフの娘だったのだ。艶やかな黒髪は背中を覆うほど長く、耳は細長くとがっている。その顔だちは整っていたが、猛毒を持つ花を思わせる美貌だった。

このエルフは、帝都にある教会で祈りを捧げていた自分の前に突如として現れ、襲いかかってきた。彼女の魔術によって少女は意識を奪われ、気がついたらこの空間にいたのだ。

もうひとつ驚くことがあった。エルフのまわりには、二体の白い骸骨が無言で控えている。

もしも少女が声を出すことができたら、悲鳴をあげていたに違いない。骸骨の全身を覆う濁った白い光を見て、少女はそれらが亡者であることを悟った。

亡者。死体を媒介に、魔術によって生みだされた、命を持たぬ魔物だ。

「ごきげんよう、聖女さま」

エルフに笑いかけられて、少女はびくりと身体を震わせる。鉄の輪がかすかに軋んだ。

やはり、このエルフは自分を聖女だとわかっていて、さらったのだ。

殺すなら、さっさと殺しなさい。

エルフを睨みつけて、少女は気丈にもそのように唇を動かす。それを読みとって、エルフはくすりと笑った。

「ずいぶんと諦めがいいのね。もしかしたら騎士や神官たちが、あなたを助けに来るかもしれないわよ？　それとも、助けを期待できないほど素行が悪い子なのかしら」

少女は口を引き結んで、エルフから視線をそらす。普段の生活ぶりが悪いとは思わない。それでも、誰かが助けに来てくれるとは、彼女は露ほども思わなかった。

十歳のときに聖女と認定されて以来、少女は誰かに助けてもらったことがない。

彼女は小さいころから、しっかり者として周囲に知られていた。母が身体が弱く、手伝えることはできるかぎり手伝っていたからだ。六歳のころには、母に代わって家のことをほとんどこなしていた。父は娘をよく褒めたが、妻を気遣うほどには娘に目を向けなかった。

それでも、少女は気にしなかった。自分は健康で、母はそうでないのだからと自分に言い聞かせていた。

しかし、聖女と認定され、女神官として教会で生活するようになってからも、彼女を取り巻く環境は変わらなかった。労苦をごく自然に受け入れてきた表情が、悩みやつらさを自分の力だけで乗り越えてきた瞳が、周囲の者におかしな信頼感を抱かせたのだろうか。

彼女を頼る者、彼女に助けを求める者は絶えず現れたが、彼女に手を差しのべる者は現れなかった。大人たちは彼女を信頼し、その将来に期待したが、向きあおうとはしなかった。

今回もきっと同じだ。自分のために、誰かが現れることなどない。

だが、その思いを目の前のエルフに説明する気はない。それゆえに顔をそむけたのだが、エルフは少女の態度を反抗的なものと捉(とら)えたようだった。

祭壇を照らす位置に燭台を置くと、エルフは華奢な手を伸ばして少女の顔に触れる。

「さすが、その年齢で聖女と認定されるだけあるわ。きれいなものね」

優しく頬を撫でると、エルフの手は首筋を通って鎖骨をなぞった。胸を覆う下着を剥ぎ取って、たしかなふくらみを備えた双丘を揉みしだく。不意に、桃色の突起をつねった。

突然の痛みに、少女は悲鳴をあげる。その叫びも、むろん空気を震わせることはない。

しばらく、エルフは少女の反応を楽しむように乳房をもてあそんでいたが、なめらかな肌にてのひらを滑らせる。へその下あたりを指でなぞった。

「聖女の体液には、不思議な力があるそうね。涙でも汗でも血でもかまわないけれど……。あなたをもっとも辱めるには、やはりここかしら」

下腹部を撫でられて、少女は悲鳴をあげた。懸命に暴れて逃れようとしたが、腕と脚にひっかき傷ができただけであり、嗜虐者(しぎゃくしゃ)の蹂躙(じゅうりん)を阻むことはかなわなかった。

下着をずらしたエルフの指が、異物となって彼女の体内に浅く突き入れられる。

「純潔は奪わないわ。生娘でなければ、女神への生け贄としてふさわしくないもの」

女神という単語に、少女の顔から血の気が引いた。北の果てにある闇の大地で魔物を生みだし続けているといわれる、堕ちた女神のことに違いない。

なぜ。少女はおもわず視線で問いかけていた。エルフは冷笑を浮かべる。

「ほんの五百年前まで、この大地は私たちのものだった。おまえたちがそれを侵したのよ」

少女は目を瞠った。エルフの生き残りが人間を駆逐して大陸を征服しようとしているという話は、以前に教会の座学で聞いたことがあった。しかし、自分をはじめ真面目に受けとっている者はひとりもいなかった。エルフを見たことのある者など教会にはいなかったし、いまや大陸中に散らばっている人間を駆逐するなど、夢物語でしかないからだ。

しかし、その話は真実だった。自分は心も身体も踏みにじられた挙げ句、堕ちた女神に捧げられてしまう。どことも知れぬ暗闇の中で、誰にも知られずに。

たまらなくなって、少女は子供のように泣きだした。涙がとめどなく流れ落ちて、祭壇に黒い染みをつくる。その間もエルフは容赦なく彼女の身体を責め苛んだ。

祭壇の一部には溝があり、少女の身体から流れでた体液はそこに溜まっていく。少女が疲れきって抵抗をやめても、エルフは彼女から体液を絞りだそうとするように弄んだ。

そうしてどれほどの時間が過ぎただろうか。

少女は口を半開きにしたうつろな表情で、ぼんやりと天井を眺めていた。

溝には充分な量の体液が溜まっており、エルフは禍々（まがまが）しい造形の細長いガラス瓶にそれを移し替える。その作業をすませると、彼女は一振りの短剣を取りだした。鍔には翼を思わせる装飾がほどこされ、反り返った刃には宝石が埋めこまれている。

その短剣で、彼女は己の手の甲を薄く切る。刃の切っ先が赤い血を帯びた。

「私の血を混ぜると、とても強力な紋様になるのよ。それじゃ、はじめましょうか」

エルフが短剣を少女の腹部に近づける。

そのとき、どこからか飛んできた石礫（いしつぶて）がエルフの腕に当たった。

エルフは短剣を取り落としこそしなかったものの、右腕をおさえて少女から視線を外す。険しい表情で、石礫の飛んできた方向を睨みつけた。

「何者⁉」

「強（し）いていうなら厄介者だな」

飄々とした声を、少女とエルフは聞いた。

そこに立っていたのは、一組の男女だ。手に長剣をさげた黒髪の若者と、同じく黒髪の、小柄な少女。左目のまわりを仮面で覆っているところから、少女はセラフィムと思われた。

エルフが口早に呪文を唱えて、手をまっすぐ突きだす。そのてのひらから目もくらむほどの雷撃がほとばしった。同時に、黒髪の少女が床を蹴る。

あろうことか、彼女は自分に迫る雷撃を、蹴りで薙ぎ払ったのだ。雷光は霧散し、少女は何もなかったかのように床に降りたった。

そして、若者が手に持っていた剣を振りあげて、エルフに斬りかかる。エルフは短剣で受けとめようとしたが、刃鳴りとともに短剣が宙を舞った。

鮮血が飛散して、エルフの頬が赤く染まる。浅い傷だが、エルフは怒りに顔を歪めた。

その後、どうなったのか、少女はよく知らない。拘束されて動けなかったのと、自分はどうなるのかという張り詰めた緊張感の中で、意識を失ってしまったからだ。

気がついたとき、少女は床に倒れていた。

彼女の自由を奪っていた鉄の輪はすべて叩き切られている。身体を起こすと、祭壇に誰かが腰かけていることに気づいた。おもわず身をすくませたが、床に転がっている燭台の灯りに照らされたその人物は、エルフではない。十七、八と思われる黒髪の若者だった。

「おう、気がついたか」

若者は顔をあげて、少女に笑いかける。髪は乱れ、顔は薄汚れ、疲労がにじんでいた。

「あ、あの、エルフは……？」

声が出た。震える声で、少女は尋ねる。若者は首を横に振った。

「俺のセラフィムが追っているが、逃げられただろうな……。まったく、死ぬかと思った」

とにかく、あのエルフの魔術師はいなくなったらしい。少女は胸を撫で下ろした。

──あれ……。

不意に、少女は自分の身体に違和感を覚えた。熱い。奇妙な熱が体内に広がっている。あのエルフに何かをされたのだろうか。わからないが、身体が疼く。とにかくこの欲求を解き放ちたくてたまらない。吐く息までが熱を帯び、頭の中がぼうっとしてくる。

ふらふらと、少女は立ちあがった。若者をじっと見つめる。身体がさらに熱くなるのを感じた。自分を突き動かすものが劣情であるとわからないまま、少女は若者に歩み寄る。無造作に押し倒し、跨がった。

「おい……？」

面食らったのは若者だ。彼の反応などおかまいなしに、少女は若者の脚に自分の股間を擦りつけ、前後に揺すった。また、若者の手をとって自分の胸に押し当てる。その目は虚ろだが、口元には歪んだ笑みが浮かんでいた。

ここに至って、少女が正気を失っていることに若者も気づいた。迷う様子を見せたあと、若者は少女を引き離そうとせず、彼女の意思に沿うように、そっと胸を揉みしだく。少女は嬉しそうな笑みを浮かべてか細い吐息を漏らした。

少女が要求するままに、若者は少女を抱きしめ、背中や尻を撫でまわす。少女はさらなる快感を求めてか、若者の顔に接吻を浴びせ、何度も唇を重ねた。

再び少女が若者の手をとり、今度は己の股間へ導こうとする。

だが、その直前に少女は動きを止めた。

翠玉(すいぎょく)の瞳に理性の輝きが灯り、驚きをにじませて若者を見つめる。突然の少女の変化に、若者は息を呑んで彼女の様子をうかがった。

少女の両眼から涙があふれ、嗚咽(おえつ)の声が漏れたのはそれからまもなくのことだった。

「……死なせて」

しゃっくりをしながら、少女はそう言った。若者は胡乱(うろん)げな顔で彼女を見つめる。

「こんな、こんな辱めを受けて、生きていられません……」

おそらく魔術によって意識を奪われていたとはいえ、誰とも知らない男の身体を求め、跨がり、淫猥(いんわい)な行為にふけったのだ。

親しい人々が自分を蔑(さげす)むように見てくる光景が、心ない陰口が、絶え間なく浮かんでくる。

ここであった出来事は、きっと皆に知られてしまう。もう帝都にはいられない。いや、この地上のどこにも居場所がないかもしれない。このまま消えてしまいたかった。

「わからないでもないが、死ぬのって難しいぞ。俺も昔、死のうとして失敗した」

耳に届いた若者の言葉は、少女の意表を突いた。

ようやく彼女は泣き止んで、若者を見つめる。

落ち着いてくると、いろいろなことが気になりはじめる。

震える声で、少女は若者に問いかけた。

「あの、お名前は？　帝都の騎士さまですか？　どうして私を助けてくれたんですか？」

若者は眉をひそめて、よくわからないという顔で彼女を見た。

「名前は……別にいいだろう。あっちこっちを旅している流天の騎士だ。どうして助けたのかって言われたら、そりゃ、おまえが妙なやつにさらわれていくところを見ちまったからだ」

「それだけで？」

「まあ、もうひとつ理由を挙げるならだ……」

若者は気まずそうに髪をかきまわした。

「ええと、十日前か。帝都の教会の前でぼろくずのように倒れていた男がいただろう。そいつに聖言を使ったことは覚えてるか？」

言われて、少女は思いだした。

たしかに目の前の若者が倒れていた。薄汚れて、傷だらけで。放っておくことはできず、聖言によって傷を癒やした。そのあと、教会の井戸に行って水を汲んできたときには、若者の姿は消えていたのだ。誰に聞いてもどこへ行ったのかはわからず、さがすのは諦めた。

「あのときは金も荷物も失っていて、二日も飯を食ってなかったんだ。その上、面倒な連中に追われてて、セラフィムともはぐれてた。とにかく、おまえのおかげで助かった」

若者は少女を床に座らせると、立ちあがり、ぼろぼろの外套を拾いあげる。少女に放った。

少女はおとなしく外套をまとう。それから、急に恥ずかしさを感じてうつむいた。取り乱していたとはいえ、自分はずうっと素肌を異性に晒したままでいたのだ。

少女の内心にかまわず、若者は言った。

「とりあえず、地上に出るまではついてこい。騎士っぽい連中がおまえを捜しに来ていたみたいだから、そのあとはそいつらにくっついていけば、帝都に帰れるだろう。ここでのことは黙ってりゃわからねえ。聖言を使って必死に逃げてきたとでも言っておけ」

少女は不思議そうな顔をした。何を言っているのだろう、このひとはと思った。

「あの、どうして私を連れていかないんですか？」

その問いかけに若者は首をひねる。少女が言いたいことを理解して、うなずいた。

「俺がおまえを助けたって言ったら、あれこれ聞かれるだろう。それに、俺はあまり教会に関わりたくないんだ。顔を見せない方がいい」

「で、でも、私を助けてくれたのは本当のことですし、それに、すごいお礼が出ますよ。わ、私、これでも聖女として認められていますから……！」

「ああ、だからやつにさらわれたのか。災難だったな」

少女は呆然として、若者を見つめた。信じられなかった。自分に何も求めないなんて。

「そうではなくて、何かお礼を……」

「さっき言っただろう。おまえは俺を助けた。俺もおまえを助けた。それでいいじゃねえか」

若者は、本当にそう思っているようだった。自分を助けるためだけにここまで来て、命がけの戦いを繰り広げながら、何も求めようとしない。名声さえも。

　そのとき足音がして、物陰から黒髪の少女が現れた。髪も服もぼろぼろで、顔や腕にいくつもの傷を負っていたが、仮面で左目のまわりを覆ったその顔は落ち着き払っている。

「逃げられた。すまない」

「いや、おまえが無事でよかった。それに、この子は助けることができたからな」

　謝罪するセラフィムの少女に、若者は首を横に振った。ねぎらうように彼女の頭を撫でる。

　二人が言葉をかわしている間、少女は呆然として、若者の背中を見つめていた。

　このひとだと直感的に思った。

　このひとなら、聖女ではない自分も見てくれる。自分が頼っても、きっと応えてくれる。

「あの……！」

　そう思ったときには、少女は叫んでいた。

「添い遂げてください！」

　若者は足を止めて、何かを聞き間違えただろうかという顔で振り返った。

　これがシルファとアルヴェール、セイランの出会いだった。

†

双月が高くのぼっている。今夜は紅月（あかつき）の赤みがかった光が地上に降り注いでいた。

紅月の光は魔障の光であり、災いを呼ぶのだといわれている。もっとも、そのような話を信じているのは老人に多く、生まれたときから紅月が当たり前にある者は、気にしていない。

見張りは、セイランからアルヴェールに替わっていた。

シルファのそばにはセイランが座って、彼女の手を握っている。シルファがうなされるのではないかとアルヴェールは心配だったが、どうやら杞憂に終わってくれそうだ。

だが、何ごともなくというわけにはいかないようだった。自分たちに近づいてくる複数の気配を感じとって、アルヴェールが視線を鋭いものへと変える。シルファとセイランも気づいたらしく目を覚まし、それぞれ神殿の外の暗がりに視線を向けた。

三十近い人影が、ゆっくりとした足取りでこちらへ歩いてくる。

それだけではない。人影たちの頭上には、いくつもの白い靄（もや）が漂っていた。靄は子供ぐらいの大きさで、ひとの顔に酷似した模様が浮かんでいた。

アルヴェールは焚き火の一本をつかむと、すばやく前へ放る。明かりが人影たちの正体を浮かびあがらせた。彼らは、かつて人間だったものだ。服はぼろぼろで、肉は腐り落ち、白い骨がところどころから覗いている。虚ろな眼窩（がんか）の奥には青白い光が瞬いていた。

「亡者たちか」

腐肉をまとった動く死体は屍物（ザグ）と呼ばれている。彼らの頭上にいる靄は、幽鬼（グート）だ。アルヴェールにとって手強い相手ではないが、これだけの数がいると厄介だった。屍物の身体は猛毒の塊であり、引っかかれたり噛まれたりした箇所が腐るのである。また、体内に流しこまれた猛毒が一定量を超えると、屍物の仲間入りをするという。

虚空をふわふわと漂っている幽鬼には、剣が通用しない。炎か、神官が清めた聖なる水、あるいはセラフィムの持つ特殊な力だけが効果を発揮した。

——この数から考えて、北上してきた魔物か。剣でやりあうと長引くな……。

ざっと見回して、幽鬼の数は十以上。これだけの幽鬼を相手にしていたら、セイランも消耗するだろう。となれば手はひとつだった。

「シルファ、頼む」

「お任せください、アルさま！」

アルヴェールの言葉を待っていたかのように、シルファが歓喜の声で応じる。彼女はいつのまにか杖を大鎌に変えており、振りあげて高らかに叫んだ。

「星々の彼方より地上を見守る万象の主よ……。我らが聖フィリアよ、魔に束縛されし骸を、かりそめの魂をなしたる邪気を、主の輝きにて祓わんことを」

エーテルが渦を巻き、シルファの足下に白い輝きを放つ円環が生まれる。その円環は瞬時に拡大し、周囲をまばゆく照らしながら弾けとんだ。大気を切り裂く音に呻き声が重なり、屍物の身体は風を浴びた砂岩のように崩れ、幽鬼たちもちぎれ飛ぶ。

シルファほどの力の持ち主でなければ、これほど鮮やかに魔物たちを滅ぼすことはできないだろう。それに、亡者を滅ぼすことは聖フィリア教の神官にとって義務に等しい。また、この場合はシルファに何かをさせることで恐怖や緊張を薄れさせる狙いもあった。

「終わりました、アルさま」

四十を超える数の魔物をほとんど一瞬で打ち払い、シルファは笑顔でアルヴェールに向き直る。アルヴェールが動いたのは、その瞬間だった。暗がりに潜んでいたらしい何ものかが、恐ろしい速さでシルファに襲いかかったのも。

金属的な響きとともに、緋色の火花が散った。アルヴェールに横合いから斬りつけられた何ものかは、斬撃を弾き返すと、かまわずシルファに襲いかかる。だが、そのわずかな間にシルファも大鎌をかまえていた。

再び、刃鳴りが夜気を震わせる。必殺の一撃を大鎌に阻まれた何ものかは、空中へと高く飛びあがった。

そこへセイランが地面を蹴って跳躍し、鋭い蹴りを見舞う。彼女の爪先が何ものかの身体に突き刺さった。だが、爪先からは一切の衝撃が伝わってこない。まるで空気を蹴ったかのようだった。何ものかは彼女の脚を踏み台にして、さらに上へと飛びあがる。これにはアルヴェールとシルファも目を瞠った。ただの魔物に可能な芸当ではない。

アルヴェールはシルファをかばうように立ちながら、上空にいる魔物を睨みつけた。

翼を広げたその姿は、熊ほどもある巨大な蝙蝠に見える。だが、頭部が不自然に大きい。

目を凝らすと、首の上から生えているのは醜悪な輪郭を持つ人間の顔だった。ただし、両眼は赤い輝きを放ち、口の中に並んでいるのは鋭い牙だったが。

「邪蝙蝠(エルバース)か……！」

アルヴェールは唸(うな)った。道理で、亡者を浄化するシルファの聖言が通じなかったはずだ。この魔物は亡者ではないのだから。

「我が一撃を阻んだ動き、見事なものだった」

悠然と翼を羽ばたかせながら、邪蝙蝠は醜く歪んだ顔に薄い笑みを浮かべる。アルヴェールとシルファの顔に緊張が走った。

——人間の言葉を話す方か。

この魔物には、人語を解し、話すものと、そうでないものがいる。後者は獰猛(どうもう)だが知能が低く、獲物の血を吸おうとむやみに挑みかかってくるだけなので、冷静に動きを観察すれば強敵と呼べるほどではない。

面倒なのは前者で、こちらは人間並みの知性を持っている。アルヴェールたちの注意が亡者に向くのを待った上で、奇襲をしかけてきたように。セイランの蹴りが通じなかったのは、おそらく魔術によるものだろう。この種の邪蝙蝠は魔術を操ることもあるからだ。

「どうした。血を吸うために下りてこないのか」

アルヴェールは魔物を挑発した。とにかく剣の届くところに相手を誘いださなければならない。しかし、邪蝙蝠は器用に首をすくめる。その身体から黒い霧があふれだした。

「今夜はここまでにしておこう。そこの生娘は私好みの美しい面立ちをしているが、ついですませるには難しそうだ」

捨て台詞と捉えるには、余裕があった。言い終えたときには、邪蝙蝠の身体は黒い霧に包まれている。怒りに満ちた顔で、シルファは大鎌の刃を邪蝙蝠へと向けた。

「星々の彼方より地上を見守る万象の主よ、我らが聖フィリアよ！　正しき者に浄化の刃を、形なき邪悪にたしかな滅びを、あってはならぬものたちを光の中に清めん！」

湾曲した刃が白い光をまとうや、一条の閃光を放つ。黒い霧の端を吹き飛ばした。

だが、手傷を負わせたとしても相手の行動を妨げることまではできなかったようだ。風に乗って、黒い霧は遠ざかっていく。

魔物がいなくなった夜空を見上げて、アルヴェールは忌々しげにため息をついた。相手から逃げてくれたのは、ありがたいとすらいえる。だが、胸の奥に奇妙な不安がわだかまった。

「アルさま、アルさま」

大鎌を大切に抱え、嬉しそうな足取りで、シルファが駆けてくる。

「さきほどは私を助けてくれて、ありがとうございます。さすがアルさまです」

「俺がまわりを警戒するのは当然だ。それよりも、屍物や幽鬼を一掃してくれて助かった」

気を取り直して、アルヴェールは彼女の頭を撫でる。シルファは相好を崩した。

「アルは、あの蝙蝠のような魔物について詳しいのか」

セイランがアルヴェールを見上げる。

「わたしの蹴撃が通じなかったのは、どうしてだろう」

セラフィムの一撃は、たいていの魔物に通じる。セイランは戸惑っているようだった。

「推測だが、おまえの蹴りが届く直前に、やつは魔術で自分を霧に変えたんだ。俺たちの様子をうかがっているときに、おまえからの攻撃を予想していたんだろうな」

「次に遭遇したときは、どうすればいい？　用心深い魔物のようだから、わたしが全力を出そうとすると逃げられる可能性がある」

アルヴェールはわずかな驚きを瞳ににじませた。セイランは悔しがっているらしい。

「手っ取り早いものだと、神官が清めた聖水を足にかけるってのがあるが……」

「そうですね。セイランのために小瓶一本分、用意しましょうか」

シルファが言った。半日ほど時間がかかるが、彼女は聖水をつくることができる。

「ありがとう、シルファ。ところでアル、見張りはわたしとアルの二人で分担するべきじゃないか。シルファは聖言を使って疲れている」

「セイラン、あなたが気を遣ってくれるのは嬉しいけど、見張りのときはアルさまの寝顔を堂々と堪能できるという役得があるのよ」

シルファがにこやかに言った。反論するのも面倒くさくなって、アルヴェールは二人に背を向けて歩きだす。

「魔物が他にいないか、見てくる」

暗がりの中を、気配をさぐりながら慎重に歩く。だが、何者かが潜んでいる様子はない。

――あの邪蝙蝠、使い魔の類かと思ったが……。

知能の高い邪蝙蝠は、魔術師に使役されることがあるという話を、アルヴェールは思いだしていた。人間に慣れた言動を考えると、その可能性は小さくないように思える。

――ついでと言っていた。何か目的があって、このあたりに来ていたってことだ。

三年前に、神殿の奥で戦ったエルフの魔術師の姿が思い浮かんだ。

あの女なら、邪蝙蝠を使い魔にすることぐらい造作もないだろう。だが、もしもこの近くに彼女がいるのならば、使い魔などを放たず、堂々と姿を見せる気がする。

ぐるりと大きくまわって、二人のところに戻る。シルファとセイランはそれぞれ荷物をまとめて、何かあったときにいつでも動ける態勢を整えていた。

「場所はこのままでいい。俺が引き続き見張りをするから、二人は休んでいてくれ」

そう言ったのは、気が昂ぶってすぐには眠れそうになかったからだ。

それから朝まで魔物が現れるようなことはなく、三人はすばやく朝食をすませると、神殿の中へと入った。

荒れ果てた神殿の中は、外観以上に凄惨な状態だった。

まず、地面が平らではない。壁は崩れ、柱が倒れて通路をふさぎ、ひどい場合は天井が崩れて瓦礫が積みあがっていた。それでもアルヴェールたちは恐れる様子もなく、火を灯した松明を掲げて先へと進んでいく。魔物の気配がない分、ありがたいぐらいだった。

「セイラン、もしもこの通路が崩落しそうになったら、そのときはわかってるな？」

「シルファを抱えて、天井を蹴って脱出するのだろう」

「だめでしょう、セイラン。私よりもアルさまを助けないと」

そんな会話をかわしながら、アルヴェールたちは石造りの通路を歩いていく。ひとつには、通路に漂う空気が暗すぎて、せめて冗談でも言わなければ疲労感を覚えるのだ。むろん、それで魔物などの接近を許してはならないので、控えめではあったが。

疲れてくると、かまわず休憩をとる。交替で見張りを務めて、眠る。三日か四日かかる通路であるとわかっているので、無理をするつもりはアルヴェールたちになかった。

二日目の、おそらくは昼ごろ、三人は開けた空間に出た。

広間のようだが、松明で照らした一隅は壁が崩れて、小高い瓦礫の山になっている。セイランが足を止めて、驚きの声をあげた。結んだ黒髪がぴんとはねあがる。

「アル、大きな時計がある」

その言葉に、アルヴェールは彼女の隣に立って松明を掲げた。炎に照らしだされたものを見て、驚きのため息をこぼす。

彼らの目に映ったのは、長針が大人の背丈ほどもある巨大な時計の残骸だった。表面は埃と煤で黒ずみ、文字盤はひしゃげて半ばまで瓦礫に埋もれ、短針はへし折れている。長針は動いているように見えたが、進もうとしては元の位置に戻るという行為を繰り返していた。

「壁に掛かっていたのが、壁ごと壊れて崩れ落ちた、ってところか……」

瓦礫のまわりを慎重に歩きながら、アルヴェールはつぶやく。セイランは動かない時計をじっと見つめていたが、急に疑問が湧いたようで、アルヴェールを見上げた。

「アル、どうして一日は二十四時間なんだろう」

アルヴェールはおもわず顔をほころばせて、彼女の頭を乱暴に撫でる。彼も昔、まったく同じ興味を抱き、姉に質問をぶつけたことがあったのだ。ちなみにそのときの答えは、「自分で調べなさい。だからあなたは愚弟なのよ」というものだった。

「時計がエルフの発明だというのは知ってるか？」

アルヴェールの言葉に、セイランは首を横に振る。

「何千年も昔、何とかいうエルフが、一日をわかりやすく区切ろうって提案したらしい。それ以前は、地面にできる影の形や、水の流れで時間を計っていたんだそうだ。どんな計算をしたのかは知らねえが、とにかくそいつは昼と夜をそれぞれ十二時間に区切った。数えやすくするためだとか聞いたが、真実はわからねえ」

「どうして人間は、エルフの決めたものに従ったんだ？」

「そうだな……。慣れちまってたからだろうな」

アルヴェールは笑った。

「俺が生まれる前から、一日は二十四時間だった。みんな、それを基準に動いていた。だから俺もすぐには疑問に思わなかった。始祖カインも、他の皇帝や英雄たちも二十四時間に異論を唱えちゃいなかったと思う」

「いまさら変える理由がないというのもあるでしょうね」

シルファが真面目な顔で言った。

「私はエルフのことが嫌いですが、彼らのつくったものまで否定しようとは思いません。教会の方々も、そのように考えていると思います」

「なるほど。たしかに上手くいっているものを動かすこともないか」

セイランが納得したようにうなずいた。時計から視線を外して、三人は先を進む。

さらに一日が過ぎたころ、はるか先に光が見えた。

リジャク山を、アルヴェールたちは抜けた。

†

蒼空の下で、地面を行く蹄の音が軽快に響きわたる。

馬に乗って小さな街道を進んでいるのは、アルヴェールたちだった。リジャク山を抜けたあと、立ち寄った町で二頭の馬を調達したのだ。手痛い出費だったが、一日でも早くサマルガンドに入るためには、やむを得なかった。

アルヴェールとシルファはいっしょに馬に乗り、もう一頭の馬には荷物を背負わせている。セイランだけは歩いているのだが、これは彼女の希望によるものだった。セラフィムである彼女は、馬と同じ速度で歩くことができるからだ。

「なあ、シルファ。あまりくっつかれると馬を御しづらいんだが」

手綱を握りながら、アルヴェールは首だけを動かして後ろを向き、背中にしがみついているシルファへやんわりと苦情を述べる。

しかし、シルファは耳を貸そうとしなかった。出発してからずうっとこうだ。敵襲などを警戒しながら歩き続けたこの三日間が、よほど不満だったらしい。

「アル、サマルガンドというのはどのような国だ」

隣で足を進めながら、セイランがアルヴェールを見上げる。彼女はサマルガンドを訪れたことがない。アルヴェールは視線を宙にさまよわせた。シルファは不満に思うかもしれないが、使い手たる自分には、セイランに正しい知識を教える義務がある。

「神聖フィリア帝国は、サマルガンドのことを『砂漠と荒野の王国』と呼んでいるな。実際、国土の四割ぐらいはそんなものらしい。帝国との国境近くはそうでもないんだがな。向こうは聖フィリア教じゃなく、サマルガンドの神々を信仰している」

「シルファが不機嫌なのはそのせいか」

セイランの視線が、アルヴェールの背中にしがみついているシルファに向けられる。不満の表明がこうした可愛いものである間は、我慢するべきだろう。

ただ、服越しに彼女の豊かな胸が押しつけられていることについては、おたがいに外套を羽織(はお)っておくべきだったと思う。馬の背は揺れるので、どうしても意識してしまう。

セイランとの会話に集中することで、アルヴェールは背中の感触を一時的にでも忘れようと試みた。

「それもないわけじゃないが、シルファはそのへんは寛容だ。過激なやつだと、サマルガンドの人間を正しい教えを学ぼうとしない蛮族だとか言いだすからな」

「なるほど。食事はどんなものがある？」

「パンからして帝国のものとは違うが、なかなかうまい。香辛料が豊富に採れるとかで、辛いものが多いな。ただ、今回はアルハゼフにしか行くつもりはない。長居をするつもりもない。場合によっては、帝国の食事とおなじものしか食えないぞ」

その言葉に、シルファのしがみつく力がわずかに弱まったように思えた。

「それは残念だ。新しい食事と味を集めることこそ、わたしの役目なのに」

真面目な顔と口調でそんなことを言うものだから、アルヴェールとしては時折、不安に駆られる。セイランには、セラフィムとして何か重大な欠陥があるのではないだろうか。


サマルガンド王国は、神聖フィリア帝国の南部に位置する。

この王国が誕生したのは、いまから五百年ほど前とされている。国土の半分近くを砂漠と荒野が占めているが、砂漠に点在しているオアシスがさまざまな恵みをもたらす。

この王国の特色は、信仰だろう。神聖フィリア帝国は聖フィリア教を信仰しているが、サマルガンドの民は古来よりこの地で崇められている神々に、いまでも祈りを捧げている。セラフィムは、彼らにとって神々のもたらした精霊のようなものらしい。

アルハゼフは、サマルガンド王国でもっとも北にある町だ。

砂岩を積みあげて築きあげた城壁は楕円形をしている。そびえたっている塔も円柱状で、屋根は半球形だ。はじめてサマルガンドを訪れた帝国の人間は、この城壁を見て驚く。帝国の城壁は、基本的に方形だからだ。屋根もとがっている。

「奇妙な形をしているな」

だから、アルハゼフの城壁を見上げてセイランがそんな感想を漏らしたとき、アルヴェールは苦笑したものだった。かつて、自分たちがはじめてサマルガンドを訪れたときと同じだったからだ。シルファは相変わらず仏頂面(ぶっちょうづら)をしているが、ここに来てよかったと思った。

城門をくぐって、セイランはその場に立ちつくす。サマルガンド人と帝国人の外見に、それほど大きな差はない。サマルガンド人には金髪碧眼の持ち主が多いが、帝国人にもそのような見た目をした者はいる。

しかし、サマルガンド人は紫色を好む。頭に巻く布か、身につける衣のどこかに、必ずといっていいほど紫色を仕込むのだ。それは彼らが使役する動物に対しても同様で、行き交う牛やロバ、ラクダたちも、背に載せた鞍(くら)が紫色であったり、耳に紫色の布を結んであったりする。

「アル、彼らはなぜ紫色を用いる？　汚れていても放っておくところを見ると、神聖視しているわけではないようだが」

馬を引きながら、アルヴェールは言葉をさがして少しばかり考える。

「そうだな、おまじないというか、習慣というか……」

「伝統というべきものでしょう。昔、この一帯では紫色をしたものに魔除けの力があるといわれていました。それで、狩りや漁に出る者、商売などで遠くへ旅に出る者が紫色の布地(ぬのじ)を身につけるようになったことからはじまったと聞いています」

よどみなく答えたシルファを、アルヴェールもセイランも尊敬の眼差しで見る。

「さすがシルファだな。アルとは違う」

「俺も驚いた。よく知ってたな、シルファ」

「そう言っていただけると嬉しいです。本音をいえばいやでしたけれど、アルさまのためにがんばって学びましたから」

左手を頬にあてて、シルファは相好を崩す。アルヴェールは困ったような顔をしたが、彼女の健気(けなげ)な姿勢には感謝すべきだろう。「ありがとう」とだけ言った。感謝の気持ちは偽りではないのだが、気分が晴れないのはどうしてだろうか。

「ところで、アル。どこへ行く？　もう行き先は決まっているようだが」

「神殿だ。目移りしすぎてはぐれるなよ」

そう答えると、セイランはアルヴェールの服の袖をつかんだ。

二年前に、アルヴェールとシルファはこの町を訪れている。すぐに神殿にたどりついた。神殿の屋根もやはり半球形で、柱は円柱だ。壁には、サマルガンドの神々が彫られている。

神殿の中に入り、狭い廊下を抜けると、神々の像が並ぶ広間へと出る。広間の奥の祭壇には神官長が立っていた。他に、信徒だろう者たちが五、六人ほど。神官長の演説を、何人かは真面目に聴き、残りの者たちはあくびをこらえていた。

「なるほど。アルから聞いてはいたが、この国の人間はセラフィムを信仰していないのだな」

納得したというふうにうなずくセイランに、アルヴェールが説明する。

「セラフィムは、この地で信仰されている神々に従う存在とされている。敬虔（けいけん）な信徒に力を貸すというわけだな」

「わたしたちは、この地にいた存在に従ったことはない」

「そう思うのはいいが、いまは黙っておけ。ひとに聞かれると面倒だ」

いささか強い口調でアルヴェールは言った。信仰の話をするためにこんなところまで来たのではない。とにかく、神官長は忙しいらしいので、外で待つことにして神殿を出る。

声をかけられたのは、そのときだった。

「そこにいるのは誰かと思えば、根なし草の皇子と異教の聖女殿ではないか」

声が聞こえた瞬間、アルヴェールとシルファは同時に顔をしかめた。

見ると、ひとりの女性をともなった若い男が、さわやかな笑みを浮かべてこちらへ歩いてくる。短く整えられた金色の髪と、春の湖を思わせる青い瞳の持ち主で、肌はかすかに日に焼けていた。身につけているものは白を基調とした絹服で、首に紫色の薄布を巻いている。

彼のそばに控えている女性は、二十代前後と思われる踊り子だった。肌は褐色で、豊かな胸を隠すように紫色の布を巻きつけながら、肩や胸元、腹部を大胆にさらけだしている。足首まである裾のゆったりとしたズボンを穿（は）いて、腰には反りのある剣を下げていた。

踊り子を見たセイランが、身構える。彼女をセラフィムだと感知したのだ。踊り子のセラフィムもまた、身体を妖艶にくねらせながら視線をセイランに向けた。

「やめろ、セイラン」

アルヴェールはすばやくセイランの前に手を伸ばし、彼女をおさえる。それから渋面をつくって、金髪の男を見つめた。

「ご散策のおともがセラフィムひとりとは、王国の第二王子ともあろうお方にしては、ずいぶんと慎ましやかですな、ザルトーシュ殿下」

「女連れで気ままに野山を歩きまわっている貴様に言われたくはないな」

ザルトーシュと呼ばれた男はすかさず皮肉を返し、二人は陰険な視線をかわしあった。

「アルさま、この方に用事があるのでは」

さすがに見かねたらしく、シルファが控えめに口を挟む。アルヴェールは気を取り直すと、単刀直入に聞いた。

「おまえがここにいるのは、地面から出てきたあれの件か？」

むろん地底樹のことだ。ザルトーシュは眉間に皺を寄せて、薄い笑みを浮かべる。

「何のことかと言いたいところだが、帝国のお使いというわけではなさそうだな。俺についてくる度胸があれば、貴様の話を聞いてやってもいい」

「おまえの奢りならつきあってやる。ちなみに、こいつはよく食うぞ」

アルヴェールは隣に立つセイランを指で示した。セイランは褒められたと思ったのか、得意そうに胸を張る。ザルトーシュはやや背を曲げ、興味深そうにセイランを見つめた。

「ほう。これが貴様のセラフィムか。俺のシャルミーアには劣るが、悪くなさそうだな」

「おまえの審美眼では、そんな評価にしかならないだろうな」

アルヴェールはすかさず言い返した。シルファもまた、ザルトーシュをじっと見つめる。その視線に気づいて、サマルガンドの王子は肩をすくめた。

「いいだろう、来い。我が国の料理を食わせてやる」

そう言って背を向けると、ザルトーシュは己のセラフィムを連れて歩きだした。彼らの後ろ姿を見ながら、セイランが聞いてくる。

「アルは、あの男と親しいのか？　仲が悪いのか？」

「あいつの台詞を聞いていなかったのか？　仲が悪いに決まっているだろう」

アルヴェールは憤然と応じる。セイランは首をかしげた。

「だけど、アルにもあの男にも殺意はなかった」

「こんな往来で殺意をむきだしにしてたまるか」

言い捨てて、アルヴェールはザルトーシュを追う。並んで歩きながら、ともに悪人のような笑みを浮かべて話をしている二人を見て、セイランはシルファに顔を向ける。シルファは珍しく苦笑を浮かべて、セイランに答えた。

「そうね、口で言うほど、アルさまはザルトーシュ王子のことを悪く思っていません」

「シルファは、あの男のことを嫌いみたいだが」

　セイランの率直な問いかけに、表情をまったく変えずにシルファはうなずいた。

「ザルトーシュ殿下はどうでもいい方です。問題なのはあの方の妹君ですね」

「ティランシアとかいう女か」

　セイランと並んで歩きながら、シルファはうなずいて杖を担ぎ直した。

「二年前の夏、あなたが修行のために私たちと別行動をとっていたときのことです。サマルガンドの国王に叛意を抱いていた者たちが、ティランシア王女をさらいました。そのまま王女の息の根を止めてくれれば世界の片隅にささやかな平和がもたらされたのに」

「どうしてその話に首を突っこんだんだ。アルは王族が嫌いだろう」

「王女をさらった者たちの中に、聖フィリア教徒の男女がいたんです。年格好が私たちに似ていたせいで、私たちが間違われて捕まってしまい……。そこでアルさまは私をかばって、事件の解決に協力すると言ってくださったのですね。そこまではよかったのですが」

　シルファの目に昏い敵意がよぎった。

「アルさまに助けだされたその女は、身のほど知らずにもアルさまに想いを寄せ、姿を見せる勇気もないくせに熱烈な手紙を何通も送ってきてアルさまを惑わし……」

　シルファの声が怒りを帯びて震える。彼女の暴言を聞き流していたセイランも、さすがにどうしたものかという顔でその変化を眺めていたが、そこへアルヴェールが戻ってきた。シルファの態度に気づいたアルヴェールは、セイランに尋ねる。

「何があった……？」

「ティランシア王女を助けたときのことを話していたら、こうなった。アルがティランシアのことを何とも思っていないというのは聞いたが、王女の方はどうなんだろう」

率直な質問に、アルヴェールは首を横に振る。

「ティランシアは恩知らずじゃないから、俺に借りがあるとは思っているだろう。だが、そのぐらいだな。手紙だの何だのは、異国の皇子が珍しくてからかってるだけだ」

それからアルヴェールはシルファの手をとった。

「なあ、シルファ。前にも言ったと思うが、俺がティランシアとどうにかなるなんてことは、たとえ天地がひっくり返ってもないから安心しろ」

「どうしてそこまで断言できるのですか」

疑問に思ったというより、拗ねたような顔でシルファが問いかける。アルヴェールの返答は明快だった。

「そりゃおまえ、あの金髪陰険野郎を兄貴にするってことだからな。帝都の宮廷に帰ることの次ぐらいにはごめんだぞ、そんなの」

その台詞は、シルファを苦笑させるだけの効果はあった。機嫌を直したシルファとセイランをともなって、アルヴェールは十歩ばかり先にいるザルトーシュに追いつく。彼とともに一軒の酒場に入った。

サマルガンドでは、テーブルと椅子を置く酒場は少ない。床に絨毯を敷き、その上に腰を下ろし、料理を並べて食べるのだ。平たく焼いたパンの他に、香辛料をたっぷりまぶして焼いた鳥の肉や、香草の炒めもの、チーズなどがあった。むろん、酒もある。蜂蜜酒だ。

ザルトーシュの持つ銀杯に、彼のセラフィムが酒を注ぐ。

少しだけだが、アルヴェールは彼をうらやましいと思った。セイランが自分に酒を注いでくれたことなど一度もない。使い手に酒を注ぐことなどセラフィムの役目ではなく、むしろ無駄遣いといっていいのだが、両者が親愛の情で結ばれているように見えるのもたしかだった。

「本当についてくるとはな。俺が貴様を捕らえて、帝国への人質に使うと思わなかったのか」

楽しそうに笑って、ザルトーシュは言った。

「帝国における俺の立場は、よくわかっているだろう」

「だが、セラフィムを従えている皇子は貴様だけだ」

「それで立場が変わるなら、俺はこんなところにいやしねえさ」

ザルトーシュの正面に座ると、アルヴェールは蜂蜜酒の壺を取ろうとした。しかし、隣に座ったシルファがすばやく壺を手にとる。

「アルさま、私が注いでさしあげます」

アルヴェールは素直に礼を言って、陶杯を差しだす。シルファが蜂蜜酒を注いだ。甘い匂いが上等の酒だと教えてくれる。

「さすが王子様、昼間からいいものを飲んでいるな」

「貴様も皇子だろう。ああ、貧しい生活を強いられていたのだったな」

微塵も遠慮のないザルトーシュに、アルヴェールは苦笑で応じる。隣に座っているセイランが、ある料理に興味を示した。

「アル、これは何だ」

深皿いっぱいに、赤みがかった煮込みのようなものが盛られている。大雑把に切った肉や野菜の他に、細かく刻んだ香辛料らしきものが浮いていた。立ちのぼる湯気は香ばしい匂いを漂わせている。セイランの疑問に答えたのは、ザルトーシュだった。

「そいつは羊の脳味噌だ。うまいぞ。貴重な料理だから、ぜひ食べてみるといい」

ザルトーシュの口元には、いかにも何かをたくらんでいそうな笑みが浮かんでいる。セイランは判断をゆだねるようにアルヴェールを見た。

「経験にはなるだろう。ひとまず一口食べてみろ」

貴重な料理というのは、嘘ではない。羊を一頭屠って、すぐに作らなければ腐るからだ。作った者も、相手が第二王子であるザルトーシュだから用意したに違いなかった。

セイランが、木製の大さじで煮込みをすくって口に運ぶ。顔をしかめた。

「辛いな。これは本当に食べものなのか」

「我がサマルガンドでは裕福な者でなければ食べられないほどの料理だぞ。まだまだ知見が足りないのではないか」

笑うザルトーシュに、鋭い口調で応じたのはアルヴェールだった。

「金持ちじゃないと食えないのは間違いないな。だが、おまえのセラフィムは喜んでこの煮込みを食えるようになったのか？」

「つまらぬことを覚えているものだ」

音高く舌打ちすると、ザルトーシュはセイランに視線を戻す。

「悪かったな、セラフィムよ。その料理は見た目や辛さなどから、我が国の者でも好き嫌いがわかれるものだ。だが、身体にはいいぞ。香辛料をふんだんに使っているのでな」

「人間なら、おおいに汗をかいているだろうと思う」

そうしてセイランが煮込みを食べる傍らで、アルヴェールは本題に入った。

「帝国とサマルガンドの間に現れた地底樹って魔物だが、おまえらの仕業か？」

あえて相手が怒るような質問を、アルヴェールはぶつけた。

自分が第二王子であるのをよいことに、ザルトーシュはサマルガンド国内を自由に動きまわっている。だが、決して放蕩三昧の生活を送っているわけではない。

彼がここにいるのは、地底樹と何か関係あるのではないか。アルヴェールはそう考えた。

「逆に聞きたいものだな。帝国があれを作りだしたのではないか？　こちらはいい迷惑だ」

「すでに町や村に被害が出ている。吝嗇主義で知られた皇帝がそんな真似はやらねえよ」

「こちらも同じだ。俺があれを操るなら国境近くなどではなく、隣国の領内に出現させる。その方が侵攻の口実にもできるからな」

　二人は視線をかわし、どちらからともなくうなずきあう。少なくともこのことについて、相手は嘘を言っていないと判断した。今度はザルトーシュが口を開く。

「皇子。先に貴様の立場を明確にしてみせろ。帝国の手先になったとは思わんが、それに近い立場なら、季節が変わるまで王宮で過ごしてもらうことになる」

「地底樹の内部にある核果とやらを、帝国は求めている。俺に手伝えと言ってきた。断った」

「なぜだ？　帝国に貴様の実力を示すいい機会ではないか」

　蜂蜜酒を傾けながら、ザルトーシュは尋ねる。アルヴェールは首を横に振った。

「帝国にとって、俺は面倒な存在でな。二人いる兄のどちらにもセラフィムがいないせいで、適度に役に立って死ぬのがいいと思われている。必要な情報ももらってねえんだ」

　自分の矜持について話すより、こう言った方が理解を得やすいだろうと考えての説明だ。それに、クラリッサは詳しい話をしてくれなかったので、台詞の後半は嘘ではない。

「自分の立場がよくわかっているな。それで？　俺の役に立ちたくてここに来たのか？」

　傲岸不遜な態度のザルトーシュに、アルヴェールは皮肉めいた笑みを浮かべた。

「おまえがどこまで話してくれるか次第だな。おまえの態度からして、サマルガンドも核果を狙っているんだろう？」

「当然だ。修復してやりたいセラフィムは山ほどいる。力を引きだすという話も興味深い」

「あれには、人間を不老にする力もあると聞いたが」

ザルトーシュの目的についてさぐりを入れようと、アルヴェールはそう言ってみたのだが、サマルガンドの第二王子は「くだらん」と、一言で切って捨てた。アルヴェールは不思議そうな顔でザルトーシュを見つめる。

「なぜだ？　おもしろい話だと俺は思ったぞ」

「流天の騎士として、好きこのんで物騒なところへ足を向ける貴様なら、そう思うのだろう。だが、あいにく俺は自分を大切にしている。不確かな言い伝えでしか効能がわからないようなものを、使ってみる気にはならん。かといって、俺以外の誰かに使って、そいつが不老になったら面倒だ。人間には使わないにかぎる」

ザルトーシュは傲然と胸を張る。アルヴェールは彼の主張を否定することはできなかった。

たしかに地底樹の核果が持つ力に、何らかの副作用がないとはかぎらない。自己修復機能が働かないほどひどい状態のセラフィムになら、万が一の幸運を願って使うのもいいだろう。

しかし、人間に使っていいのかどうか。

――クラリス姉の話を鵜呑みにしすぎたか。

だが、それでも引き返す気はない。手に入れてからあらためて考えてもいい。

アルヴェールは新たな質問をぶつけた。

「おまえたちの調べでは、地底樹はどこから現れた？　俺はダルカン平原と聞いた」

「こちらでも同じだ。ただし、我々が先に地底樹を見つけたにもかかわらず、帝国の者どもは自分たちが先だと言い張っている」

アルヴェールは顔をしかめた。ダルカン平原は、帝国とサマルガンドのどちらの国の領土でもない、いわゆる緩衝地帯である。国家間の衝突を避けるためにそのような領域を設けたのだったが、今回はそれが面倒な事態を引き起こしていた。

「どちらが先だとしても、こうなれば意味はないだろうな。それぞれの動きは？」

「我々も、帝国も、軍を動かした。こちらは三千、向こうは二千だったかな。地底樹を大きく囲んで、我々以外の者が手出しをできぬようにしている。たとえば、よからぬことをたくらんでいる流天の騎士なぞが地底樹に潜入できないようにな」

「つまり、よからぬことをたくらんでいる連中が集まってきているってことだな？」

アルヴェールも悪人のような笑みを浮かべて言葉を返す。ザルトーシュはうなずいた。

「隠すことでもないから教えてやるが、その通りだ。魔物退治やら遺跡の盗掘やらを生業にしているような連中が、次々に集まっているらしい。エルフの姿を見たという話もある。地底樹の核果とやらの持つ力が、聞いた通りのものだとすれば、見間違いとも言い切れん」

　アルヴェールは後ろに控えているシルファを一瞥する。彼女は平静を装っているが、腿の上に置かれた手が固く握りしめられているのを、アルヴェールは見逃さなかった。

　安心させるように、アルヴェールは彼女の膝を軽く叩く。シルファははっとしてアルヴェールを見つめ、それから表情を緩ませた。

「私は、決してアルさまのそばから離れません」

　彼女の緊張が解れたのを確認して、アルヴェールはザルトーシュに向き直った。

「帝国とサマルガンドの間で、戦になりそうか？」

　声が、いつにない深刻さを帯びている。

　アルヴェールがもっとも懸念しているのは、そのことだ。

　帝国もサマルガンドも大国だ。この二国がぶつかりあえば、多くの村や町が焼かれ、おびただしい数の死者が出るだろう。生活する術を失った者たちの何割かは野盗に転ずる。

　戦は騎士の誉れであるという考えは、むろんアルヴェールも持っているが、騎士同士の戦いだけですまなくなるような争いは御免こうむりたかった。

　アルヴェールの真剣な眼差しを見て、ザルトーシュも笑みを消す。

「なると、俺は考えている。地底樹の核果の使い方について、俺の考えはさきほど言った通りだが、反対する者も多い。帝国が核果を手に入れれば、そうした連中が軍を動かすだろう。反対に、我々が核果を手に入れても、帝国がおとなしく引き下がることはあるまい」

「――つまり」と、アルヴェールは皮肉めいた笑みを浮かべた。

「帝国でもサマルガンドでもない第三者が核果を手に入れれば、当面の戦は避けられるか」

「なるべく早いうちにな。帝国もそうならぬように力を尽くしているが、このままでは遠からず激突することになる」

そう答えてから、ザルトーシュは不機嫌そうに顔をしかめた。

「おまえが核果を手に入れて、何に使う気だ。余命いくばくもない親族でもいるのか」

厳しい口調での追及に、アルヴェールは肩をすくめる。

「さてな。いつ死んでもおかしくない皇族なんぞ、ごろごろいるだろう」

ザルトーシュはつまらなそうに鼻を鳴らした。

「やはり、貴様は王宮の牢獄につないでおくべきかもしれんな。なに、悪いことばかりではない。運がよければティランシアに会えるかもしれんぞ」

聞こえなかったふりをして、アルヴェールは立ちあがる。しかし、シルファは黙っていなかった。敵意に昏くよどんだ瞳で、彼女はザルトーシュを見つめる。

「恐れながら、妹君は何か勘違いしておられるのではないでしょうか。アルさまには、すでに定まった女性がおります。やんごとなき身分のお方が、いたずらに火遊びなどするものではないと思いますが」

アルヴェールは顔を手で覆い、対照的にザルトーシュは相好を崩した。そういう反応を待っていたのだといわんばかりの笑顔である。

「聖女殿は、何か思い違いをされているようだ。我が妹は、この男に恋い焦がれているわけではない。ただ、王都の外に出ることさえめったにないものだから、大陸をあてどもなくさまよい歩いている根なし草の話に興味があるだけだ」

「それなら、王都にいる吟遊詩人や行商人を集めればよろしいかと。私たちはさまざまな地を訪れてきましたが、ひとに語り聞かせる術については、彼らにかなわないでしょう」

「彼らの多くは媚びる。仕方のないことだがな。こいつは媚びない。欠点を挙げればきりのない男だが、その点だけは認めている」

「認めてもらったついでに金の無心もしていいか？　いつか返す」

ずうずうしくもアルヴェールが頼みこむと、ザルトーシュは呆れたように笑った。

「どうせなら浴場も使っていけ。さきほどから土埃臭くてかなわん」

これはありがたい気遣いだった。自分はともかく、シルファには汗を流してほしいと思っていたのだ。アルヴェールは深く頭を下げた。

サマルガンドには、熱浴場（ファーマル）と呼ばれる公衆浴場がある。

利用者は服を脱いで裸になり、身体にタオルを巻いて、木桶いっぱいのぬるま湯を頭から浴びて、湯を滴らせながら浴室に入る。

浴室といっても、湯を満たした浴槽はない。隅に設置した暖炉で火が熾され、熱気が充満している。人々は壁に沿って並べられた長椅子に腰を下ろすか、中央に置かれた石造りの台に寝そべって汗を流す。天井は半球状で、頂点にガラス窓をはめこんで陽光を取り入れており、中は明るい。そのため、熱浴場は気軽に談笑をする場としても利用されていた。

いま、アルヴェールは腰に、シルファは身体に、それぞれタオルを巻いた姿で壁際の長椅子に並んで座っている。他に利用者はひとりもおらず、貸切だった。

——あの野郎、厚意に見せかけてはめやがったな。

汗を流しながら、アルヴェールは心の中でザルトーシュにあらんかぎりの罵倒を浴びせた。

基本的に熱浴場は男女別なので、自分たちもそうだろうと信じていたのが敗因だ。

これが帝国内であれば、教会への政治的な配慮からこのようなことはなかっただろうが、サマルガンドに聖フィリア教は広まっていない。ザルトーシュは遠慮なくアルヴェールをからかうことにしたのだ。

——セイランを無理にでも誘うべきだった。

自分に発汗機能がないことを理由に、セイランは断ったのだ。彼女がここにいれば、もう少しこの状況を何とかできたかもしれない。

シルファが身体を寄せ、アルヴェールの肩に頭を乗せてくる。少しでも彼女の方に視線を向けると豊かな胸の谷間が見えてしまうので、顔は前方に固定しなければならなかった。

「二人きりですね、アルさま」

「そうだな」

「たいていのことをしても気づかれませんよね」

「待て。やつはきっと浴室の外に部下を放って俺たちを監視している」

扉の向こうにひとの気配を感じないので、そんな者がいないことはわかっている。アルヴェールとしては上手く牽制したつもりだったが、シルファはにっこり笑って質問してきた。

「監視とは、何のためにでしょう」

「そりゃあ俺たちがよくない話をしていたら報告するためで……」

「つまり、愛しあう分には何の問題もないということですね！」

シルファは腰をわずかに浮かせて、背中からアルヴェールに飛びこむ。おもわずアルヴェールが抱きとめると、その弾みにタオルがはだけて豊かな胸が露わになった。

「アルさま」

首をわずかに傾けて、シルファが情欲に潤んだ瞳を向けてくる。催促するように、左手の指でアルヴェールの太腿に円を描いた。熱を帯びた瞳と、汗に濡れた背中、こちらを優しく圧迫してくる彼女の尻の感触に、アルヴェールは生唾を呑みこむ。

思えばバンガルの町を出てからは、この町を目指して先を急ぐ日々だった。それに、他に手がなかったとはいえ、リジャク山にシルファをつきあわせたのだ。その分ぐらいは彼女に応えるべきだった。

頬を上気させたシルファの顔は、見入ってしまうほどに艶めいている。

「のぼせないていどにな」

アルヴェールは彼女を優しく抱きしめた。右手でそっと乳房に触れると、シルファが自分の右手を重ねてくる。もっと触ってほしいというふうに。左手で彼女の腹部を撫でると、ねだるように腰へと導いた。幸せそうな微笑を向けてくるシルファが愛おしく思えて、唇を重ねる。唇の形と弾力をゆっくりと味わって、離す。シルファは嬉しそうに頬をすり寄せてきた。

「おまえの頬、熱いな」

「それはもうアルさまへの愛であふれていますから。アルさまの頬も熱いです」

浴室が暑いからな。アルヴェールはそう思ったが、口に出しては別のことを言った。

「その、何だ……。俺の愛も伝わってるか？」

おそらくは驚きによる一瞬の空白のあと、シルファは甘えるように背中を擦りつけてくる。おたがいの想いを、ひとつにしようとするかのように。

「欲張りな私に、もっと、もっと愛をいただけますか」

「もちろんだ。おまえからたっぷりもらってるからな」

自分の息を、手や指の感触を、シルファの身体に刻みこむように愛する。シルファも身をよ

じらせて、なまめかしい声を、細い指や華奢な肩を、やわらかさと熱さを持った肌を、覚えこませるように、アルヴェールの身体に擦りつける。二人は何度も抱きしめあった。

やがて、あらためて水を浴びて汗を流した二人は、満足して浴室をあとにした。

着替えは別々の部屋で行うため、アルヴェールは服を着たあと、熱浴場の外でシルファが出てくるのを待った。ほどなく、金の縁取りがなされた白い法衣に身を包んだシルファが姿を見せる。そして、アルヴェールが呼びかけるより先に、真剣な表情でこちらへ走ってきた。

「アルさま、一大事です！」

シルファは右手に杖を握りしめ、左手には大人のてのひらほどの羊皮紙を持っている。彼女から差しだされたそれを、アルヴェールは不思議そうな顔をしながらも受けとった。一見して何も書かれていないように思えたが、裏返して目を瞠る。

そこにはアルヴェールとシルファへの挨拶、アルヴェールへの想い、さらにシルファに対する挑戦の申し出が小さな帝国文字で綴(つづ)られ、びっしりと紙面を埋めつくしていたのだ。

文末にはティランシアの名があり、アルヴェールは目を丸くした。おそらくザルトーシュに同行したのだろうが、まさか彼女がこの町にいるとはまったく考えなかった。

「どうやら神聖裁判(アギオディカ)をお望みのようですね……。近いうちに、また来なければ」

「とにかく、ザルトーシュに文句は言っておこう。まだあの店にいればだが」

そうしてアルヴェールとシルファが酒場に戻ると、ザルトーシュはまだ店の中にいた。セイランに果物を食べさせながら、話を聞いている。イチゴやマンゴー、オレンジに冷やした牛の乳をかけたものを口に運んで、セイランは幸せそうだった。

「戻ってきたか。貴様、武闘勇技（アドラキオン）で派手に敗れたそうだな？　なんでも『豪腕』の二つ名を持つ天翔騎士（セラフィータ）と戦って華麗に宙を舞ったとか」

　ザルトーシュが肩を震わせながらアルヴェールに声をかけてくる。そのことは話していなかったので、セイランから聞いたのだろう。

「食いもので敵に釣られてどうする」

　アルヴェールは呆れた顔になったが、もう話してしまったことは仕方ない。ティランシアの手紙を見せて苦情を述べると、ザルトーシュは肩をすくめた。

「さきほども言ったが、妹は貴様に想いを寄せているわけではない。ただ、じゃれつくのを楽しんでいるのだ。これぐらいは許せ。熱浴場を邪魔したわけでもあるまい？」

　妹に甘い兄である。もっとも、この反応はアルヴェールも予想していた。ただ、シルファのためにも、妹に釘を刺すという言葉を引きだしたかったのだ。

「わかった。ティランシアをさがしまわるつもりは俺たちにもないしな。ところで、サマルガンド軍の幕営を通過するための許可証を発行してもらうことはできるか？」

「妹が迷惑をかけた分というわけか？　貴様に貸す金の二割を返さなくていいことで手打ちにさせてもらう。たかだか幕営を抜けて地底樹に接近することぐらい、自分で何とかしろ」

「だが、おまえだって戦は避けたいんだろう？」

楽ができるならその方がいいのでアルヴェールは猫なで声を出してみたが、逆効果だった。

ザルトーシュは露骨に気持ち悪そうな表情をつくる。

「そのていどのこともできない人間に、戦を避けるような手が打てるとは思えん」

そう言われてしまうと、アルヴェールとしても引き下がるしかなかった。ここで食い下がって、金を貸すという話までなかったことにされたら、地底樹どころではなくなってしまう。

「あとは……エルフの姿を見たという話について、詳しく聞かせてもらっていいか」

アルヴェールの言葉に、ザルトーシュはいつになく真面目な顔でうなずいた。

「地底樹の周辺を偵察していた兵のひとりが、妙な報告をしてきたのだ。動く骸骨や屍物といった魔物の群れを見かけたのだが、その中に黒髪のエルフらしき者がいたと。エルフといっても、長い耳が見えたからそう思ったというていどの話だが……」

アルヴェールたちはおもわず動きを止める。ザルトーシュは目を細めた。

「あちらこちらをうろついている貴様らなら何か知っているかと思ったが……やはりか」

「いや、ここまで来る途中に、亡者の群れを相手にしたことを思いだしたってだけだ」

下手な言い訳をするアルヴェールの脳裏には、三年前に戦ったエルフの姿が浮かんでいる。

まさか、彼女なのだろうか。地底樹を出現させたのは。

――帝都に潜入して聖女をさらうようなやつだ。何をしてもおかしくはねえ。

膝の上で、拳を強く握りしめる。

もしそうだとすれば、これはアルヴェールたちにとって避けられない戦いだ。

自分のために、そしてシルファのために、今度こそ確実に打ち倒す。

あらためて、アルヴェールは自分に言い聞かせた。

†

『豪腕』の二つ名で知られるゴダールは、帝都ラングリムにいる。

騎士団長のひとりとして、帝都の治安を守るべく努めていた。

現在の帝都には、ふたつのよくない噂が飛び交っている。

ひとつは、皇帝が倒れたというもの。

もうひとつは、サマルガンド王国と大規模な戦になるのではないかというものだ。いずれをとっても帝都を震撼させるのには充分だった。

『吝嗇帝(りんしょくてい)』と陰口を叩かれながらも、ファルカリスは皇帝として立派に帝国を統治してきた。成長した皇子たちがいるとはいえ、不安は拭えない。いまのところ、政務などは問題なく処理されているが、未来がどうなるのかは誰にも予測がつかなかった。

サマルガンドと戦になるのではという噂は、より深刻な響きを帯びている。

帝国が、隣国と大規模な戦を繰り広げたのは、十年前なのだ。はたして勝てるのかという不安は、見えざる暗雲となって兵と民の間に広がっていった。

もっとも、この空気を歓迎している者もいる。戦によって一稼ぎできると思う者たちだ。

商人たちは武具や食糧、荷車を引くための牛やロバをそろえ、兵や天翔騎士は己の武具を磨き、娼館は北に向かって延びている街道の様子を調べはじめた。遊歴の騎士や、戦慣れしている吟遊詩人なども、日ごとに帝都に集まっている。

帝都を覆うそうした雰囲気を、ゴダールは正直にいえば心地よいものと感じていた。

立場からいえば許されない考えだ。戦を避け、平和を維持することこそが皇帝と皇子たちの方針なのだから。

だが、ゴダールは二度の会戦で輝かしい武勲をたてた男だ。あの戦があったからこそ、現在の自分があると考えている。

もう一度、戦があればという思いは、彼の胸中に強くくすぶり続けていた。

ある日、ゴダールは宮廷にある己の執務室で、バティスト公爵という男の訪問を受けた。

バティスト公爵は皇帝ファルカリスの甥である。

普段は帝都にある自分の屋敷で剣の鍛錬（たんれん）をしたり、先帝『英雄帝』ジアルドの話を吟遊詩人に詠わせたりするのを楽しみにしている男だった。ゴダールとは、十年前のスタディア会戦の際に知りあい、親しくなった。

バティストはゴダールほど体格に恵まれてはいないが、剣の鍛錬を欠かしたことはなく、絹服の似合う、均整のとれた身体の持ち主である。年齢は四十六歳。

友人が訪ねてきたようなもので、ゴダールは喜んで彼と会った。人払いをしたのも、友人同士での話をするからだろうと、さほど不自然に思われなかった。

そうして執務室で二人きりになると、バティストはそれまでの笑顔を消し、真剣な表情でゴダールに尋ねたのである。

「陛下のご様子は」

「わかりません」と、ゴダールは首を横に振って、正直に答えた。

「陛下が寝室から出てこられなくなってもう二ヵ月が過ぎ、いまではお付きの薬師を除けば、皇妃殿下と皇子殿下しか陛下へのお目通りは許されていない状態です。他の者は、寝室へ通じる廊下にすら立ち入りを禁じられているほどで」

「なるほど。よほどよくないようだな……。ベルフォーリア殿もそう言っていたが」

バティストの両眼に、緊張に満ちた光が宿る。それが徐々におさまると、彼は懐かしむような声音でつぶやいた。

「先帝の時代はすばらしかった。ジアルド陛下は、まさに『英雄帝』と呼ばれるにふさわしい方だった。父はよく言っていた。すべての兵と将があの方を尊敬し、いかなる困難にも付き従い、あらゆる戦いに勝利をおさめてきたと。ファルカリス伯父上が悪帝とまではいわぬ……。

だが、『吝嗇帝』という、あの呼び名は何だ。偉大な先帝に申し訳ないと思わないのか。スタディア会戦を最後に、目立った戦勝はひとつもないではないか。情けない……」

ひとしきりファルカリスへの罵倒をつぶやくと、バティストはゴダールを見た。

「いよいよだな、ゴダール卿。呼び戻すのだ。『英雄帝』の時代を」

ゴダールは強くうなずく。彼が地底樹の探索に加わらず、守りを固めるという理由で帝都に戻ってきたのはこのためだ。

現在、帝都を守っている騎士と兵は、ゴダールとその配下を除けばわずかしかいない。この機に、ゴダールはバティスト公とともに帝都を、そして帝国を手中に収めるつもりだった。

バティストがこの計画をゴダールに持ちかけたのは、一年前のことだ。以後、計画はゴダールとバティスト、そしてバティストが信頼するベルフォーリアという女性の魔術師の三人で進めてきた。地底樹を目覚めさせたのはベルフォーリアであり、彼女は現地にいるはずだ。

計画はきわめて順調だ。自分たちは充分に引き絞られた弓であり、あとは、いつ弦から手を離すのかが重要だった。

「では、四日後の夜に」

口にした瞬間、ゴダールの全身を強烈な昂揚感と緊張感が包む。

彼の望む戦の時代まで、あとわずかだった。

## 4　因縁の戦い

ダルカン平原の中央に、それはたたずんでいた。

遠くから見たとき、アルヴェールにはそれが木だとは思えなかった。あまりに巨大で、あまりに異様だったからだ。それは黒々とした小高い丘のように見えた。しかし、その丘からは数百本もの根が無秩序に伸びて、広がっている。

「あいつが地底樹か」

馬上で、アルヴェールは小さく唸った。後ろに乗っているシルファが眉をひそめる。

「禍々しい『力』の流れを感じます。ただの魔物とは思えないほど」

「それなら、核果もしっかりできあがってるんだろうな」

アルヴェールは皮肉っぽい顔をつくった。

「どうやって地底樹に近づくんだ、アル」

セイランがアルヴェールを見上げる。地底樹は、帝国軍とサマルガンド軍に取り囲まれている。それぞれの軍が半円を描くように展開して、包囲の輪を完成させている形だ。自分たちが不用意に近づいても、どちらかの軍に取り押さえられるだけだろう。

「そうだな……」

地底樹と二つの軍を見ながら、アルヴェールは考えを巡らせる。

「両軍は、まだ激突していない。そんな事態になるのを避けたいわけだ。なら、両軍がもっとも接近するそれぞれの両端は、手薄だろうな」

遠くから観察してみると、思った通りだった。帝国軍もサマルガンド軍も、幕営の端にはわずかな数の見張りしか置いていないのだ。たとえば帝国軍の幕営の南端には二人しかいない。おそらく、相手を必要以上に刺激しないためだろう。

「やつらに見つからないように、日が沈むのを待つぞ」

「夜陰にまぎれて忍びこむのですか？」

首をかしげるシルファに、アルヴェールはひとの悪い笑みで応じた。

三人はてきとうな岩陰をさがして、そこに身を潜める。帝国軍とは数百メートル離れているが、念のために交替で見張りをしながら空が暗くなるのを待った。


日が沈んでから二時間ばかり過ぎたころ、帝国軍の幕営の南端に、ひとりの娘が現れた。聖フィリア教の神官衣に身を包んだ金髪の娘だ。髪は乱れ、顔も神官衣も汚れている。

彼女はよろめきながら、見張りを務めている二人の兵のそばに歩いていった。

「お、お願いです、助けて、ください……」

土埃で真っ黒な顔と、かすれた声で、彼女は助けを求める。力尽きたように座りこんだ。

二人の見張りは顔を見合わせたが、聖フィリア教の神官とあっては放っておくわけにもいかない。それに、若い娘だ。ひとりが女神官に歩み寄り、助け起こした。

「どうした、何があったんだ」

娘はすぐには答えず、懸命に呼吸を整える。それからか細い声で言った。

「サ、サマルガンドの兵に襲われたのです……」

恐れるように、背後の暗がりを振り返る。そのとき、闇の奥から足音がした。帝国兵は反射的に身構える。闇の中から姿を見せたのは、二十前後の若者だった。こちらも女神官と同様に薄汚れた身なりをしている。口のまわりには髭を生やし、手には剣を持っていた。

「シーラ、無事だったか」

息を切らしているからだろうか、若者の声は喜びを含んでいたものの、大きなものではなかった。彼は女神官に駆け寄ると、剣を鞘におさめ、帝国兵に頭を下げて礼を述べた。

自分たちは旅をしていて、この近くを通りかかったのだが、サマルガンド兵に襲われたのだと男は説明した。問答無用で斬りつけられたので、明かりのある方向へ必死に逃げてきたという。見張りたちのそばには篝火(かがりび)がゆらめいて、闇を打ち払っていた。

「サマルガンド兵と、どのあたりで出くわした？　相手の数はわかるか？」

帝国兵が真剣な顔つきで尋ねる。若者が指さしたのは、帝国軍が幕営を設置している方角だった。そして、自分は四人のサマルガンド兵を見たが、もっといるかもしれないと言った。

この話を、聞き流すことはできないと帝国兵は判断したようだった。帝国の動きをさぐろうと、サマルガンドが偵察兵を出してきた。そう考えたのだ。

「俺は上に報告してくる。すぐに戻る」

見張りのひとりが幕営の中へ足早に入っていく。駆けていかないのは、何かあったことを他の兵に気づかせないためだろう。残った見張りは、若者と女神官に笑いかけた。

「災難だったな。だが、ここにいればだいじょうぶだ。サマルガンドの連中も、正面から仕掛けてくることは――」

見張りの兵はそこまでしか言えなかった。立ちあがる気力もないというふうに膝をついていた若者が、突然襲いかかってきたのだ。

腰に下げていた剣を鞘ごと抜いて、若者は見張りの兵の頭部を殴りつける。「がっ」と呻いて、兵士がよろめいた。その背後に女神官が回りこみ、隠し持っていたらしい細長い布を兵士の口に巻きつける。すばやく布の両端を結んだ。

二人は手際よく兵士を地面におさえつけて、さらに両手と両足も縛った。哀れな兵士は口に巻かれた布のせいで声も出せず、とどめとばかりに視界までふさがれる。

「災難だったな。俺たちはサマルガンド兵じゃないから、そこだけは安心してくれ」

口につけていた付け髭をむしり取りながら、若者が言った。その正体はアルヴェールだ。付け髭は、自分の髪の一部を切って用意した。

　顔の汚れを拭っている女神官は、シルファである。そして、暗がりからセイランが足音を殺して静かに現れた。彼女は拘束された兵士を軽々と抱えあげる。

　三人は、すばやくその場から離れた。

　サマルガンド兵に襲われたなどというのは、見張りのひとりを遠ざけるための、アルヴェールの作り話だ。幕営を築いての対峙が何日も続いていたために、彼らは引っかかった。

　アルヴェールたちは地底樹に向かって駆けながら、篝火の明かりが届かない暗がりに、縛りあげた兵士を転がした。地底樹まで連れていくつもりはない。しばらくの間、彼が帝国兵に発見されなければよいのだ。

　闇を背にそびえる地底樹は、地上にうずくまる巨大な怪物の影に見えた。地面に這うように広がっている数百本の根は、怪物が振り乱した長い髪だ。

　アルヴェールは足を止めて、すぐそばの根に触れる。木というより石のような感触が伝わってきた。だが、かすかに脈動しているのがてのひらから伝わってくる。

「固そうだな」

「内部が迷宮になっているという話が本当なら、手強(てごわ)そうですね」

　シルファも表情を引き締める。セイランが聞いた。

「アル、どこから地底樹の中に入るんだ。木の幹に穴でも開けるのか」

「その必要はないだろう。もう内部に侵入しているやつがいるはずだからな」

三人は地底樹と大地の境目まで歩みを進めた。

「ここまで近づくと、途方もなくでかい木だとあらためてわかるな。これで外に出ているのが根だけだっていうんだから、どれだけ深いのやら……」

木の幹に沿って、三人は進む。ほどなく、大人でも楽に入れそうなほどのうろを見つけた。

アルヴェールはにやりと笑う。

「こいつをさがしていたんだ。シルファ、あの軍は何のためにいると思う？」

「無関係の方を地底樹に近づけさせないためではないのですか？」

「それだけじゃない」

皮肉っぽい笑みを、アルヴェールは浮かべた。

「地底樹に潜りこんで出てきたやつを、逃さないための包囲網なんだ、あれは」

三人はうろの中に入った。アルヴェールが用意していたランプに火を灯す。

円筒形の通路が、曲がりくねりながら先へと延びていた。通路の幅は大人が二人横に並べるぐらいで、壁や天井といえる部分には隙間がいくつもあり、蔓や蔦が顔を覗かせている。

数歩ばかり進むと、暗がりの奥から物音が聞こえた。アルヴェールとシルファは武器をかまえ、セイランは二人より前に出る。

ほどなく、物音の主が姿を現した。子供ぐらいの大きさの、ゼリー状の透明な怪物だ。

「スライムですね。どうしてこんなところに……」

大鎌を肩に担ぎながら、油断なくシルファが魔物を見据える。スライムは金属を溶かす魔物であり、騎士やセラフィムにとっては天敵ともいえる存在だ。一方で、動きは鈍く、火を放てばすぐに消滅するなど弱点についても研究されている。

アルヴェールは荷袋から松明を取りだすと、ランプを使ってすぐに火をつけた。スライムが火を恐れて動きを止める。アルヴェールは容赦せず、松明をまっすぐ近づけた。ここで確実に仕留めておかなければ、他の魔物と戦っているときなどに接近される恐れがある。

炎を押し当てられた魔物は、水が蒸発するような音をたてて消滅した。

「これはザルトーシュから聞いた話だが、地底樹は、餌として捕食した魔物とまったく同じ姿の魔物を自分の体内で生みだして、俺たちみたいな侵入者から身を守るらしい。サマルガンドにも地底樹が出現したって記録があって、それに書いてあったそうだ」

アルヴェールの言葉に、セイランはかすかに眉をひそめた。

「では、先へ進むほど魔物がいろいろなところから出てくるということか」

たしかに、この中にいる魔物を地底樹が操っているのだとすれば、天井や壁はもちろん、アルヴェールたちの背後に魔物を出現させることも可能となるだろう。

セイランとしては、戦いになるのはかまわないのだが、敵がどこから出てくるのか予測がつかないのは面倒というところらしい。

「用心していこう。シルファは地図の作成を頼む。セイランは後ろを警戒してくれ」

アルヴェールが先頭に立って、通路を歩きだす。しばらくの間は何も起こらず、三人の靴音だけが静かに響いていた。通路はまっすぐではなく、曲線を描いている。床も、気になるほどではないが、傾斜していた。少しずつ下へ向かっているのだ。

「しかし、なんだってこの魔物は逆さまなんだろうな。木のような魔物は他にもいるが、こんなやつは見たことないぞ」

顔をしかめて天井や壁を見つめるアルヴェールに、シルファが答えた。

「教会で教わったのですが、はるかな昔、堕ちた女神が地下に眠る『力』を吸いあげようとして、さまざまな魔物を地中に放ったそうです。地底樹はそれらの魔物の一体かもしれません」

「欲の皮の突っ張った女神だな」

そのとき、前方から複数の気配を感じた。人間の大人ほどもあるキノコの怪物や、巨大な花の怪物が何体も、引きずるような足取りで現れる。

花の怪物の、花弁に囲まれた中央部の花芯には巨大な口があり、鋭い牙が並んでいた。根元から何本も伸びている蔓は、獲物をさがし求めるように揺れていた。

「スライムを倒したことで、俺たちをあらためて侵入者と判断したか」

アルヴェールは剣をかまえたが、そのときセイランが前に進みでる。

「わたしがやる。アルは後ろを警戒していてほしい」

「あのキノコみたいな怪物は、菌を吐く。気をつけろ」

セラフィムに菌がきくかどうかはわからないが、用心するに越したことはない。

アルヴェールの言葉にうなずいて、セイランは床を蹴った。一息で怪物たちとの間合いを詰め、キノコの怪物を下から蹴りあげる。

黄色がかっている怪物の体躯がえぐれ、床に叩きつけられる。怪物は悲鳴をあげ、傷口から黄土色の粉を噴きだした。アルヴェールの言っていた菌だ。

セイランは菌をかわしながら、今度は花の怪物に挑みかかる。花の怪物が伸ばしてきた蔓を払いのけ、懐に潜りこんで花弁をつかむ。力任せに持ちあげ、キノコの怪物へと投げつけた。

一方、アルヴェールたちはセイランの活躍に見惚れてもいられなかった。通路の隙間から蔦のようなものが伸びて、アルヴェールとシルファにまとわりついてきたのだ。

アルヴェールは剣を、シルファは大鎌を振るって、それらを切り払う。蔦は切られると、切断面から黒い瘴気を噴きだした。

「星々の彼方より地上を見守る万象の主よ。我らが聖フィリアよ、穢されし風を、生けるものたちを侵食する邪気を、主の光にて滅せんことを……！」

シルファが大鎌を振るいながら、祈りの言葉を高らかに唱える。彼女を中心に、エーテルの白い輝きが広がっていく。その輝きに触れた瘴気は静かに霧散した。輝きはまた、セイランを取り巻きつつあった菌や、花の怪物が吐きだした花粉も消し去る。

セイランが怪物たちをことごとく打ち倒すと、次から次へと現れていた蔦も姿を見せなくなった。アルヴェールは一息ついて、額ににじむ汗を拭いながらシルファを見た。

「疲れていないか?」

「このていどのこと、軽い運動といって差し支えありません。でも、せっかくアルさまが私を気遣ってくださるのですから、元気をわけていただけますか」

そう言うと、シルファはアルヴェールの背中に身体を寄せて、首筋に鼻を近づける。

「ああ、アルさまの汗の匂い……」

とろけきった声が後ろから聞こえてきた。彼女の顔を見なくてよかったとアルヴェールは思った。ともかく、これならだいじょうぶだろう。

——菌や瘴気もそうだが、花粉も危険なものだろうな。

キノコの怪物が吐きだした菌の恐ろしさについては、アルヴェールも知っている。わずかに吸っただけで目眩や吐き気を引き起こし、ひどい場合は幻覚を見せることもある。しかも、身体の中に菌が根付くと、徐々に侵食していってキノコの怪物に変えてしまうという。

菌にくらべれば、瘴気は単純だ。ひとから生命力を奪うのである。瘴気にまとわりつかれるだけで、人間は衰弱し、力尽きて死に至る。その恐ろしさは菌と変わらない。自分の身体で試してみる気にはならないが、花粉も似たようなものだろう。

この先もこうした戦いが続くと思えば、シルファの存在は何よりも貴重だ。

アルヴェールにもセイランにも、そうしたものを防ぐ手立てはない。怪物たちとの戦いは自分たちがなるべく引き受け、彼女には体力を温存してもらうべきだった。

――俺の汗の匂いを嗅ぐのも……まあ、それでこいつがやる気になってくれるなら。

ある種の諦観(ていかん)をもって、アルヴェールは心の中でつぶやいた。

あらためて、三人は地底樹の中を進んでいった。通路は途中で何度か枝分かれしており、怪物たちの襲撃に加えて、天井から花粉がまき散らされたり、通路の隙間から強烈な悪臭を放つ樹液が染みだしてきたりしたが、アルヴェールたちはそれらをくぐりぬけて歩いていく。

そうして、地底樹に潜りこんでから一時間ほどが過ぎた。

いま、アルヴェールたちは明かりを消して、物陰から様子をうかがっている。

彼らの視線の先には、十人近い帝国の兵を連れたクラリッサの姿があった。ちょうど休憩をとっているところのようで、クラリッサを含む数人が腰を下ろして食事をとっており、それ以外の者たちは剣を手に、周囲に視線を巡らせている。

「クラリス姉、自分で乗りこんできたのかよ……」

アルヴェールは頭をかきむしって呻いた。ここで顔を合わせれば、どうやって入ってきたのかということからはじまり、間違いなく質問攻めにあうだろう。場合によっては、彼女は自分たちを排除しようとするかもしれない。

「どうしますか、アルさま」

シルファに聞かれて、アルヴェールは苦い顔で首を横に振る。姉と戦う気はない。ここまで来ているのだから、手練れ揃いであるのは間違いないだろうし、シルファのことを知られたら彼女の立場が危うくなる。

——ゴダールの姿はない……。あいつは探索に同行しなかったのか。それとも。

この先を偵察でもしているのか。とにかく、自分たちはここから離れて、別の通路を進んだ方がよさそうだった。

そのとき、複数の足音が聞こえた。アルヴェールは反射的に隣のシルファを抱き寄せてうずくまる。間を置いて、クラリッサの声が聞こえた。

「ほう。どこの遺跡荒らしかと思ったら、サマルガンドの兵たちではないか」

アルヴェールは慎重に顔をあげて、様子をうかがう。他の通路から現れたらしい十数人のサマルガンド兵が帝国兵たちと睨(にら)みあっていた。剣はすでに抜き放っている。

彼らの先頭に立っている男を見て、アルヴェールは苦虫を噛み潰したような顔になった。

推測される年齢は二十代半ば、長身で、たくましい身体に革の鎧を着こんでいる。

彼のそばには、大人の背丈ほどの大きさをした右手が三つ、床からわずかに浮く形でたたずんでいた。人間の手である。健康的な肌色で、体毛らしきものはなく、手首は丸い。

——ピジャンの野郎、セラフィムを連れてきていやがる……。

それが、サマルガンド兵たちを束ねている男の名だった。三つの右手は彼のセラフィムである。アルヴェールたちは彼と戦ったことも、行動をともにしたこともあった。その強さはよくわかっている。

「何年ぶりでしょうか。お目にかかることができて光栄です、クラリッサ殿下」

ピジャンはうやうやしく一礼した。だが、その動きには隙がない。

両者の間には緊迫した空気が張り詰めている。クラリッサはひるむ様子も見せず、つまらなそうに鼻を鳴らした。

「卿らも、この地底樹に核果を求めてやってきたのではないか。まだ先は長いというのに、私たちと戦って消耗することもないと思うが」

クラリッサにしても、このようなところでサマルガンド軍と衝突するのは望ましくないと考えているのだろう。ところが、ピジャンの返答は彼女の意表を突いた。

「我々の目的は核果ではない。あなただ、クラリッサ皇女。より正確には、帝国の重要人物であれば、誰でもかまわないというところだが」

ピジャンのセラフィムが、主の意志を受けて動きだす。水牛のようにゆっくりとした動きであり、帝国兵たちは剣と盾をかまえ、戦意も充分に迎え撃った。

だが、接触した瞬間、一方的に吹き飛ばされたのは帝国兵たちの方だった。

三つの右手はにわかに握り拳をつくって、鎧や盾ごと打ち砕かんとばかりに、帝国兵たちを殴りつけたのだ。その強烈な一撃に耐えられた者はおらず、床に倒れたまま立ちあがってこない。剣で斬りつけた者もひとりだけいたが、剣の方が折れるありさまだった。

　戦慄の波が帝国兵たちを駆け抜け、彼らは息を呑んで後ずさった。クラリッサもすばやく後ろへ飛び退ったが、そこへピジャンが斬りかかる。

　金属的な響きとともに火花が散った。ピジャンの斬撃を、クラリッサはかろうじて受けとめていた。指揮官に続けといわんばかりにサマルガンド兵たちが前進し、猛々しく帝国兵に襲いかかる。帝国兵も彼らの主を守ろうと動きだし、剣戟の響きがいくつも重なった。

「どうしますか、アルさま」

　シルファが冷静な声で尋ねる。競争相手がぶつかりあっているのだから、シルファにとっては願ってもない展開だ。しかし、アルヴェールは姉の危機を見過ごせないだろうと、彼女はわかっていた。案の定、アルヴェールはため息まじりに言った。

「シルファ、おまえは隠れていろ。俺とセイランで暴れて、頃合いを見て逃げる。そのときに連中をおどかしてくれ」

「アルさまがそう望むのであれば」

　そう答えたシルファの頭を軽く撫でると、アルヴェールは悠然とした足取りで彼らに向かっていく。セイランが無言で続いた。

†

サマルガンド兵が帝国兵を床にねじ伏せ、剣を振りおろそうとする。

セイランがサマルガンド兵に飛びかかったのは、まさにその瞬間だった。側頭部に強烈な膝蹴りをくらって、サマルガンド兵は声もなく崩れ落ちる。

危なげなく着地したセイランに、誰よりも早く敵意の目を向けたのはピジャンのセラフィムだった。そして、己のセラフィムとともにクラリッサを追い詰めていたピジャンも、一度距離をとってからこちらを睨みつける。

「よう、ピジャン。相変わらず不景気な面をしてるな」

剣を下げて、アルヴェールは嫌味たっぷりに笑いかける。ピジャンはアルヴェールに対する憎悪を隠そうともせず、敵意に満ちた視線を叩きつけた。

「生きていたのか。ろくでなしの放蕩皇子め……」

「おまえにそこまで言われる筋合いはねえよ」

さすがにアルヴェールも苛立った表情で言い返した。ピジャンが自分を憎む理由は知っている。そのことに触れるつもりはなかったが、気が変わった。嘲笑まじりに付け加える。

「以前にも言ったが、ティランシアがおまえの存在を気にかけてすらいないのは、俺のせいじゃねえぞ。おまえに魅力が――」

アルヴェールが言い終わらないうちに、ピジャンはこちらに向き直って襲いかかってきた。

ピジャンのセラフィムもまた、正面と頭上、右側面からアルヴェールに向かってくる。だが、セイランがアルヴェールの脇をすばやく駆け抜け、蹴りで右手たちを薙ぎ払った。

「セラフィムも連れていたか。エルハームよ、やつの相手はおまえに任せる」

エルハームというのが、ピジャンのセラフィムの名前である。彼は慎重に間合いをはかりながら、アルヴェールに質問を投げかけた。

「もうひとり、あの頭のたがの外れた女神官はどこにいる？　貴様のことだ。どこかに隠しているのだろう」

「あいにく、はぐれちまってな。おまえ、どこかであいつを見なかったか？」

アルヴェールは涼しい顔でとぼけてみせた。ピジャンは言葉を返さず、斬りつけてくる。剣と剣が激突し、白刃が松明の炎を反射して煌めいた。

「女をさがしているのなら、余計なことに首を突っこまずにいればいいものを」

「まったくもって同感だ」

アルヴェールにしても、襲われているのがクラリッサでなければ放っておいただろう。己のセラフィムも持たない彼女が、どうして魔物が徘徊するこの地底樹の中にいるのか。アルヴェールは腹立たしさを覚えずにはいられなかった。

二人が激しく剣を打ち交わしている間に、セイランはエルハームと対峙する。

「ひさしいな。いつぞやは世話になった」

二年前、アルヴェールたちと別行動をとっていたときに、彼女はこのセラフィムと知りあった。セイランの呼びかけに、エルハームのひとつは親指をたて、もうひとつは拳をまっすぐ突きだし、三つめは追い払うように下から上へと揺れた。

完全に拒絶するつもりはないらしいと見てとり、セイランは言葉を続ける。

「気のいいところは変わっていないようで、何よりだ。わたしはアルのために、おまえたちの主を倒さねばならん。道を譲ってくれないか」

右手たちは横一直線に並んで、てのひらを押しだすような仕草をした。だめらしい。セイランは落胆せず、むしろ納得したようにうなずく。

「そうだな。わたしがアルのために戦うのに、おまえたちが主のために戦わないわけがない。わかってはいたが、言っておきたかったんだ。サマルガンドの詩人ファルハルも、『相手が理解してくれると信ずるのならば、口にせよ』と言っている。――ありがとう」

セイランが身構える。その瞳に戦意が満ちたことを、エルハームは感じとったのだろう。彼らもまた、それぞれかまえた。ひとつは握り拳をつくり、もうひとつは手刀をつくり、もうひとつはすべてを受けとめてみせるというかのように手を広げる。

彼らは、攻撃と防御を連係して行うのだ。

セイランが床を蹴った。その動きに反応して、握り拳が突進する。セイランはすばやく姿勢を低くして握り拳の下に潜りこむと、床に手をついて握り拳を蹴りあげた。

左側面から、手刀が迫る。セイランは後ろへ下がったが、それを待っていたかのように、三つめの手がセイランにつかみかかった。

とっさに蹴りを放つが、エルハームは彼女の右脚をつかんで受けとめる。そこへ、さきほど蹴りとばした握り拳が落下してきた。

裂帛の気合いとともに、セイランはつかまれたままの右脚を振りあげる。エルハームの二つの手が衝突して、あらぬ方向へ吹き飛んだ。

さすがに力を消耗したのか、セイランの動きが鈍る。もうひとつの手が覆いかぶさってきたのは、そのときであった。不意を突かれたセイランは床におさえこまれる。すぐさま引き剥がそうとしたが、さきほど吹き飛ばした二つの手が早くも戻ってきて、おたがいを重ねあいながらセイランにのしかかった。

彼らをはねのけようとセイランは暴れるが、エルハームも懸命におさえつける。両者の戦いは、すぐには決着がつきそうもない。

アルヴェールとピジャンの戦いは、まだ続いている。

ピジャンの猛攻を、アルヴェールがしのいでいるという格好だが、表情に焦りがあるのは果敢に攻めているピジャンの方だった。アルヴェールは笑みすら浮かべて、迫る斬撃のことごとくを受けとめ、弾き返している。

アルヴェールにしてみれば、ピジャンを倒す必要はない。クラリッサと帝国軍が態勢を立て直すまで時間を稼げばいいのだ。サマルガンド軍の中核はピジャンとエルハームであり、この二人をおさえておけばよかった。

ピジャンが大きく踏みこんで、左から右へ剣を薙ぎ払おうとする。アルヴェールは後ろへ下がってかわしたが、その斬撃は陽動だった。

ピジャンは床を蹴って突進し、一息に間合いを詰めた。猛然と突きかかる。アルヴェールは避けきれないとみて、剣をかまえた。

横合いから、白銀の輝きが迫る。クラリッサだ。刃と刃が衝突し、ピジャンの一撃はクラリッサに弾き返される。ピジャンはたたらを踏んだ。

「手間をかけさせたわね、愚弟」

険しい表情で、クラリッサがアルヴェールの隣に立つ。アルヴェールは姉に苦情を述べた。

「どうしてセラフィムを従えたやつを同行させていないんだ。ゴダールはどうした」

「別行動中よ」

クラリッサの返答は短いものだったが、アルヴェールはそれだけでおよそのことを察する。

もっとも、難しいことではない。地底樹の探索に、帝国軍は複数の部隊を投入したのだ。その意味するところを理解して、アルヴェールはため息をつきたくなった。

「囮(おとり)を引き受けやがったな？」

この戦いに首を突っこむ前に、考えるべきだった。なぜ、帝国の皇女がセラフィムを従えた騎士をひとりも連れずにいたのか。

サマルガンド軍の注意を惹きつけるためだ。

「何をごちゃごちゃと……！」

ピジャンが斬りかかってくる。アルヴェールとクラリッサは視線をかわすこともなく、無言のうちに連係をとった。アルヴェールが斬撃を弾き返し、そうして生じたわずかな隙にクラリッサが己の剣を突きこむ。鮮血が飛散し、床に赤い模様を吹きつけた。

ピジャンが顔をしかめて数歩ばかり後退する。その左腕から血が流れていた。

「セイラン！」

アルヴェールもピジャンと距離をとりながら、自分のセラフィムに呼びかける。このとき、セイランはエルハームをひとつずつ引き剥がしては投げ飛ばして、ようやく立ちあがったところだった。よほど暴れていたらしく、髪は乱れ、服もところどころが破けている。

「引きあげるぞ。俺たちはもう充分にやった」

この発言にピジャンは眉をひそめ、クラリッサは憤然として弟を見た。

「逃げる気か、放蕩皇子。やはりおまえはティランシアさまにふさわしい男ではない」

「中途半端な真似(まね)はしないで、最後までやりなさい」

二人の苦情を聞き流して、アルヴェールはセイランの反応を待つ。

「もう少し。いま、いいところなんだ」

ところが彼女は、アルヴェールを振り向きもせずに言葉をはねつけた。握り拳を三つそろえた形のエルハームと対峙する。互角に近い勝負に、彼女はのめりこんでいた。

アルヴェールは頭を抱えたくなった。諦観をにじませた目をピジャンに向ける。

──こいつがもう少しものわかりのいいやつなら、クラリス姉をさっさと引き渡すんだが。

ピジャンは己の実力でアルヴェールとクラリッサを叩きのめすことを選ぶだろう。それに、見れば帝国兵もサマルガンド兵も幾人か倒れている。これでは話しあいも難しい。

仕方ないかと思いかけたとき、明かりの届かない暗がりの奥から不気味な気配を感じて、アルヴェールはおもわずそちらに身構える。クラリッサとピジャンもそれに気づき、そちらへ視線を向けた。セイランとエルハームもだ。

「──勘のよい者が多いな」

感心したようなつぶやきに、不気味な羽ばたきが続く。高い天井に、いびつな形の蝙蝠の影が現れた。アルヴェールは表情を歪める。リジャク山の神殿の前で遭遇した邪蝙蝠(エルバース)だ。

──だから、あんなところにいたわけか。しかし……。

地底樹に惹きつけられたのか。それとも、誰かに従っているのか。

「アルさま！」

さすがに隠れている場合ではないと判断したのだろう、シルファが大鎌を担いで駆け寄ってくる。彼女はアルヴェールのすぐ隣に立って、邪蝙蝠を睨みつけた。

「今度は逃がしません」

「生娘もいたか。これは思った以上の収穫だ」

邪蝙蝠は薄い笑みを浮かべる。このとき、アルヴェールの胸中に疑問が生まれた。

どうしてこの魔物はわざわざ姿を現したのか。

暗がりに隠れて、人間たちをひとりずつ仕留めていけばいいではないか。実際、リジャク山では自分たちに不意打ちを仕掛けてきたのだ。

「アルさま」

隣にいるシルファが、緊張を孕んだ声で言った。その表情と声音が、直感を刺激したのだろうか。何か恐ろしいものが迫ってくる気配を感じて、アルヴェールは彼女の腰を抱えると、その場から飛び退る。直後、巨木を力任せに引き裂くかのような、耳をつんざくほどの轟音とともに、視界が灰色に染まった。体勢を崩して、二人は尻餅をつく。

誰かが悲鳴をあげた。アルヴェールは目を瞠る。声が出なかった。

床を貫いて、巨大な怪物が姿を現したのだ。いくつかの明かりに照らされたそれは、骨だけでつくりあげられていた。顔は縦に長く、這うような姿勢をとっており、尻から長い尻尾が伸びている。口に並んだ鋭い牙がぶつかりあって、乾いた音を響かせた。

「巨獣……？」

兵士のひとりがつぶやく。天井の邪蝙蝠が高らかに笑った。

「その通り。かつてこの地で倒れた巨獣をよみがえらせた。屍獣と呼ぶべきかな」

屍獣は首を振って、谷間を吹き抜ける風にも似た不気味な咆哮を放つ。幾人かの兵士がすくみあがった。その隙を逃さず、屍獣は床を蹴って兵士のひとりにかじりつく。鋭い牙が、甲冑ごとその兵士を噛み砕いた。骨の間から、甲冑の破片と赤黒い血がしたたり落ちる。

アルヴェールが屍獣を見上げていた時間は、わずか二秒ほどだ。決断と行動は、自身でも驚くほど速かった。身体を起こすと、シルファの手を引いて猛然と走りだす。屍獣ではなく、怪物が開けた床の大穴に向かって。

「行くぞ、セイラン！」

叫んだときには、穴の中に飛び降りていた。クラリッサが何か叫んだようだったが、アルヴェールには聞こえない。シルファは左手に大鎌を持ち、右手でアルヴェールの手を強く握りしめながら、神の名を唱える。次の瞬間、二人の身体を淡い光が包みこんだ。落下速度がゆるやかなものになり、二人はゆっくりと下の階層に降りたつ。ちょうどそこは水たまりのようになっており、液体が派手な飛沫をあげた。

「これ、樹液か……？」

「急いで離れましょう、アルさま。何にせよ、まともな水とは思えません」

光に包まれたまま、二人は歩いて水たまりから離れる。そこに、セイランが下りてきた。こちらは当然のように飛び降りて、着地したのである。

シルファが聖言(プロシュ)によって大鎌に光をまとわせる。それを待って、セイランが言った。

「アル、どうして姉を見捨てたんだ？　わざわざ助けたのに」

その言葉は、不人情を責めるというものではなく、純粋な疑問のようだった。

「そもそも俺とクラリス姉の目的は同じだ。ピジャンだって、本音では核果もほしいに決まってる。それなら出し抜くのは当然だろう。一度助けて義理は果たしたからな」

それに、屍獣に対しては、あの広場から延びている通路のどれかに逃げこめばいい。骨だけでできているとはいえ、巨獣からつくりあげただけのことはあって、屍獣は大きい。通路の奥までは人間たちを追うことができない。

——もっとも、あの邪蝙蝠の狙いはそこにあるんだろうが……。

人間たちが通路へ逃げたところを、邪蝙蝠は各個撃破するつもりに違いない。

だが、相手が強大な魔物とはいえ、姉が簡単にやられるとはアルヴェールには思えなかった。サマルガンド軍に追い詰められていたのも、囮役としてそのように振る舞っていただけではないだろうか。アルヴェールの知る姉は、常に何らかの手を用意しておく人間だ。

「そんなことより、急ぐぞ。邪蝙蝠と屍獣が、俺たちを追ってこないともかぎらねえ」

こちらにはシルファがいる。邪蝙蝠が自分たちを狙う可能性は充分にあるのだ。そうなったら、アルヴェールは自ら動いて敵を惹きつけた間抜けになってしまう。

三人は早足で通路を進んでいった。

†

通路を歩きながら、ふとシルファが口を開いた。

「アルさま、気になることがあるのですが……」

「どうした？」

周囲に警戒の視線を走らせてから、アルヴェールは彼女に尋ねる。新たな敵が近づいているのかと思ったが、そうではないらしい。

「あの邪蝙蝠は、何が目的なのでしょうか」

「何って……。そりゃあ、ここに入った人間じゃないか？　さっきの話しぶりからすると、巨獣の死骸を手に入れようとしたってのもあるようだが」

思いついたことをアルヴェールは挙げる。しかし、シルファは納得しなかった。

「あの邪蝙蝠には、もしかしたら仲間がいるのではないでしょうか。そして、仲間を先に進ませるために足止め役を買って出たのでは」

アルヴェールの足が止まる。黒髪のエルフの魔術師の姿が思い浮かんだ。

――ベルフォーリア、だったか。

それが彼女の名だ。ザルトーシュの言葉を考えても、ベルフォーリアが地底樹に関わっている可能性はある。

「慎重にいくぞ。そろそろ最下層にたどりついてもいいはずだ」

ゆるやかに螺旋を描く通路を、アルヴェールたちは進む。

やがて、通路のつくりが変わった。横幅も、天井の高さもそのままだが、石をきれいに掘り抜いたようなものから、無数の根や蔓を幾重にも絡ませたようなものになる。じっと見つめていると、根や蔓が脈動しているように思えてくるのが不気味だった。

「人間も魔物も現れないな」

セイランが不思議そうにつぶやいた、そのときだった。暗がりの奥からかすかに声らしきものが聞こえたのだ。アルヴェールとシルファは顔を見合わせる。聞き間違いではないことを、おたがいの表情から確認した。

「セイランはシルファを頼む」

アルヴェールはそう言って、先頭に立って歩きだす。口に出したのは、むしろ自分に言い聞かせるためだった。しばらく進むと、暗く濁った赤黒い光が奥の方に見えた。アルヴェールは唾を飲みこみ、小さく息を吸って、吐きだす。剣を握り直して歩みを進めた。

十数歩ばかり歩いて、顔をしかめる。漂ってきた血の匂いが、鼻腔を刺激したのだ。

シルファの大鎌の明かりを消させるべきだったかもしれないと思ったが、それでは歩けなくなる。おもいきって先へ進んだ。

開けた場所に出た。視界に飛びこんできた光景に、アルヴェールは目を瞠る。

半球形の、広大な空間だった。天井も壁も、人間の腕と同じぐらい太い根と蔓で構成されている。そして、それらは赤黒い光を帯びて脈動していた。中に血が通っているとでもいうかのように。しかし、これだけならアルヴェールも愕然とはしなかっただろう。

薄気味悪い光に照らされた広場の中央には、四つの影があった。そのうちのひとつに、アルヴェールは目を凝らす。その影だけ奇妙に大きく、厚みがあったからだ。

――ひとが重なっている？

赤黒い光が、影を照らす。アルヴェールは愕然とした。

ひとりの娘が、手にした剣で騎士を貫いている。二人の身体が重なっているために、奇妙な形に見えたのだ。他の三つの影は、愕然と立ちつくす騎士と、馬、そして大蛇だった。

彼女らの周囲には何人もの兵士が倒れている。

胸から背中まで剣で貫かれた騎士が、その剣ごと崩れ落ちる。彼が何者かわかって、アルヴェールはさらなる驚きに襲われた。バンガルの武闘勇技（アドラキオン）で出会った、『疾走する槍』の二つ名を持つドルキオだったのだ。彼の手には槍が握られていたが、半ばから折れている。

――あの馬、ドルキオのセラフィムだ。

黒馬は右の前脚を失って、立ちあがることもできずにいた。前脚の付け根からはミスリル製の骨が突きでており、その周囲から亀裂が縦横に広がっている。凄惨な光景だった。

しかし、黒馬は己の痛みよりも主のことを気にして、悲しそうにうつむいている。まだドルキオはかすかに息があるようだが、彼が息絶えると馬のセラフィムであるザルトマーは、即座に石柱と化して眠りにつく。新たな主が現れるまで。

それから、アルヴェールは立ちつくす騎士が誰なのかにも気づいた。

バンガルで、吟遊詩人を殴った男だ。たしか名をポールといった。武闘勇技のときのとさか頭ではなく、赤い髪を短く刈りそろえている。

「新手にしては少ないわね……」

ドルキオを倒した女性が、アルヴェールたちを見る。ローブをまとった美しい女性だ。

髪は闇を梳いたかのように艶やかで、肌は無垢な雪原を思わせる。瞳は鮮やかな落日の色。

そして、左右の耳は長く横に伸びて、先端がとがっていた。

特徴的な耳はエルフの証だ。アルヴェールの口から驚愕と憤激の唸り声が漏れた。

「ベルフォーリア……！」

エルフもまた、アルヴェールを見て眉をはねあげる。

「帝国の坊やじゃない。それに……あら、懐かしい顔ね」

アルヴェールは床を蹴った。猛然とエルフに斬りかかる。ベルフォーリアと呼ばれたエルフは、ドルキオの身体から剣を引き抜き、冷笑を浮かべた。

白刃が激突し、飛散した火花が二人の顔を灼く。渾身の一撃は阻まれたが、アルヴェールは

かまわず、力任せに剣を押しこんだ。

「てめえが地底樹を生みだしたのか！」

「三年前よりは頭が回るようになったのね。その通りよ」

ベルフォーリアは三年前にシルファをさらい、堕ちた女神への生け贄に捧げようとした女である。アルヴェールにとっては、地上でもっとも許せない存在だった。当時のことを思いだしたのだろう、アルヴェールの後ろにいるシルファは、顔を青ざめさせて立ちすくんでいる。

「そうそう、おまえにはお礼を言わないとね」

シルファに視線を向けて、ベルフォーリアは笑った。

「三年前におまえから採取した体液は、この地底樹を短期間で成長させるのに役立ったわ。この皇子を葬ったあとで、またいただくとしましょうか」

怒りが、アルヴェールの剣勢を強める。ベルフォーリアを圧迫した。彼女は表情を険しくしてアルヴェールの剣をはねあげると、大きく後ろへ飛び退る。左手を振りあげると、そのてのひらに赤い光が生まれた。アルヴェールはとっさに横へ跳躍して床を転がる。

「――業火よ！」

ベルフォーリアのてのひらから、紅蓮の炎が直線上に放たれる。炎は一瞬前までアルヴェールの立っていた空間を通過し、床に転がっていた死体のひとつを焼き焦がした。

――知っていなかったら、まともにくらってたぞ……！

彼女の恐ろしさに、アルヴェールはあらためて戦慄を覚える。ベルフォーリアは詠唱とすらいえないごく短い言葉で、魔術（マギ）を使うことができるのだ。

「おまえは……！」

ポールが驚きの声を発する。アルヴェールは彼を振り返らずに言った。

「そこで休んでいろ。限界なんだろう」

たとえ一瞬でも、ベルフォーリアから視線を外す余裕はない。ドルキオたちとの戦いで、少しでも負傷し、消耗していることをアルヴェールは期待するしかなかった。

ベルフォーリアの左手に、今度は紫の光が生まれる。アルヴェールは身体を起こしたが、まだ立ちあがっておらず、避けられそうにない。

「星々の彼方より地上を見守る万象の主よ、我らが聖フィリアよ、邪法より身を守る盾を我らに賜（たまわ）らんことを！」

シルファの祈りが叫びとなって響きわたったのは、そのときだった。アルヴェールの身体が白い光に包まれる。

「――紫電よ！」

同時に、ベルフォーリアの左手から幾条もの稲妻がほとばしった。稲妻はアルヴェールの身体を貫いたが、しかし与えた打撃は小さなものに留まる。アルヴェールは勢いよく立ちあがると、ベルフォーリアに突進した。再び二本の剣が絡みあう。

ベルフォーリアの左側面に、黒い影が現れる。セイランだ。

回りこんだ彼女は、ベルフォーリアに強烈な蹴りを叩きこむ。だが、その動きを、エルフの魔術師ならぬエルフの魔戦士は読んでいた。

「――聖盾よ」

セイランに向けて突きだした彼女の左手に、透明な障壁が出現する。てのひらほどの大きさのそれは、一瞬で彼女の身体を覆うことができるほどに広がった。轟音を響かせて、障壁はセイランの一撃を受けとめる。しかしセイランは後退せず、繰りだした右足に力を注ぎこんだ。

彼女の身体が燐光を帯び、右足が虹色の輝きを放つ。大気がうねり、空間が歪む。ベルフォーリアの展開した障壁が圧力によってたわみ、軋むような音を発した。

ベルフォーリアは新たな魔術を展開しようとしたが、それより早く、セイランの蹴りが障壁を粉々に打ち砕く。衝撃波がベルフォーリアを吹き飛ばした。

「助かった、セイラン」

礼を言うアルヴェールに、体勢を整えながらセイランは首を横に振る。

「すまない、アル。もっと迅速に動くべきだった」

二人は慎重にベルフォーリアの様子をうかがう。これが並みの敵ならば容赦なく追い討ちをかけるところだが、彼女相手にそのような真似をするのは無謀だった。ベルフォーリアは立ちあがると、忌々(いまいま)しげにアルヴェールたちを睨みつける。

「おまえに似合いの、小うるさいセラフィムね」

「エルフらしい品のない褒め言葉だな」

お返しとばかりに嘲笑を投げかけながら、アルヴェールは三年前のことを思いだしていた。

リジャク山にある廃墟となった神殿で、アルヴェールはベルフォーリアとはじめて会った。

当時は不意を突いたにもかかわらず、彼女の手からシルファを救うのが精一杯だった。ベルフォーリアがさっさと撤退したので三人とも助かったが、彼女が徹底抗戦を挑んできたら、誰かは地上からいなくなっていただろう。

以前にシルファから聞いたことがある。ベルフォーリアは堕ちた女神を奉じ、人間を滅ぼすことを願っていると。ここにいるのも、そうした目的のためなのだろう。

アルヴェールとセイランは、左右からベルフォーリアに迫り、少しずつ距離を詰めていく。

シルファは後ろにいるが、アルヴェールたちの動きに合わせて神に祈る準備はできていた。

小さく息を吐いて、ベルフォーリアは乱れた黒髪をかきあげる。

「さすがに聖女とセラフィムがいるとなると、時間がかかりそうね」

ベルフォーリアの身体を風が取り巻いた。彼女は風に舞う木の葉のようにふわりと跳躍すると、死にゆく主を悲しげに見つめているザルトマーのそばに降りたつ。左手を伸ばして、黒馬のたてがみをつかんだ。ザルトマーが短い悲鳴をあげる。

「おまえ、何をするつもりだ！」

アルヴェールの叫びに、ベルフォーリアは邪悪な笑みで応える。彼女の左手から黒い光が放たれ、黒馬の顔の半分を覆っている仮面を粉々に吹き飛ばした。黒馬のセラフィムは立ちあがることも、抗うこともできず、苦痛に身体を揺らす。アルヴェールとセイランは駆けだしたが、ベルフォーリアは剣を床に突きたてて、右手から炎を放った。

アルヴェールたちがひるんだのはほんの一瞬だったが、その間にベルフォーリアの魔術は完成したようだった。黒馬を痛めつけていた黒い光が、顔のあたりに集束する。そして、鋭角的で禍々しい仮面となって、黒馬の顔半分を覆った。同時に、右の前脚も復元する。

「――これで、この駄馬は私のもの」

ベルフォーリアは剣をつかみ、颯爽と黒馬にまたがった。黒馬は主の仇であるはずの彼女を受け入れ、戦意に満ちた視線をアルヴェールたちに向ける。

アルヴェールは悪夢を見せられたかのように呆然として、言葉が出てこなかった。

主を失ったセラフィムを従わせる魔術があるという噂は聞いたことがあったが、実際に目にするのは、はじめてだったのだ。

「おい……。おい、おまえ、それでいいのかよ」

怒りや焦りよりも、哀しさに満ちた顔で、アルヴェールは黒馬のセラフィムに呼びかける。

だが、ザルトマーは何の反応も示さなかった。

ベルフォーリアは右手の剣をまっすぐ掲げる。その刀身が炎をまとった。

「来るぞ、アル！」

セイランが警戒の叫びをあげた。アルヴェールはやむなく剣をかまえる。

黒馬が床を蹴った。風が唸り、業火をまき散らして駆け抜ける。アルヴェールとセイランは炎に焼かれながら宙を舞い、背中から床に叩きつけられた。恐るべき速度であり、突進力だった。シルファは愕然として立ちつくしている。彼女はアルヴェールたちを支援するつもりだったが、ベルフォーリアの動きを捉えきれなかったのだ。

ベルフォーリアが馬首を巡らして、シルファを狙う。シルファはその場に踏みとどまり、大鎌をかまえた。

「星々の彼方より地上を見守る万象の主よ、我らが聖フィリアよ！」

白い光が彼女の身体を包む。ベルフォーリアが黒馬を走らせた。

振りおろされた剣の一撃によってシルファの手から大鎌が離れ、続く黒馬の体当たりがシルファをはねとばす。シルファは受け身もとれずに床に転がった。祈りによって己の身を守っていなかったら、即死であったろう。

「呆気ないこと」

シルファがすぐには起きあがってこないことを確認すると、ベルフォーリアはアルヴェールのそばまで馬を進ませる。黒馬の前脚が、アルヴェールの左手を踏みつけた。骨の折れる音が響き、アルヴェールが苦痛の呻きを漏らす。だが、呼吸を荒くしながらも、アルヴェールはベルフォーリアを睨みつけた。怒りに満ちた視線を、彼女は酷薄な微笑でもって受け流す。

「聖女だけのつもりだったけれど、おまえのセラフィムもついでにもらってしまおうかしら。選ばせてあげるわ、私に斬り刻まれるか、自分のセラフィムに骨をひとつずつ砕かれるか」

「──ふざけるな」

そう答えたのはアルヴェールではない。立ちあがったセイランだった。よろめきながらも、彼女はまっすぐこちらへ歩いてくる。見えなくなったのか右目は閉じているが、仮面に覆われた左目には強い意志の光があり、ベルフォーリアを見据えていた。

「以前、シルファから聞いた。貴様の目的は人間を滅ぼして、奪われた大地を取り戻すことだそうだな。地底樹の核果を、堕ちた女神に使うつもりか」

その問いかけを肯定するように、ベルフォーリアは艶やかに笑った。

「お人形にしては賢いわね。この皇子にはもったいないわ。私の下僕になるのがいやなら、意識が残るていどに動けなくしてから、おまえの目の前で聖女を生け贄に捧げ、皇子を穴だらけにしてあげましょうか」

「それ以上、喋るな」

セイランが身構える。それだけで、彼女の全身は軋むような音をたてた。

「リジャク山にあるかつてのエルフの棲み家で、壊れた時計を見た」

ベルフォーリアが眉をひそめる。いったい何を言いだすのかと、アルヴェールさえも不思議そうな顔で己のセラフィムを見た。セイランは続けた。

「三年前も、貴様はろくでもないことを企んだ。今度もそうだ。貴様は動いているようで、一歩も前に進んでいない。ずいぶん偉ぶっているが、貴様はただの壊れた時計の針だ。始祖カインも言っている。『過去しか見ない者の目には落日しか映らない』と」

その言葉は、ただの減らず口に過ぎないものであるはずだった。せせら笑ってかたづけるべき罵倒でしかないはずだった。だが、その言葉はベルフォーリアの冷静さにささやかな楔となって打ちこまれ、亀裂を生じさせた。

「人形ごときが利いたふうな口を……」

そのとき、ベルフォーリアのそばに、天井から音もなく何かが下りてきた。一本の綱に見えたそれは、無数の蔓が絡まってできたものだった。蔓の先端には子供の握り拳ほどの大きさをした、赤い宝石が輝いている。

「ようやくできたのね。思いのほか、時間がかかったわ」

「それが地底樹の核果か」

セイランが聞いた。ベルフォーリアは剣を振るって蔓を切断し、その手に宝石をおさめる。

「そうよ。これが手に入れば、もう地底樹も用済み――」

最後まで、彼女は言葉を続けられなかった。床に倒れて身動きもしなかったアルヴェールがにわかに身体を起こし、膝立ちになりながらも剣を突きあげたのだ。

ベルフォーリアが冷静さをたもっていれば、アルヴェールの動きを見逃さなかっただろう。だがこのとき、彼女の意識は地底樹の核果と、それからセイランに向けられていた。セラフィムに対するかすかな苛立ちが、アルヴェールの存在を思考から一時的に追いだしていたのだ。

それでも、アルヴェールが彼女を狙って剣を振るったのであれば、ベルフォーリアは身を守るなり、反撃するなりしただろう。

しかし、アルヴェールの剣は彼女ではなく、黒馬に向かって突きだされた。正確には、黒馬の顔の左半分を覆う仮面を狙って。

耳障りな金属音が響き、火花が散る。強烈とはとうてい言い難い一撃だったが、黒馬の身体は左右に揺れた。

「おまえはセラフィムだろう！」

アルヴェールは声を嗄らして訴えかける。

「そんなやつを乗せていていいのかよ！」

黒馬の左目が白い光を放った。激しくいななき、勢いよく前脚をあげて竿立ちになる。それはアルヴェールへの威嚇に見えたが、ベルフォーリアに対する不意打ちにもなった。エルフの魔戦士は、反射的に黒馬の背中でバランスをとろうとする。

セイランが床を蹴ったのは、その瞬間だった。彼女の右足が虹色ではなく、黄金色の光に包まれる。光の矢となって、セイランはベルフォーリアにすさまじい蹴りを放った。

ベルフォーリアは右手の剣で、セイランの蹴りを受けとめる。大気が悲鳴をあげ、せめぎあう二つの力の間で無数の閃光が乱れ舞う。両者の衝突は互角に見えたが、セイランの足は徐々に削られていき、ベルフォーリアの口元には微笑が浮かんだ。

アルヴェールは横合いからベルフォーリアに斬りつけようとしたが、二人の激突の影響か、見えざる力に押されて、近づくことすら容易ではなかった。黒馬のセラフィムもまた、拘束されたようにその場から動かない。

「星々の彼方より地上を見守る万象の主よ、我らが聖フィリアよ、正しき者らに光もて道を示さんことを！　邪気を貫き、瘴気を払い、天に至る回廊を！」

祈りの叫びが、広場に響きわたる。

直後、ベルフォーリアと黒馬の足下に、白く輝く光が生まれた。シルファの祈りが起こした力だ。彼女は立ちあがっており、額から流れる血を拭おうともせず、ベルフォーリアを見据えている。戦意を示すように、両手を突きだしていた。

白い光はまっすぐ上へ伸び、閃光の柱となってベルフォーリアと黒馬を包みこむ。ベルフォーリアはひるんだ。そして、彼女に圧されていたセイランが勢いを取り戻す。

乾いた音とともに、ベルフォーリアの剣に亀裂が走る。そこへ、アルヴェールが敢然と突きかかった。セイランの蹴りによって剣を持った右手をふさがれ、またシルファの祈りによってその場から逃げることができなかったベルフォーリアは、反射的に左手で身を守る。

その行動の意味に彼女が気づいたときは、もう遅かった。

ベルフォーリアの手から地底樹の核果が弾きとばされ、虚空に放物線を描く。同時に、セイランの蹴りがベルフォーリアの剣を砕き、黒馬ごと彼女を吹き飛ばした。

床に転がったベルフォーリアに見向きもせず、アルヴェールはシルファに歩み寄る。シルファもまた、おぼつかない足取りでアルヴェールのそばに歩いていった。

「……ひでえ顔だな」

シルファを見下ろして、アルヴェールは苦笑を浮かべた。他に何を言えばいいのだろう。彼女の髪は乱れ、顔には血が伝い、法衣は黒く汚れてぼろぼろだ。しかし、シルファは自分の身よりもっと大事なことがあるという顔で、アルヴェールの左腕にそっと手を添えた。

「アルさま……」

彼女がやろうとしていることを察して、アルヴェールは無理矢理に左手を動かし、シルファを抱き寄せる。左手から激痛が伝わり、額に汗が浮かんだが、強靱な意志力で耐え抜くと、アルヴェールは彼女の顔にそっと口づけをした。舌を這わせて血を舐めとる。

顔を離すと、シルファが呆然とした顔でアルヴェールを見つめた。アルヴェールはことさらに顔をしかめて、言い訳がましく彼女にささやく。

「おまえの顔を血だらけにしておくわけにはいかねえだろ」

「アルさま、私、たったいまここで天に召されてもいい気がしてきました……」

「いや、よくねえよ」

感激に顔を赤くし、目を潤ませ、身体を震わせているシルファにそっけなく答える。

ちなみにセイランは黒馬のそばに立ち、どこか呆れたような顔で二人を見つめていた。

「アルがいつもああであれば、シルファも苦労しなくてすむのに」

それから、セイランは黒馬に視線を移す。いたわるような表情で呼びかけた。

「ありがとう。あなたと、あなたの主がいなければ、わたしたちは負けていた」

ザルトマーを動かしたのは、アルヴェールの言葉ではない。

それはきっかけにすぎない。

主たるドルキオを殺され、その仇に操られるという屈辱と怒りが、黒馬のセラフィムにほんの一瞬の自由を得させたのだ。主との強い絆があったからこそだった。

そのとき、複数の足音がこちらに近づいてきた。

見ると、クラリッサとピジャンを先頭に、帝国兵とサマルガンド兵たちが現れる。

クラリッサの鋭い視線は、まず床に倒れている帝国騎士や兵たちに向けられた。次いで、弟たちに。それからベルフォーリアに。

「愚弟、床に転がっているその女は何者なの？」

どう答えたものかアルヴェールが迷っていると、ピジャンが怒りも露わに叫んだ。

「放蕩皇子！　自分たちだけ戦いから逃れようとは、戦士として恥ずかしくないのか！」

「置いてけぼりにするのがおまえなら、恥ずかしいことなんか何もねえよ。それに、こっちだっていろいろあったんだからな」

ひとまずサマルガンドの戦士に言い返してから、アルヴェールは姉に視線を向ける。その顔が驚愕と沈痛に彩られていることに気づいて、視線をそらした。ベルフォーリアを睨む。

「そいつがドルキオ卿たちを殺したんだ。そいつは――」

そこまで言って、アルヴェールは言葉の続きを呑みこんだ。

倒れていたベルフォーリアが折れた剣を支えに身体を起こし、立ちあがったのだ。黒髪が顔の半ばを覆い、引きちぎられたローブをまとう姿は、幽鬼のようだった。髪の間から覗く殺意に満ちた目も、その印象を強めている。

「エルフ……？」

ベルフォーリアの耳の形に気づいて、クラリッサが驚きの声をあげた。ピジャンは珍しいものを見たという顔をしながらも、警戒心を強め、己のセラフィムで周囲を守る。

「今度こそ息の根を止めてやる！」

ベルフォーリアを睨みつけて、アルヴェールは吼えた。

その直後、頭に何かが落ちてきて、声が止まる。痛みを感じないほどの軽い衝撃を与えて床に転がったそれは、枯れた木の根だった。

――何だ……？

不思議に思う間もなく、新たな木の根や蔓がぼろぼろと落ちてくる。アルヴェールだけでなく、他の者たちにもだ。足下の床も急にたわみ、歪みはじめた。

「まさか!?」

クラリッサが焦った顔で視線を上へと向ける。天井を構成していた木の根と蔓が赤黒い輝きを失い、崩れはじめていた。天井だけでなく、壁と床も同様だ。

アルヴェールは床に転がっている地底樹の核果を見つめた。これを生みだしたことで、この地底樹はその役割を終えたということなのか。

ところが、そこで突然、地底樹の震動が止まる。

ベルフォーリアが冷笑を浮かべてアルヴェールたちを睥睨（へいげい）する。彼女が高々と掲げた右手には、魔術による白い輝きがあった。

「地底樹の骸（むくろ）とともに生き埋めなんて、つまらない死に方はさせないわ」

骸という単語が耳に届いたとき、不吉な予感がアルヴェールの背筋を滑り落ちた。ベルフォーリアは屈指の死霊術師だ。彼女がやろうとしていることに、思いあたる。

「アルさま、あの光はとても危険です……！」

シルファが顔を青ざめさせて警告の声をあげた。その表情に絶望がよぎったのは、ベルフォーリアの行動を止められないと悟ったためか。

「さあ、目覚めなさい。私の可愛い子」

ベルフォーリアの手から放たれた輝きが、天井を直撃する。地底樹の色が、緑から骨を思わせる白に変わりはじめた。天井から伸びていた蔦の群れも灰色へと変わる。

地底樹が震えた。それは咆哮だった。アルヴェールは歯ぎしりをする。

「亡者に変えやがった……！」

いまにも朽ち果てようとしていた地底樹は、命を持たぬ樹の怪物としてよみがえった。天井と壁から灰色の蔦を無数に伸ばして、アルヴェールたちから生気を吸いつくそうとする。

アルヴェールは傍らのシルファを見た。こうなったら彼女の聖言に頼るしかない。

「シルファ、やれるか？」

しかし、シルファはふるふると首を横に振る。

「申し訳ありません、アルさま……。私の力ではとても……。この亡者は大きすぎます」

アルヴェールは拳を握りしめた。予想できた答えだった。この場にシルファがいるとわかっていながら、ベルフォーリアは魔術を行使したのだ。シルファが即座に浄化できるような怪物をつくりだすはずがない。

――だがな、ベルフォーリア。以前もそうだったが、おまえは人間を甘く見すぎている。

足下が激しく揺れて、蔦の群れが襲いかかってくる。剣を振るって蔦を斬り払いながら、アルヴェールはシルファに聞いた。

「考えを変えろ、シルファ。そうだな、言ってみれば一点集中だ」

アルヴェールの意図が呑みこめなかったようで、シルファは不思議そうな顔をする。アルヴェールは天井を見上げた。

「おまえの聖言で、こいつの脇腹にどでかい穴を開けることはできるか？　人間が軽々と出入りできるようなやつだ」

「それは……」と、シルファは戸惑ったようにアルヴェールを見つめる。

「はい、亡者となったいまの地底樹になら、浄化の光を当てたところから崩れ去っていくはずですから。ですが、そのぐらいの穴を開けてもたいした効果は……」

「やつを苦しめる必要はない」

不敵な笑みを浮かべて、アルヴェールは言葉を続けた。

「おまえはどんどん穴を開けて、とにかくこいつの外に出ろ。地上には五千の兵がいる。あいつらを働かせてやろうじゃねえか」

地底樹のまわりには帝国軍二千、サマルガンド軍三千の兵が展開している。ザルトーシュがそう言っていた。問題は、彼らが地底樹に接近するだろうかということだが、その点についてアルヴェールは何ら不安を抱いていなかった。

――クラリス姉もザルトーシュも、おもいきった判断をしやがるからな。

あの二人なら、地底樹に何かあった場合、一気に攻撃するようにという命令ぐらい下しているだろう。その確信が、アルヴェールにはある。

シルファの瞳に理解と驚きが広がる。その顔に決意をみなぎらせて、彼女はうなずいた。

「何の話をしているのかしら」

ベルフォーリアがてのひらに三つの火球を生みだし、こちらへ放つ。ひとつひとつが大人の頭部ほどもあるそれを、迎え撃ったのはセイランだった。床を蹴って跳躍し、蹴りで一薙ぎに吹き散らす。彼女は空中で姿勢を変えて、アルヴェールたちのそばに降りたった。

「何か考えついたのか、アル」

「ああ。おまえ、シルファを上まで運べるか？」

アルヴェールの言葉に、セイランは天井を一瞥する。

「不可能ではない。だが、アルだけであのエルフをおさえておけるのか」

アルヴェールは言葉に詰まった。問題があるとすれば、そこだ。こちらの意図を察したら、ベルフォーリアは妨害してくるだろう。

「ネーチロールを――俺のセラフィムを使え」

不意に、ポールがアルヴェールに言った。振り返れば、彼の傍らには大蛇のセラフィムがたたずんでいる。ポールは言葉を続けた。

「あのエルフに一発かましてやるんだろう。俺にも何かさせてくれ。頼む」

アルヴェールはわずかに顔をしかめる。おそらくポールはドルキオに従って、帝国兵たちとともに地底樹の最深部であるここまで来たに違いない。目の前で戦友たちが倒されていくのに何もできなかった怒りと悔しさが、彼の声から伝わってくる。

アルヴェールは、自分の考えをポールに説明した。

「おまえのセラフィムは、天井まですばやく動けるか？」

「そのていどならお安いご用だ。大蛇のセラフィムだからな」

力強くうなずくポールに、アルヴェールは笑いかける。

「上手くいったら吟遊詩人に語ってやれよ。今度は大蛇が活躍する詩が詠われるぜ」

アルヴェールはシルファに視線で合図を送る。

シルファが大鎌を拾いあげ、すばやくネーチロールの背に飛び乗った。

ポールが命令を出す。同時に、アルヴェールとセイランはベルフォーリアに襲いかかった。

ベルフォーリアもまた床を蹴って、アルヴェールたちとの距離を詰める。

魔術師のてのひらから放たれた紫電をセイランが文字通り蹴散らし、周囲から群がってくる灰色の蔦をアルヴェールが斬り払う。ベルフォーリアが肉迫する。

ベルフォーリアは折れた剣でアルヴェールの斬撃を受け、左手に生みだした魔術の障壁でセイランの打撃を防ぎ止めた。しかし、おさえこむことまではできなかった。ベルフォーリアはたたらを踏んで、後退する。

ポールが怒声をあげ、地底樹が放つ蔦を乱暴に斬り払う。

「これぐらいなら俺だってやれるんだ！」

クラリッサやピジャン、兵たちもようやく落ち着きを取り戻し、対処しはじめた。

そして、シルファを乗せた大蛇のセラフィムは、驚くべき速さで壁を這い進み、すぐに天井へと到達する。

「我らが聖フィリアよ！　星々の彼方より地上を見守る万象の主よ！」

シルファの左右のてのひらに、浄化の白い輝きが生まれる。天井に巨大な穴が穿たれた。彼女を乗せたネーチロールでも悠々と通れるほどの穴が。

「このまま上へ行ってください」

シルファがそう言ったときだった。ベルフォーリアが四つの火球を生みだして、シルファたちに放つ。ネーチロールは慌てて火球を避けたが、そのために穴から離れる形となった。

「──亡者たちよ、現れなさい！」

尋常でない速さで、ベルフォーリアは矢継ぎ早に魔術を行使する。彼女を守るように、無数の亡者が現れた。骸骨の魔物であるスケルトンや屍物だけでなく、灰をひとの形にしたような魔物や、竜の頭蓋骨を備えた戦士の怪物までがアルヴェールたちに襲いかかる。

ベルフォーリアにしてみれば、この亡者たちでアルヴェールたちを倒せずともよい。シルファを葬り去るまでの時間稼ぎができればよいのだ。

彼女の目的は、核果だけではない。地底樹の存在を利用して帝国とサマルガンドの対立を煽り、両軍を激突させる狙いもあった。

だが、シルファが地上に出て両軍の兵に事態を説明すれば、その目論見は失敗する。ここにいる者たちも、助かる見込みが出てくるだろう。

ベルフォーリアは魔術によって飛翔する。再び火球を放ってシルファたちの視界を遮り、鋭く突きかかった。

だが、その瞬間に両者の間に割って入ったものがいる。巨大な三つの右手だった。ピジャンのセラフィムであるエルハームだ。ベルフォーリアは強引に彼らを退けようとしたが、エルハームたちは自身を重ねてベルフォーリアを受けとめる。

「この……！」

悪態をついて、ベルフォーリアは彼らを突き放そうとする。だが、押し負けた。そのためにエルハームは自身を重ねたのだと、ベルフォーリアは気づかされる。

「小賢しい真似を！」

ベルフォーリアは左手から紫電を放った。エルハームは身体を痙攣させた。

ようやくエルハームから解放されたベルフォーリアだったが、そのときにはシルファとネーチロールはさらに上へと向かっている。追撃は中断せざるを得なかった。

ベルフォーリアから逃れたシルファとネーチロールの前には、新たな敵がたちふさがっている。邪蝙蝠と、彼に操られた二体の屍獣だ。

「今夜こそ、その血をいただく！」

屍獣に突進させながら、邪蝙蝠は牙をむき出しにしてシルファの頭上から襲いかかる。シルファは屍獣を無視して、この醜悪な魔物だけを見据えた。

屍獣は巨体であるために小回りがきかず、ネーチロールは巧みな動きで屍獣をかわす。シルファは聖言によって、抱えている大鎌の刃に浄化の光をまとわせた。

シルファたちと邪蝙蝠の影が交差する。

邪蝙蝠が飛び去った直後、シルファの左肩から鮮血が噴きだした。ネーチロールにしがみつきながら片手で振るったとはいえ、シルファの大鎌は魔物にかすりさえしなかった。

邪蝙蝠は弧を描いて飛翔し、シルファたちを嘲笑うようにその頭上を飛びまわる。

「すばらしい味だ。おまえの運命は、私に喰われるためにあったのだな」

シルファは言葉を返さず、悔しそうに邪蝙蝠を睨みつける。その間も、ネーチロールは右に左に壁を這いまわって、屍獣の攻撃を避け続けていた。見事な動きではあったが、そのために前進は止まっている。

ネーチロールが右回りの軌道を描いて、二体の亡者から距離をとろうとした。しかし、屍獣たちもすぐに間合いを詰めてくる。シルファが大鎌を振りあげたのは、そのときだった。

「星々の彼方より地上を見守る万象の主よ！　我らが聖フィリアよ、魔に束縛されし骸を、かりそめの魂をなしたる邪気を、主の輝きにて祓わんことを！」

ネーチロールの足下に、白い輝きを放つ円環が生まれる。その円環は瞬時に広がって、飛びこむ形になった屍獣たちを音もなく消滅させた。

そこへ、邪蝙蝠が急降下してくる。シルファが聖言を使い、それによって隙が生じるのを待っていたのだ。魔物の牙は、今度は彼女の喉元に狙いを定めている。

ネーチロールが身をよじり、尻尾の先端を邪蝙蝠に叩きつけた。しかし、邪蝙蝠はそれを読んでいた。直撃の寸前に己の身を霧に変えて尻尾をかわす。

だが、それは陽動だった。ネーチロールはすかさず首をひねって口を開け、邪蝙蝠に毒液を放ったのだ。シルファの血を吸わんと、霧から元の姿に戻っていた邪蝙蝠は、これをかわせなかった。急激に身体が重くなり、動きが鈍る。

次いで魔物が見たのは、大鎌を振りあげながら、冷酷な視線で自分を見下ろすシルファだった。邪蝙蝠は悟った。シルファが聖言で亡者たちを吹き飛ばしたのは、自分を誘いこむためだったのだ。魔物の身体は大鎌によって両断され、深淵に落下していった。

ネーチロールとともに、シルファはついに地上へと出る。

夜空には双月が青みがかった輝きをまとい、銀の砂を散らしたように星が瞬いていた。

そして、暗がりに包まれた地上には無数の火が揺らめいていた。それは、松明の炎だ。このとき、帝国軍もサマルガンド軍も、地底樹に対する包囲の輪を一気に狭めている。

アルヴェールの読みは正しく、クラリッサもザルトーシュも、大きな変化があったら、中にいる者たちにかまわず、地底樹を攻撃するようにと命じていたのだ。そして、さきほど地底樹は亡者に変わり、それにともなって地上に出ている数百本の根が活動をはじめていた。

そこにシルファは現れたのである。

「我らが聖フィリアよ、ここにいる皆のために、お力を――！」

今度は外から、浄化の光を地底樹に当てていく。その光を見て、帝国兵とサマルガンド兵が接近してきた。寄り集まった数千の松明が、地底樹の周囲を昼間のように照らしだす。

彼らに気づいたシルファは、ネーチロールを右に左に走らせながら大声で事情を説明した。にわかに信じられることではない。だが、彼らは信じた。

まず、帝国の騎士と兵が先に動いた。二千もの兵を指揮する者となれば、さすがにシルファの顔は知らなくとも、名は聞いている。彼らにとって聖女の権威は大きく、何より地底樹に異変が起きているのは間違いなく、シルファは聖言を行使して地底樹と戦っているのだ。

また、自ら危険な領域へ向かったクラリッサに、彼らは深い忠誠を捧げている。聖女と皇女のために、彼らは猛然と地底樹に挑みかかった。

それを見れば、サマルガンド軍も動かざるを得ない。地底樹は自分たちにも根を伸ばしているし、競争心も働いた。彼らは地底樹か帝国軍のいずれかと戦うつもりで、この地に幕営を築いていたのだ。それに、ピジャンは兵たちの信望を集めていた。

自分たちの指揮官を助けるべく、彼らはこの巨大な亡者に襲いかかった。

剣で斬りつけ、槍で突きかかり、斧を叩きつける。松明で焼き払う者もいる。

一撃一撃は、たいしたことはない。しかし、合計五千もの兵が入れ替わり立ち替わり、傷を負わせていくのだ。地底樹に傷を負わされた者がいれば守り、崩れ落ちそうになる者を支え、呼吸を合わせて左右から襲いかかる。帝国兵もサマルガンド兵も関係なかった。

むろん、地底樹も根を振りまわして人間たちを攻めたてる。根を右から左へ薙ぎ払って数十人をまとめて吹き飛ばし、あるいは勢いよく叩きつけて人間を肉塊に変えた。

根に絡まれ、あるいは身体を貫かれて生気を吸われた人間は、瞬時に干涸らびて息絶える。そして、屍物となって立ちあがり、仲間だった者たちに襲いかかるのだ。

さらに、地底樹は根を擦りあわせて奇声のようなものを響かせた。地底樹の巨躯のそこかしこに穴が生じて、スケルトンや屍物、幽鬼が現れる。地底樹がつくりだした魔物たちだ。

地上に降りたった魔物たちは、人間たちへ我先にと襲いかかった。

シルファは大蛇のセラフィムの背で、大鎌を杖代わりにしてその光景を見下ろしている。聖言を使い続け、彼らに地底樹の内部について説明して、彼女は疲れきっていた。髪は乱れ、法衣も肌も傷だらけだ。少しでも気を抜くと、意識を手放してしまいそうだった。

――まだ、終わっていません……。

重い身体を引きずって、シルファは自分たちが飛びだしてきた地底樹のうろを見上げる。アルヴェールがどうしてこの役目を自分に任せたのか、彼女はわかっていた。

亡者と化した地底樹の体内を貫いて外に出て、二国の軍を説得する。聖女であるシルファ以上に適任な者はいなかっただろう。

だが、アルヴェールの真意は、シルファをベルフォーリアから遠ざけることだ。

ベルフォーリアの顔を思いだすだけで、身体が強張る。萎縮しそうになってしまう。

「アルさま……」

シルファは目を閉じ、胸の前で手を重ねて、アルヴェールの名を口にする。

「ひどいです、アルさま」

叱るような声音で、シルファは再びつぶやく。どんなときでもそばにいると言ったのに、どうしてそれを守らせてくれないのかと、心の中で拗ねてみせる。

だから私は戻ります。声には出さず、そう言葉を続ける。小さく息を吸い、吐く。

それが、彼女が自身を励まし、勇気を奮い起こすために必要な儀式だった。

力強くうなずくと、シルファは自分が乗っている大蛇に呼びかける。

「すみません。まだ動けそうですか？」

ネーチロールは首をもたげてシルファを振り返ると、肯定するように舌を動かした。

地底樹の最奥では、まだ戦いが続いている。

ベルフォーリアは空中で呼吸を整えると、折れた剣に『力』――エーテルをまとわせた。半ばまでしかない刀身から金色の光が炎のように噴きあがって、不定形の刀身を形作る。

セイランが床を蹴って飛翔し、ベルフォーリアに蹴りを放った。ベルフォーリアは魔術の剣で迎え撃つ。だが、蹴りは陽動だった。セイランはさらに身体をひねって斬撃をかわすと、鋭い手刀をベルフォーリアの肩に叩きこむ。

「なるほど。これが手刀か」

セイランは納得したようにうなずいた。エルハームの戦い方を真似たのだ。

ベルフォーリアは体勢を崩して落下しながら、剣を振るった。魔術の剣の刀身はあたかも鞭のように弧を描きながら、倍以上の長さに伸びる。セイランの右脇腹から左肩までを斬り裂いた。服が弾け、人間に酷似した身体に、石を穿ったような亀裂が走る。セイランはかすかな呻き声を発して床に転がった。

ベルフォーリアは追い討ちをかけようとしたが、アルヴェールとクラリッサ、ピジャンが襲いかかってきたので考えを変える。剣を鞭のように振りまわし、さらに地底樹の蔦を無数に向かわせてアルヴェールたちを牽制した。それから跳躍して、セイランのそばに降りたつ。

「おまえに、自分の主を殺す経験をさせてあげるわ」

セイランの腹を踏みつけておさえつけると、ベルフォーリアは左手から紫電を放ってセイランの両腕を貫いた。破壊のための魔術ではなく、自由を奪うためのものだ。自分の腕が一時的に麻痺したことを、セイランは悟った。肘から先が指一本も動かせない。

しかし、セイランは微塵もおびえる気配を見せず、鋭くベルフォーリアを見据えた。

「貴様はこれまでにもこうやって、多くのセラフィムを操ってきたのか」

「それがどうかしたのかしら」

どうでもいいことだというふうに、ベルフォーリアがセイランの仮面に左手をかざす。そのてのひらに黒い光が灯った。ザルトマーに対してやったように、操るつもりなのだ。

次の瞬間、セイランは激しく身体をよじり、首を振った。頭の左右に結んだ黒髪がはねあがって、ベルフォーリアの左手に絡みつく。すさまじい力を発揮して締めつけた。

「道理でセラフィムについてわかっていないわけだ！」

セイランがさらに身体を傾けると、ベルフォーリアは体勢を崩す。彼女の左手から放たれた魔術は、セイランの頬をかすめただけに留まった。その隙を突いて、セイランは彼女の左手を蹴りあげる。同時に髪による拘束を解き、床を転がってエルフの魔戦士から距離をとった。

ベルフォーリアは憎々しげにセイランを睨みつけたが、アルヴェールとクラリッサ、ピジャン、そしてピジャンのセラフィムであるエルハームが向かってきたので、そちらに向き直る。

誰を見ても満身創痍であり、一撃で打ち倒せるだろう。それだけに、気迫は尋常ならざるものがあった。

「貴様に生きる価値を認めないわ。死になさい、エルフ！」

「サマルガンドに害をなす者、ことごとく滅ぶべし」

クラリッサとピジャン、エルハームは、ベルフォーリアの間合いの外で正確に足を止める。

アルヴェールとセイランは三人の後ろに立った。

クラリッサたちがベルフォーリアに隙をつくり、アルヴェールたちで仕留めようというのである。成功させるには、ただ突撃すればいいというものではない。呼吸を合わせて、慎重にかからなければならない。何かきっかけとなるものがほしかった。

「どうしたの？　来ないなら、こちらからいこうかしら」

アルヴェールたちの狙いを察したベルフォーリアは、悠然と冷笑を浮かべる。

そのとき、何かがすさまじい速さで落下してくる音を、六人は耳にした。

敵から視線を外すことができず、いったい何が起きたのかと思ったが、続いて聞こえてきた叫び声で全員が理解する。

「――神聖裁判（アギオディカ）を！」

それは、アルヴェールの愛する聖女の叫びだった。

ネーチロールに乗ったシルファが、大鎌を両手で握りしめてまっすぐ落ちてきたのだ。地底樹の蔦が伸びてネーチロールを拘束したが、シルファは大蛇の背中を蹴って、ベルフォーリアひとりを狙って落下する。

その光景を目にした者は六人の中でひとりもいなかったが、その声を機に、六人はいっせいに動いた。

クラリッサとピジャンの左右からの斬撃を、ベルフォーリアはエーテルを帯びた剣で弾き返した。手首を返しての一閃が、虚空に光の軌跡を残す。閃光と衝撃が荒れ狂って、二人は吹き飛ばされた。エルハームもまた、立て続けに放たれた雷撃によって床に倒れる。

セイランが床を駆けながら、シルファが空中を降下して、ベルフォーリアに挑みかかった。

微塵も迷いのない一撃が二つ、同時にベルフォーリアを襲う。ベルフォーリアはシルファを睨みつけた。セイランも忌々しいが、この聖女の方がよほど彼女にとって厄介な相手だ。

エーテルの剣と、聖言によって強化されたシルファの大鎌が激突する。雷鳴にも似た轟音を残して、シルファが吹き飛んだ。武器では互角だったが、戦士としての力量に差があった。

同時に、ベルフォーリアは左手を魔術で鋼のごとく強化する。そうして、セイランの襲撃を受けとめた。

──あとはあの天翔騎士(セラフィータ)だけ。

ベルフォーリアは左手に火球を生みだして、セイランの脇から飛びだしてきたアルヴェールに叩きつける。爆発とめくるめく炎の渦を見て、ベルフォーリアは笑みを浮かべた。

その笑みが、凍りついた。

炎を突破し、黒煙をまとって、アルヴェールが肉迫してきたのだ。怒号をあげて、剣ごとぶつかる勢いで突きかかる。ベルフォーリアの胸を貫いた。

胸と背中から血を流して、エルフの魔戦士は霞む視線をアルヴェールに向ける。愕然と目を見開いた。若者の身体を、ぼんやりとした白い光が取り巻いている。聖言による守りだ。

シルファが使ったのに違いない。だが、ベルフォーリアには信じられなかった。

たったいま落下してきた聖女には、天翔騎士の若者と合図をかわす余裕などなかった。自分の魔術をまともにくらえば死ぬと、アルヴェールはわかっていたはずだ。それにもかかわらず、彼の動きに迷いはなく、無駄はなかった。何も言わずとも、聖女が己が身を顧みず、聖言を自分に使ってくれるという確信でもあったかのように。

ベルフォーリアは何かを言おうとしたが、彼女の口から吐きだされたものは言葉ではなく、血だった。激痛に顔を歪ませながら、エルフの魔戦士は震える手をアルヴェールの頭部に伸ばす。しかし、手が届く前に、彼女の両脚が力を失った。

ずるりと血まみれの剣が抜けて、ベルフォーリアは倒れる。

「……たいしたものね」

咳きこんで血を吐きだすと、ベルフォーリアは笑った。

「三年前、危険を冒してでもあなたを殺しておくべきだったわ……」

「同感だ」と、アルヴェールは吐き捨てる。

「三年前、おまえを仕留めておくべきだったよ」

それが可能だったかといえば、おそらく不可能だったろう。だが、もしも三年前にそれを成し遂げることができていれば、ドルキオは死ななかったのではないか。帝国とサマルガンドの兵たち、いくつもの町や村も。

不意に、ベルフォーリアの口元に微笑が浮かぶ。禍々しく、残酷な笑みが。

「いいことを教えてあげるわ。まもなく、帝都は刃と血に包まれることになる」

アルヴェールは目を瞠る。どういう意味だと、視線で問いかけた。

「戦を望む者がいるのよ。おまえたちは血を流しあって滅びるがいい……」

それが、彼女の最期の言葉となった。激痛にもかかわらず不敵な笑みを浮かべて、ベルフォーリアはゆっくりと目を閉じる。そして、動かなくなった。

アルヴェールは何とも言いがたい顔で、もはや生者ではなくなったエルフの魔戦士を見つめていた。忌まわしい敵を倒したという感慨も湧かず、彼女の言葉の意味を考えている。

「アルさま」

立ちあがったシルファが、よろめきながらこちらへ歩いてきた。アルヴェールは笑みを浮かべて彼女に歩み寄り、倒れそうになったシルファをとっさに抱きとめる。

「どうして戻ってきたんだ」

何よりも先に感謝の言葉を述べるべきだとわかっていながら、つい叱ってしまった。

「申し訳ありません、アルさま。でも、私はアルさまのおそばにいたかったんです……」

「いや、いまのは俺が悪かった。ありがとう、シルファ。おかげで助かった。それから、よく無事でいてくれた……」

シルファを抱きしめて、伝わってくるぬくもりにアルヴェールは幸せを噛みしめる。ややあって、思いだしたように聞いた。

「そういえば、よく俺が飛びこむってわかったな」

シルファはベルフォーリアに吹き飛ばされながら、聖言を使ってくれた。アルヴェールがそのことに気づいたのは己の剣がベルフォーリアを貫いたときだったが、いまになってみると、シルファはきっと自分を補佐してくれるだろうという思いがあったような気がする。

「当然です」と、シルファは笑顔で答えた。

「私はいつもアルさまのことを見ていますもの」

その言葉に、アルヴェールは彼女を抱きしめる力を強くする。しかし、二人だけの世界は早くも終わりを告げた。

「――愚弟」

クラリッサに呼びかけられて、アルヴェールはシルファを離し、のろのろと振り返る。

「そのエルフに、何を言われたの？」

率直に聞かれて、アルヴェールはそのまま伝える。クラリッサは眉をひそめたが、思いあたることがあったのか、目を見開いた。この上なく憎々しげな表情で、床を蹴りつける。

「そういうことね……。エルフってのは本当にろくでもないわ」

そして、彼女は説明を求めるアルヴェールに短く、そして小声で答えた。

「叛乱が起こるということよ。首謀者はバティスト公爵と、おそらくゴダールね」

アルヴェールは絶句した。

その隣で、セイランは拾いあげた核果を不思議そうに見つめている。


地上でも、戦いは終結に向かおうとしていた。

ベルフォーリアがいなくなったことで、地底樹の体内にいる帝国兵やサマルガンド兵が、積極的に地底樹に攻めかかる。内と外の両側から、地底樹は痛めつけられた。

根が折れ飛ぶ。砕け散る。引きちぎられる。

少しずつ、少しずつ地底樹は弱っていった。動きが鈍くなり、根の数が減っていく。

やがて、地底樹の樹皮が、誰も触れていないにもかかわらず崩れはじめた。

平原を吹き抜ける夜明けの風が、地底樹の残骸を運んでいく。

そうして東の空の果てに太陽が姿を見せたころ、地底樹は粉々に崩れ落ちた。

ダルカン平原に、二つの国の兵たちによる歓声が響き渡る。

少なくとも、この地での戦いは終わったのだ。

†

地底樹が滅び去ったあとのダルカン平原では、兵たちが負傷者の救出や治療に駆けまわっている。命を落とした者たちを埋葬している者もいる。

崩れゆく魔物の体内から脱出したアルヴェールとシルファ、セイランは皆が無事だったことを喜び、それからクラリッサのテントの中で、今後のことを話しあっていた。

皇女に加えて総指揮官という立場もあり、クラリッサのテントは他の者のそれより大きく、地面には絨毯が敷かれている。過ごしやすいように酒やクッションなども置かれていた。

「叛乱が起こるってどういうことだ、クラリス姉」

絨毯の上に腰を下ろして、アルヴェールは正面に座っている姉に鋭い声で問いかける。シルファとセイランは、アルヴェールの後ろで姉弟のやりとりを見守っていた。もっとも、シルファは疲れがひどく、限界に近い状態である。

無理もないだろう。地底樹との戦いにおいて、彼女は誰よりも熱心に駆けまわり、聖言を使い続けたのだ。帝国兵たちどころかサマルガンドの兵たちにさえ、シルファを間近で見て礼を述べたいと言う者が続出したほどである。アルヴェールたちをクラリッサのテントに連れてきたのには、兵たちを近づけないようにするという目的もあった。

「バティスト公のことはよく知らないが、ゴダールがどうして叛乱を起こすんだ」

「答える前にひとつ聞くわ、愚弟。どうしてゴダールがここにいないと思う？」

アルヴェールは顔をしかめたあと、少し考えて答えた。

「いま帝都にいるってことは、守りを固めているんだろう。親父が倒れたわけだし……」

「その通りよ。だから、私も不審に思ったけど、あの男を信じてしまった」

ため息をつくと、クラリッサは自分の手で葡萄酒の瓶を引き寄せ、銀杯に自ら注いだ。

本来なら、彼女のそばに従者のひとりでも控えているものだが、地底樹との戦いの直後とあって、テントの外ではひとりでも手がほしい状況だ。クラリッサは自分の従者たちをそちらの手伝いに向かわせたのである。それに、他の者には聞かせられない話でもあった。

「愚弟、おまえは知らないかもしれないけれど、ゴダールは名誉欲の強い男よ。それも、戦場に出て、自身の手で勝利をつかまないと満足できないの。武闘勇技の飛び入り参加だって、ポールを説き伏せて参加したのよ。ポールは名誉なことだと言っていたけれどね……。強引だと思わなかった？」

「それは、まあ思ったけど……」

ドルキオたちを叱るのだという理由に納得してしまったのと、自分が負けた八つ当たりをしているような気がして、それ以上は深く考えなかった。クラリッサは続ける。

「そして、バティストは以前からジアルド帝を尊敬し、お父さまをこきおろしていたわ。ジアルド帝の時代に生まれていれば、自分は戦場で活躍できたと信じて疑わないうぬぼれ屋よ。このバティストは、一年前からたびたびゴダールに接触していたの。もともとこの二人は戦友ということだったから、私も甘い判断をしてしまったわ」

「二人のことはわかったが、でもそれだけで……？」

なおもアルヴェールが懐疑的な様子を示すと、クラリッサはこれ見よがしにため息をつく。

「地底樹との戦いは、戦も同然だったわ。両軍合わせて五千の兵が戦ったのよ？　ゴダールほどの者が、そのていどの規模も想像できないはずがないわ。それなのに、あの男は戦いによって武勲を得る機会を見逃して、帝都に留まった。そうする理由があいつにはあったのよ」

アルヴェールは黙りこむ。ゴダールと親しかったのかといえば、そういうわけではない。だが、その人柄を嫌ってはいなかったし、尊敬する気持ちもあった。それだけに衝撃は深い。また、彼に頼まれて地底樹の探索に参加したドルキオやポールが、あまりに哀れだった。

「……クラリス姉、一杯でいいから俺にもくれ」

クラリッサは自分の銀杯を干すと、新たな葡萄酒を注いでアルヴェールに渡す。シルファが敏感に反応して眉をひそめたが、彼女にしては驚くべきことに自重して、何も言わなかった。

アルヴェールは一気に銀杯を空にする。小さく息を吐くと、姉を見つめた。

「俺にできることは？」

「あいにく、ないわね」

クラリッサの声は冷たかった。肩をすくめて、彼女は続ける。

「私にもないわ。ここから帝都まで、どんなに急いでも十日はかかる。あのエルフが勝ち誇りながら言ったということは、それまでにゴダールとバティスト公が帝都をおさえるということよ。帝都の守りはゴダールに任せているから、あの男が指揮をとれば、大半の騎士や兵は従ってしまうわ。せめてお母さまやサガノス兄さまに知らせることができれば……」

「親父はどうなる……？」

額に汗をにじませながら苦しげにアルヴェールが聞くと、クラリッサは苛立たしげに弟を睨みつけた。両眼から怒気をほとばしらせる。

「バティスト公がどういう男かはさきほど話したでしょう。あいつも皇帝殺害の汚名を着たくはないだろうから、一室に幽閉というところでしょうね」

アルヴェールは恥じ入るようにうつむいた。クラリッサが、あえて父のことを持ちださなかったのは、感情をおさえるためであり、どうしようもないことをわかっているからだ。

——倒れたあと、持ち直したかどうかはわからないが……。

持ち直していたとしても、六十七という年齢を考えれば、簒奪と幽閉はファルカリスの寿命を一気に縮めるだろう。最悪の場合は死ぬこともありえる。

——俺は何のためにここまで来たんだ。

何のために、シルファやセイランに無理をさせて地底樹に潜りこんだのか。

　六年前、宮廷を発つときの、父との会話を思いだす。あのときの約束を果たせなくなる。

「――ひとつ、いいだろうか」

　そのとき、それまで黙っていたセイランが手を挙げた。これにはクラリッサだけでなく、アルヴェールとシルファも驚いて彼女を見つめる。そして、三人はさらなる驚きに襲われた。

　セイランの手には、子供の握り拳ほどの大きさの、赤い宝石がある。核果だ。

「そういえば、忘れていたわ……。あの忌々しいエルフのせいで」

　クラリッサが頭に手をやって、低く唸った。アルヴェールは少し困った顔をしたあと、セイランを守るように座り直す。挑むような目を姉に向けた。

「先に言っておくが、クラリス姉には渡せないぜ」

　核果の力を、父に使うことはできないかもしれない。だが、それなら帝国に渡すことはできなかった。いざとなれば、騒ぎを起こしてでも姉を止めるつもりだ。

　しかし、クラリッサはアルヴェールより比較的落ち着いているようだった。

「どうするかは、おまえのセラフィムの話を聞いてからにしましょうか」

　アルヴェールから銀杯を取り戻すと、彼女は葡萄酒を注ぐ。しかし、銀杯を口につけたところで彼女は動きを止め、セイランの言葉を待った。

　セイランは核果に視線を落としながら、淡々と告げた。

「この力をわたしに使えば、帝都まで半日とかからずに飛ぶことができると思う」

三人分の驚愕がテントの中に広がった。

†

帝国軍の幕営から数百メートル離れた草原に、アルヴェールとシルファ、クラリッサ、そしてセイランは立っている。

アルヴェールとシルファはセイランの言葉に従って、厚手の外套を二重に羽織(はお)っていた。それだけではなくフードもかぶり、手袋をして、足には布を巻くという念の入れ用だ。春も半ばを過ぎているというのに、まるで真冬に戻ったかのような格好だった。

「それじゃ、飛ぶということについて説明してもらおうかしら？」

腰に手をあてて問いただすクラリッサに、セイランはこともなげな口調で答える。

「文字通りの意味だ。地を蹴って、鳥のように飛ぶ。まっすぐ帝都まで。ただし、空はとても寒いし、速く飛ぶほどに寒さは増す。わたしたちセラフィムは平気だが、ひとは凍える」

「空を飛ぶと聞くと素敵なことに聞こえるけれど、実際は厳しいのね」

自分の手袋や外套を見ながら、シルファが言った。

「そういえば、神々の時代のおまえは空を飛んでいたんだっけな」

以前に話したことを思いだして、アルヴェールが言うと、セイランは表情を緩めた。

「そうだ。普段のわたしでは力が足りない。すぐに落ちてしまう。でも、核果をわたしの中に取り入れたなら、今日一日ぐらいは可能になる」

「今日だけ？」

シルファが驚いた顔をする。アルヴェールも慌ててセイランに聞いた。

「それで、核果はどうなる？」

「わたしの身体に吸収されてなくなる」

アルヴェールはおもわず唸った。アルヴェールが核果を求めたのは、倒れたという父を助けるためだ。今日中に帝都にたどりつけても、それによって核果を失っては意味がない。

「わかったわ。使ってちょうだい」

だが、アルヴェールが何かを言うより早く、クラリッサが口を開いた。アルヴェールは驚きと苛立ちを隠せない顔で姉に向き直る。

「ちょっと待ってくれ、クラリス姉。それじゃあ親父はどうなる？」

「どうなるって？」

眉をひそめるクラリッサに、アルヴェールはおもわず詰め寄っていた。

「クラリス姉は、親父のために核果を手に入れようとしていたんじゃないのか？」

間近で睨みつけられても、クラリッサは動じない。呆れたように鼻を鳴らした。

「じゃあ、お父さまに核果を使うために、帝都までがんばって馬でも走らせてみなさい。たどりつくころには、ゴダールとバティスト公に宮廷も帝都もおさえられているでしょうね」

冷徹な言葉の刃を突きつけられて、アルヴェールは反論に詰まる。クラリッサは容赦なく罵倒を浴びせかけた。

「流天(るてん)の騎士だのと名のって宮廷での生活から何年も遠ざかったせいで、考える力がなくなったようね、愚弟。あのサマルガンド人のセラフィムに一回ずつひっぱたかれてみたら？　三回もいいのをもらえば、多少は頭が働くようになるかもしれないわ」

「何が言いたいんだよ」

憤然として姉を睨むアルヴェールに、クラリッサはおおげさに肩をすくめる。

「核果の力をお父さまに使えないなら、次はどうするか考えろというの。お父さまの大切なものを守るべきじゃないの？」

その言葉に、アルヴェールははっとした。

「つまり、この帝国を、帝都を守れと？」

確認するように問いかけたアルヴェールに、クラリッサは笑顔でうなずいた。

「それが帝国の皇帝の務めよ」

その通りだった。帝国を守るには、このことを一刻も早く伝える以外にない。

「わかった。行ってくる」

「そうだ、これを持っていきなさい」

　クラリッサはそう言うと、外套につけている飾り紐をほどいてアルヴェールに渡した。二種類の黒い紐をより合わせたもので、先端に小さな瑪瑙(めのう)があしらってある。

「これを私から預かったと言えば、すぐにお父さまのところへ通してくれるわ。おまえは怪しまれそうだものね」

「ありがたく借りておく」

　アルヴェールは黒髪をかきまわし、ぶっきらぼうに礼を述べた。シルファとセイランに向き直る。さっさと行こうと言いかけて、シルファが不満そうな顔をしていることに気づいた。

「どうした？」

「何だか、ずいぶんと仲がよさそうに見えたので」

「何を言ってるんだ、おまえ」

　まだ疲れが残っているから、ちょっとのことでも気に障るのかもしれない。アルヴェールはそう考えて、シルファの肩を優しく叩く。

「もう少しだけ辛抱してくれ。こいつがかたづいたら、おまえの頼みをひとつ聞くから」

　口をとがらせながら、シルファは視線だけを動かしてアルヴェールを見た。

「それでは、そろそろ私の純潔……」

「そうだな、純潔を守るのは大切だな。それで、頼みは何だって」

「私と婚約……」

「いや、うん、帝都で聞いた方がいいな。そうしよう」

額に汗をにじませて、アルヴェールは焦った声で修正を求める。すぐそこにクラリッサが立っているのをわかっていて、どうしてこんなことを言うのか。

アルヴェールの狼狽ぶりを見ていくらか気が晴れたのか、シルファはくすりと笑った。

「わかりました。アルさまがそう言うのでしたら」

シルファが納得したので、アルヴェールたちはようやく行動に移った。

まず、セイランが自分の胸に核果を当てる。押しこむように力を入れると、核果は赤い輝きを帯びた。そして、音もなく、溶けるようにセイランの身体の中へと沈んでいく。

「セイラン、だいじょうぶか」

おもわずアルヴェールがそう聞いてしまうほど、それは不思議な光景だった。

核果が完全に消えると、セイランの左目のまわりを覆う仮面が金色の輝きを帯びる。風もないのに黒髪が舞いあがり、服の裾も風に煽られているかのように激しく揺れた。セイランの身体からも金色の輝きが放たれ、彼女をうっすらと包みこむ。

アルヴェールも、シルファも、クラリッサも、息を呑んで黒髪のセラフィムを見つめた。仮面の色が変わったことぐらいしか、変化らしい変化はない。それにもかかわらず、三人とも近くにいるというだけでセイランに気圧(けお)されてしまって、一言も発することができなかった。

「早く乗れ、アル」

　セイランがアルヴェールを見て、いつもの調子で言った。そのことに奇妙な安堵感を覚えながら、アルヴェールはセイランに右からしがみつく。それを見て、シルファも左から彼女にしがみついた。クラリッサが尋ねる。

「私も乗れそう？」

　セイランは首を横に振った。

「いや、思っていた通り、二人が限界だ。アルは重いからな」

「そう。残念ね。仕方ないわ、私はここの後始末に集中するわね」

　クラリッサは首を左右に振ると、セイランから十歩ばかり離れる。それを確認して、黒髪のセラフィムは両膝を曲げた。

「二人とも、しっかりつかまっていてくれ」

　そうして二人からの返事を受けとると、セイランは地面を力強く蹴った。

　それほどすさまじい音は響かなかった。せいぜい遠雷ていどだろう。しかし、それによってセイランは二人の人間を背負ったまま、驚くほど空高く飛びあがる。

　さきほどまで立っていた場所がはるか下にいってしまったことに、アルヴェールは目を瞠った。小さいころにバルコニーから見た中庭ほどではないが、落ちたら間違いなく死ぬだろう高さだ。あらためてセイランに強くしがみつく。

　風が吹いて、外套の隙間から肌に触れる。たしかにセイランが言っていた通り、寒い。見上げると、当然のことだが、空がいつもより近く感じられた。

「いくぞ」

セイランが身体を水平に倒す。どのような原理なのか、風もないのに馬が走るほどの速さで彼女は空を進みはじめた。シルファが小さく悲鳴をあげる。

「おたがいの身体を結んでおけばよかったな」

アルヴェールはそう言ったが、おたがいにフードをかぶっていることもあって、シルファには聞こえなかったらしい。今度はセイランに呼びかける。

「頼むぞ、セイラン」

「もちろんだ。アルの大切なひとのためだからな」

アルヴェールは照れくさくなって首を横に振る。シルファがくすりと笑う気配がした。

†

その日の夜、ゴダールとバティスト公は、予定通り帝都の中央にある広場に兵を集めた。数は二百と少ないが、ゴダールはまったく不安を抱いていない。ひとつには、これから向かうのが、それほど警戒が厳重な場所ではないからだ。

もうひとつは、ゴダールの望むものを、彼らはすべて備えているからだった。彼らはゴダールに忠誠を誓っており、同様に戦の時代を望んでいる。そして、昨日までは当たり前のように帝都の守りについていたので、地理感覚にも優れている。

　また、彼らの他に三百の兵が、宮廷と城壁をおさえるために動いていた。

「よく集まってくれた」

　暗がりの中に、二十近い数の炎が浮かんでいる。兵士の持っている松明だ。そのおかげで、ゴダールは彼らの顔をはっきり見ることができた。

「我々はこれより、サガノスの屋敷に向かう。サガノスと妻子の身柄をおさえるのだ。抵抗する者は斬り捨ててもかまわぬ。略奪は固く禁ずるが、成功の暁には褒賞（ほうしょう）を出す」

　そう告げるゴダールの両眼には覇気が踊り、声はおさえきれない昂揚感をにじませている。この帝国の第一皇子の屋敷を襲うと聞いても、兵たちに動揺は見られない。そのことが、彼にこの計画は成功するだろうとの想いを強く抱かせた。

――玉座はバティスト公にお任せして、私は指揮権と兵をいただく。

　帝国周辺の地図を思い浮かべる。帝国の南にはサマルガンド王国、東にはジャーマル連邦、北東にはシューレーン王国、北西にはマルダニス王国がそれぞれ存在する。いまは小競（こぜ）り合いしか起きていないが、もしも複数の国が一度に攻めてくれば、帝国は窮地に陥る。

　それを避けるために、こちらから積極的に仕掛けていくのだ。

　武勲をたてる機会を多くもらえて、騎士や兵たちは喜ぶだろう。勝利の知らせを聞けば、町や村は沸き返るだろう。強い兵に守られた強大な帝国を、人々は誇りに思うだろう。

ゴダールはそうなると信じているし、そうなった方が誰のためにもよいと思っている。

だから、ファルカリスは除かれるべきなのだ。ファルカリスの子であるサガノスと、バルトロンも。妾腹(しょうふく)の子であるアルヴェールや、皇女であるクラリッサは放っておいてもよい。

ゴダールにとって幸いだったのは、この計画を持ちかけてくれたのがファルカリスの甥であるバティスト公爵だったことだ。皇室の血は絶えない。それに、自分が玉座を狙っているとも思われずにすむ。ゴダールの望みはどこまでも戦場であり、武勲だった。

ゴダールに率いられた二百人の兵は、静かに広場から動きだす。

サガノスの屋敷は、広場からそれほど遠くない。守りも厳重ではない。もともとは彼が妻を迎えたとき、空き家となっている屋敷を買いとったものだった。だから、すぐにかたづくだろうとゴダールは思っている。

ほどなく、塀に囲まれたサガノスの屋敷が見えた。

ゴダールに命じられて、兵たちは屋敷に突撃する。

次の瞬間、大気を引き裂く不吉な音が無数に重なりあって轟(とどろ)いた。矢の放たれた音だと、ゴダールは理解する。彼にとっては聞き慣れた音だった。そして、何が起こったのかを即座に彼は理解した。矢の雨が兵たちに降り注ぎ、そこかしこで悲鳴があがる。

崩れ落ちる兵たちを見て、ゴダールはその場に立ちつくした。

　春の夜風はなまぬるいほどだというのに、額から幾筋もの汗が流れ落ちる。そのとき、屋敷の塀のそばに人影が現れた。

「バティスト公爵に、ゴダールか。やはり、おまえたちか」

　氷刃を思わせる怜悧な声が、ゴダールの耳朶を打つ。白髪まじりの黒髪を肩まで伸ばし、同じような髭を顎から伸ばし、痩せた身体を豪奢なローブに包んだ老人が立っていた。

「ファルカリス陛下……？」

　ゴダールは愕然とした。倒れたままではなかったのか。

　動揺を露わにしているゴダールたちの表情が見えたのか、ファルカリスはため息をつく。

「バティスト公よ……。余が病に伏せたふりをしていることすら見抜けなかったおぬしには、玉座は大きすぎる。もっとも、ゴダールがこのような話に乗るとは予想外であったがな。戦好きとは思っていたが、こうも愚かしいとは思っていなかった。余も見る目がない」

「馬鹿な……！」

　怒りと屈辱から、ゴダールは顔を真っ赤にして叫んだ。ファルカリスは冷ややかに応じる。

「ゴダール、おぬしは戦以外でも功績をたてることができたはずだ。どうしても戦にしか夢を託すことができなかったのか」

　ゴダールは拳を握りしめたが、すぐに考えを切り替えた。目の前に皇帝がいる。けっこうな状況ではないか。この忌々しい老帝を葬り去れば、ことの半分はかたづく。あとはサガノスとバルトロンをかたづけて、計画通りバティスト公爵を次代の皇帝とすればいい。

そして、兵たちは打ち倒されたが、自分にはまだセラフィムがいる。

「ローズ！」

彼女の名を叫んだときには、侍女の服に身を包んだセラフィムはもう動いていた。

大地を蹴って、歴戦の戦士とセラフィムがファルカリスに迫る。

しかし、彼の前に飛びでて、立ちふさがった者がいる。アルヴェールとセイランだった。


アルヴェールたちが帝都に到着したのは、一昨日のことだ。

数時間に及ぶ飛行とあってアルヴェールとシルファは疲れきっていたが、すぐに宮廷へ向かい、ことの次第を報告したのだ。六年も宮廷にいなかった身であり、妾腹の皇子であることも手伝って疑われたものの、クラリッサの飾り紐を見せると幾人かは態度を軟化させて話を聞く姿勢を見せた。姉の配慮に、心の中でアルヴェールは感謝したものである。

そして、ファルカリスはアルヴェールに会うことこそしなかったが、その報告は信じた。

老いた皇帝は、第一皇子であるサガノスの屋敷を囮にすると決めたのである。

剣をかまえながら、アルヴェールは声を張りあげた。

「本当にそれでいいのか、ゴダール！」

しかし、ゴダールは眉ひとつ動かさない。アルヴェールごとファルカリスを討ちとるといわんばかりに猛然と突き進む。

二本の剣が激突する。腰を低くして耐える姿勢をとっていたにもかかわらず、アルヴェールは吹き飛ばされかけ、十数歩分も後退を強いられた。だが、倒れはしなかった。

セラフィム同士のぶつかりあいでも、結果は同じだった。ゴダールのセラフィムが繰りだした蹴りを、セイランは正確に受けとめて耐えきったのだ。

「わずかな間に成長されましたな」

「おまえの狙いが雑だったからだ」

冷静に、アルヴェールは指摘する。

「おまえは俺じゃなく、親父を見ていた。親父のついでに俺をかたづけようとしていた。そうじゃなけりゃ、俺はまたやられていたさ」

「私も同じだ」と、アルヴェールの隣に降りたったセイランが言った。

「やはり優秀なセラフィムだ。だが、主を守ろうとするあまり、動きが直線的になった」

「ゴダール」と、アルヴェールが呼びかける。

「ベルフォーリアは死んだ。地底樹も滅んだ。おまえらの負けだ」

その言葉に、ゴダールはわずかに頬をくぼませた。一呼吸分の間を置いて、言った。

「よくご存じでいらっしゃる」

　ゴダールの反応はそっけない。もしも動揺していたとしても、彼はそれを微塵も面に出さなかった。不満そうに『豪腕』を睨みつけながら、アルヴェールは続ける。

「だから、ここで終わりにしよう。いま、シルファが帝都の教団関係者をかき集めてる」

「ありがたいお言葉なれど」

　ゴダールは剣をかまえた姿勢を崩さない。

「我が忠義は、戦の世を招来してくださる方に捧げました。もはや貫くのみ」

「だったら流天の騎士にでもなりゃいいだろうに」

　アルヴェールの言葉に、しかしゴダールは答えない。そのかまえは見事なもので、武闘勇技のときと同じく、隙は見いだせなかった。自分と彼の技量の差を考えれば、中途半端な陽動や牽制は通じないだろう。

「ゴダール、おまえ、自分が何をやろうとしているのかわかってるのか」

「戦場で武勲を得ることの喜びは、殿下にはわかりますまい」

「勝利の旗は、屍の山の上に立って、血で染まっている。そういう言葉を知っているか。俺だって武勲や名声はほしい。だが、そのために生きてるわけじゃねえぞ」

「もはや、これまでにしましょう。おそらく夜が明けるまで話しても終わりますまい」

　ゴダールが話を打ち切った。あるいは、相手を動揺させて隙をつくるというアルヴェールの狙いを見抜いたのかもしれない。

「おいでなさい、殿下。正直に申しあげれば、楽しみなのですよ。私に傷を与えた者は、ひさしくおりませんでしたので」

ゴダールの言葉に、アルヴェールは顔をしかめる。何を言ってるのだろうか。それこそ、自分を惑わすためにてきとうなことを言っているのではないか。

──気にしている余裕もねえか。

後方にいる者のことを考えれば、命にかえても負けることのできない戦いだ。それに相手を揺さぶる材料も手持ちは尽きた。

──真正面から突っこむ。防御の上から突き通す。

そう決意を固めたとき、セイランの右足が虹色の光を放った。彼女も同じ考えだ。

「俺のことはかまうな」

「わかってる」

短く言葉をかわしたとき、アルヴェールの待ち望んでいたものが現れた。

「神聖裁判をはじめます！」

凜々しさをともなった美しい声が夜空に響きわたる。

次の瞬間、バティスト公爵たちの背後に、数百もの人影が現れた。バティスト公がおもわず悲鳴じみた声をあげる。ゴダールたちの意識も、ほんのわずかにそちらへ持っていかれる。

「我々聖フィリア教会の神官は、ファルカリス陛下にお味方します！」

ゴダールらの背後をとったのは、シルファに率いられた神官たちだ。その数は三百。いずれも武器と盾、鎖かたびらで武装している。

かすかな驚きが、ゴダールにわずかな隙をつくった。

アルヴェールが地を蹴る。セイランも。理想的な踏みこみだった。

それでもなお、熟練の技量をもってしても、その隙を突くのは至難の業であったろう。

「星々の彼方より地上を見守る万象の主よ！」

シルファが聖言を使う。

直後、白い光がゴダールの足下に出現した。光は彼の身体にまとわりつく。

聖言で動きを止める気か。そう思ってから、ゴダールは不審を抱いた。彼にまとわりついた光は、彼を守るためのものだとわかったのだ。戦いの中で、ゴダールは何度か祈りによる力の恩恵をその身に受けたことがある。一時的に衝撃に耐えられるようにしてもらったり、亡者の類を斬れるようにしてもらったり。そうした力が、彼を包みこんでいた。

生じた疑問が、意識のごく一部を占める。それは判断をわずかに鈍らせる。

それこそ、アルヴェールが狙ったものだった。

アルヴェールの剣の切っ先がゴダールの胸を突く。ゴダールの身体は後ろへ吹き飛び、仰向(あおむ)けに地面に倒れた。

その隣では、セイランがローズを地面にねじ伏せている。

「いい動きだ。あなたが主に注意を向けていなかったら、またわたしが負けていただろう」

淡々と、勝者は敗者を賞賛した。

夜空を見上げながら、ゴダールはおもわず突かれた箇所に手をやる。

今夜、彼は甲冑をまとっていなかった。剣勢を考えれば貫かれているはずなのに、針で突かれたようなささやかな傷しかそこにはない。

「なぜ……」

呆然と呟いたとき、アルヴェールが歩いてきて、ゴダールの喉元に剣を突きつける。

「そりゃあ、おまえみたいなやつにこんなところで死なれたら困るからだ」

ゴダールが茫然自失していたのは、十秒に満たなかっただろう。だが、彼が取り押さえられるには、それだけあれば充分だった。

サガノスの屋敷から兵たちが駆けてきて、地面に倒れているゴダール配下の兵や、ゴダール自身を次々に捕縛する。バティスト公は神官たちに囲まれて自由を奪われていた。

最初の矢の雨で彼らが混乱し、ゴダールの相手をアルヴェールが引き受けた時点で、この簒奪は失敗していたのだ。

ファルカリスは悠然とした足取りで、縄で縛られたゴダールの前まで歩いていく。同じように拘束されているバティスト公爵には目もくれなかった。

「ゴダールよ、おぬしにいくつか聞きたいことがある」

『豪腕』を冷然と見下ろして、ファルカリスは言った。何を言われるのか、恐怖よりも当惑から、ゴダールは顔を強張らせる。皇帝の命を狙ったのだから、アルヴェールが助命を願っても死刑はまぬがれないだろう。その覚悟だけはできている。

ところが、ファルカリスの口から飛びでたのは予想外の言葉だった。

「一千の歩兵を、歩いて十日のところにある丘へ向かわせる場合、金はいくらかかる」

これにはゴダールだけでなく、アルヴェールも呆気にとられて何も言えなかった。ファルカリスが視線で促すので、ゴダールは仕方なく答える。すると、老帝はわかっているではないかと言いたげにうなずいた。

「そうだ。戦は金がかかる。おまえは戦をするとき、その金をどこから持ってくる気だ」

ゴダールは答えない。この状況で聞くようなことではないので、考えを巡らせることができなかったのかもしれない。

ファルカリスはため息をつくと、もはや興味を失ったというふうに歩き去っていく。アルヴェールとセイラン、シルファは黙ってその後ろ姿を見送った。

こうしてゴダールとバティスト公の謀反は失敗に終わった。

# 終章

ゴダールらの簒奪未遂劇から十数日が過ぎて、神聖フィリア帝国の帝都ラングリムには、春の終わりの風が吹くようになっている。

その日、朝食をすませたアルヴェールとシルファ、セイランは、市街にある共同墓地を訪れていた。とある人物に呼びだされたのである。

四角い囲いに沿って花壇が配された共同墓地のたたずまいは、アルヴェールが帝都を発った六年前と変わりなかった。花壇を彩る花が、少し違うぐらいか。

中央には墓代わりの大きな木がそびえ、その根元近くに小さな人影がひとつ見えた。

老人だ。この国の皇帝であるファルカリスである。今日はローブではなく絹服を着ており、それが汚れるのもかまわず、彼は地面の上に腰を下ろしていた。

「──ひさしぶりだな」

彼の背後から、アルヴェールは声をかける。額には汗がにじんでいた。

「共同墓地を一日貸し切るとは、『吝嗇帝』にしちゃずいぶんと豪快じゃないか」

ファルカリスが振り返る。アルヴェールが息を呑んだのは、再会の喜びのためではない。老人の身体が、やけに小さく見えたためだった。

――ゴダールたちの件の前後じゃ、疲れてるわ忙しいわで、明るいところでじっくり顔合わせなんてできなかったが……。

それより前にファルカリスと顔を合わせたのは、六年前の玉座の間だ。ファルカリスは豪奢(ごうしゃ)なローブを羽織(はお)って玉座に腰を下ろしていた。自分は旅装だった。

この六年の間に自分が成長したのか。それとも父が痩せたのか。あるいは両方か。

「誰だ、貴様は」

ファルカリスの厳格な声が、アルヴェールを現実に引き戻した。

そういえば、幼いころもこのひとからそんな言葉を投げかけられた覚えがある。

「あんたの三男だ。覚えてるか」

あえてぞんざいな言葉遣いで、アルヴェールは答える。ファルカリスはうなずいた。

「騎士になると息巻いて宮廷を飛びだした世間知らずだったな。少しは世の中を知ったか」

「それだけ憎まれ口をたたけるなら、何もしなくともあと十年は生きそうだな」

アルヴェールは父の隣に腰を下ろした。シルファとセイランは彼を気遣ってその場から動かず、黙って父子を見守っている。

アルヴェールは、まず大樹に向かって深く頭を下げ、母の魂に祈りの言葉をつぶやいた。顔をあげると、大樹を見つめたまま、父に問いかける。

「どうしてここに俺を呼んだ」

この地は、アルヴェールにとって特別な場所だ。

母が眠っているからというだけではない。六年前、宮廷を飛びだすときに、アルヴェールはファルカリスにあることを要求したのだ。

自分が名声を得て宮廷に帰ったら、共同墓地に来て、母の魂に祈ってほしいと。

ところが、自分が約束を果たす前に、父はこの場所に来てしまった。どういうことだ。

「約束を、いまのうちに果たしておこうと思ってな」

アルヴェールは何度か瞬（まばた）きをした。覚えてはいるらしい。

「まだ俺はいうほどの名声を得ちゃいないぜ」

「なに、死ぬまでに得ればよい。必死になってな。そうすれば約束を守ったことになる」

父の返答に、アルヴェールは唖然（あぜん）とした。こういうところは昔から変わっていない。

何を言うべきか、アルヴェールは迷った。言いたいことは山のようにあるのだが、渦を巻いて上手く言葉にならない。仕方なく黙っていると、ファルカリスの方から口を開いた。

「この前、倒れただろう」

「誰が？」と、アルヴェールが尋ねると、ファルカリスは自身を指で示す。

「……バティスト公を誘いだすために、倒れたふりをしていたんじゃなかったのか？」

「それは後からだ。最初の七、八日は本当に意識が戻らなくてな、宮廷は大慌てだった」

そういうことかとアルヴェールは納得しかけたが、そこでふと疑問が湧いた。クラリッサは

「お父さまが倒れた」と、言ったわけだが、それはどのタイミングでだったのだろうか。

──まさか、親父が倒れたことにして、俺を利用しようとしていたんじゃ……？

なにしろあんな姉である。信用するのは難しかった。

「この年になるとな、倒れるのは面倒なことばかりではない」

ファルカリスが話を続ける。

「もう長くないと思うのだろうな、まあまあ優しくしてくれる。クロエも、ここに来ることを許してくれた。だから、アンナに会いに来たわけだ」

クロエは皇妃であり、クラリッサたちの母だ。アンナはアルヴェールの母である。そこまで聞いて、アルヴェールは責めるような目を父に向けた。

「まさか、親父がいままでこの共同墓地に来なかったのは……」

クロエはたいへん嫉妬（しっと）深い女性だと、アルヴェールでさえも知っている。はたしてファルカリスは、息子の視線を受け流して首をすくめた。

「厳しい状況にあるときも、クロエはわしを支えてくれたのでな。それにアンナも、クロエを優先するようにと言った。こうなるとな。アンナにかまっては、クロエの怒りがそちらへ向くやもしれん。それだけは避けねばならなかった」

「そうだな……」

間を置いてから、アルヴェールは同意の言葉を発した。

「あとは、クラリッサが代わりにここに来てくれていたそうなのでな」

アルヴェールは胸を突かれた顔になる。姉はそのようなことを一言も言わなかった。

少し考えて、アルヴェールは地底樹に関わる一連の出来事について話した。核果（ネザート）について、話しておきたいと思ったからだ。助けたかったとまで言うつもりはない。ただ、黙っているのは不公正に思えたのだ。

ところが、話を聞き終えたファルカリスは、盛大に顔をしかめて息子を睨（にら）みつけた。

「おまえ、わしを無理矢理生きながらえさせて、何がしたかったのだ」

アルヴェールは目を丸くした。まさかそんなことを言われるとは思わなかったのだ。

「息子が、あんたに生きていてほしいというのはわがままなのか」

「当然だ。どうしてわしが息子ごときの頼みで生きながらえなければならぬ」

「何だ、それ。少しでも長生きしたいと思うもんじゃないのか？」

率直に尋ねた。ファルカリスは渋い顔をすると、少し考えてから口を開く。

「おまえは六年旅をしているのだったな。死ぬかもしれないと思ったことは？」

今度はどんな話をするつもりだ。内心で身構えながら、「何度も」と、アルヴェールは短く答える。本当のことだった。地底樹の探索に劣らない危険な戦いや冒険に、三人で何度も遭遇してきたのだ。

「そのときに何を考える」

「そりゃあ、どうすれば死なずにすむかだ。考える余裕がないなんて状況もよくあるが」

「若いな」

　ふっと、ファルカリスが表情を緩める。アルヴェールはわずかに目を瞠った。このような父の表情を見たのは、はじめてだった気がしたのだ。

「身体を動かすのが億劫になってきたのは半年ほど前からだが……。そのころから、いつ死ぬかを考えてきた。生に未練がないといえば、嘘になるだろう。だが、いまのわしにとって、死は締めくくりなのだ。やるべきことは、ほぼ終えた。あとは望むままに幕を引く」

「ほぼ、だろう？」と、アルヴェールは食い下がった。

「やりたいことがあるんじゃないか。やらなければならないことだって……」

「だから死に方を選ぶ。それができるのは幸福なことだと、わかっているだろう」

　ファルカリスの言葉は、アルヴェールの意表を突き、胸を打った。

　死ぬかもしれないと思ったことは、何度もある。そして、このような死に方だけはごめんだと思ったことも、たびたびあった。

　そのことを思いだすと、急に、目の前の老人に対して何も言えなくなった。

「しかし、地底樹か。おもしろい話を聞かせてもらったな」

　そこで何かを思いだしたように、ファルカリスは言葉を続けた。

「わしも第三皇子だった。予備のそのまた予備と呼ばれていてな。それならばと、十七で宮廷を飛びだした。体力には自信があったので、騎士として生きていこうと思っていた。いろいろなところへ出向き、いろいろなことをやった。――だがな」

老いた皇帝の口元に苦笑が浮かぶ。

「二十四になったとき、宮廷から使いの者がきた。流行(はや)り病(やまい)で二人の兄が死んだと。ついては次代の皇帝として、宮廷に戻ってほしいとな。それまで支援もせず、放っておいたのに、言葉ひとつで、こちらがおとなしく宮廷に戻ると思っている。腹が立った。使いの者を斬り捨て、何も聞かなかったことにして旅を続けようかと、よほど思った」

アルヴェールは真剣な顔で、ファルカリスの言葉に耳を傾けていた。この話は、はじめて聞いたものだった。

「親父は、戻ったんだな……？」

ファルカリスはうなずいた。

「帝国の各地を旅して、平和の重要さを思い知った。統治者が不在となれば、欲深い者どもが争うようになる。そうなれば、世が乱れる。野盗が跋扈(ばっこ)し、他国の軍勢が国境を荒らし、町や村同士の争いも増える。旅の中で得た知人や友人もいることだし、他にやってくれる者もいないのだから、仕方がない。そう思って今日までやってきた」

ファルカリスは六十七歳。四十三年間、その思いで玉座に腰を下ろしていたのだ。

「まあ、ありがた迷惑であれ、おまえはわしのために骨を折ったということだな。ならば褒美(ほうび)

をやろう。だが、第三皇子にはめったなものをくれてやることができんのでな。私の寝室にある棚の、いちばん下にしまってあるものを持っていけ」

そう言って、ファルカリスは笑った。

その後、ファルカリスはアンナの話をした。彼女との出会いからはじまり、いくつもの思い出を。その中のいくつかは、かつて母から聞いたことのある話だったが、父の視点から語られると新鮮であり、心があたたかくなった。

父から母の話を聞かされたのは、これが最初であり、そして最後となった。

この日は、アルヴェールにとって忘れ得ぬ日となったのである。

昼下がりになり、従者たちが現れると、ファルカリスは彼らをともなって去っていった。

アルヴェールは自分の左右にシルファとセイランを座らせる。

じっと大樹を見つめて、考えこむように首をひねったり、顔をしかめたりしていたが、ほどなく諦めたようにため息をつく。優しげな顔で、大樹に向かって語りかけた。

「――六年ぶりだな、母さん」

長い間、顔を見せなくてごめん。俺はあっちへ行ったりこっちへ行ったりしながら、まあ元気にやってるよ。親父とどうなってるのかは、さっき見た通りだ。悪くないと思う。

「今日まで、いろいろあったんだ」

少年のような表情で、アルヴェールは言葉を紡いだ。自分のセラフィムを求めて旅に出たこと、セイランを見つけて契約をかわし、彼女と各地を放浪したこと、シルファと出会い、三人での旅になったことを、穏やかな口調で話す。

ふと、言葉が途切れた。まだ話は終わっていないが、先にやるべきことがある。アルヴェールの心情を察して、シルファとセイランは居住まいを正した。

「はじめまして、お義母さま。聖フィリアに仕える神官で、シルファと申します。アルさまへの想いを語ると百年あっても足りないので、短く伝えさせていただきますと……。アルさまのおかげで、私は一日一日を幸せに過ごしています」

「アルと契約をかわしたセラフィムのセイランだ。あなたのおかげで、いまのわたしがある」

セイランの言葉は、シルファにくらべるとそっけないものだったが、大樹に——アンナの魂に語りかける彼女の表情は、いつになく真摯だった。

再び、アルヴェールは話を再開する。長話につきあわせてごめんと内心で謝りつつ、でも六年だからなと苦笑まじりに付け加える。次に、ここに来るのがいつになるのかはわからない。もしかしたら、二度と来なくなるかもしれない。だから、話しておきたかった。

そうしてだいぶ時間が過ぎたころ、アルヴェールは不意に口をつぐむ。緊張した顔で迷うように視線を泳がせたかと思うと、シルファに手を伸ばして彼女の肩を抱いた。

大樹を見据(みす)えて、頬を染めながら、途切れ途切れに言葉を連ねる。

「まだ言ってなかったが、このシルファが、俺の、恋人だ。いつか、嫁になってくれるひとでもある。俺のせいで、いつとはまだ決められないんだが」

シルファは大きく目を見開いて、アルヴェールを見つめた。嫁と呼ばれたのは、これがはじめてだった。驚きが彼女の心を吹き抜け、そこに生じた空白をあたたかな喜びが少しずつ満たしていく。胸に手をあてて、シルファはアンナの魂に小さく頭を下げた。

「アルさま、お願いがあります」

真剣な表情で、シルファがアルヴェールを見つめる。

「恋人らしいところを、お義母さまに見ていただきたいと思うんです」

その言葉に、アルヴェールはおもわず焦りに満ちた顔をシルファに向けた。いつものように彼女が迫ってくるのではないかと思ったのだが、シルファは立ちあがると、目を閉じて、ほんの少しだけ唇を突きだす。

髪をかきまわして早合点したことをごまかすと、アルヴェールも立ちあがった。左右を見回して周囲に誰もいないことを確認してから、シルファを抱き寄せる。彼女が全身で伝えてくる想いは優しく、温かく、何より愛おしい。

「――いつまでもいっしょだ」

二人の唇が、静かに重なった。

翌日、アルヴェールはひとりで宮廷を訪れた。

クラリッサにだけ挨拶をしておこうと思ったのだ。地底樹の件では、彼女に事後処理をすべて任せている。それが彼女本来の役目であるとはいえ、さすがに少し申し訳なかった。それにいくつか聞きたいこともある。

そのようなわけで、アルヴェールはシルファとセイランには市街で待ってもらって、クラリッサの部屋を訪ねたのである。

まだ昼にもなっていないというのに葡萄酒を満たした銀杯を出されて、アルヴェールは少し呆れたものの、気を取り直して今日のうちに帝都を出る旨を告げた。クラリッサは少し意外だという顔をする。

「もう行くの？　ずいぶんせっかちね」

腕組みをして自分を睨めつける姉に、アルヴェールは肩をすくめた。

「居心地の悪い場所からさっさと離れるのは当然だろう」

それから、アルヴェールはわずかに表情を緩めた。

「親父が言ってたんだが……。六年前に俺が帝都を去ってから、クラリス姉が毎年、共同墓地に足を運んで、祈ってくれていたって」

アルヴェールの言葉に、クラリッサは肩をすくめる。

「お父さまは、おまえのお母さまのことも大切に想っていた。だから、おまえが不在の間ぐらいは代わりを務めてもいいいと思っただけよ。私たちのお母さまも、このことには何も言わないでいてくれたわ」

アルヴェールは意外だという顔をした。皇妃クロエはたいへんな悋気の持ち主だ。それが、どうして娘の行動を黙認してくれたのか。クラリッサは笑いをこらえる顔で続けた。

「私たちのお母さまはね、お父さまにべた惚れなのよ。そうでなかったら政略結婚とはいえ、宮廷に味方が全然いない第三皇子なんかといっしょになるわけないでしょう。しかも、先帝の遺志に反する政策を次々に打ちだした『吝嗇帝』なのよ」

たしかに、あの父と添い遂げるにはそうとうな勇気と覚悟がいるだろう。

「……皇妃殿下に伝えておいてくれ。親父を支えてくれたことには礼を言う、って」

クロエの献身的な支えがあったからこそ、自分は父から母の話を聞くことができたのだ。ならば、その点については感謝しなければならないだろう。

地底樹の事後処理については、とくにいまのところ問題はないそうだ。地底樹の残骸は聖フィリア教の神官を動員して念入りに浄化し、サマルガンドとも揉めごとを起こすことなく交渉を終えた。ちなみに、ポールとネーチロールは宮廷に勧めることになったという。

「あの男、宮廷に勧めていたこともあったんだけど、素行が悪くて追いだされていたらしいのよね。今度は長続きすればいいけど」

ゴダールとバティスト公については、すべての地位を剥奪し、全財産を没収の上、もっとも厳重な牢に入れられることが決まった。ゴダールのセラフィムであるローズは、封印処置をほどこされるという。これでも死刑でないだけましなのだとクラリッサは言った。

とりとめもない話をしたあと、アルヴェールはあることを思いだして、姉に相談してみた。

六年前、父が自分に空の宝物庫を見せたことだ。あれには何か意味があったのか。

「ああ、おまえも驚かされたのね。私も十七のとき、真夜中に連れていかれたわ。衝撃だったわね、宝物庫の中が空になっていたんだから。またお父さまが深刻な顔をつくって、『実は賭けごとに負け続けて借金がたまっていて、財宝をすべて売り払った』なんて言うものだから、もう少しで殴りかかるところだったわよ」

「親父はなんでそんなことをやったんだ？　ずいぶん手間のかかるいたずらじゃないか」

眉をひそめるアルヴェールに、クラリッサはあまり愉快ではないという調子で話した。

「あれは、お父さまが実際に体験されたことなのよ」

ファルカリスの父である先帝ジアルドは、戦を好んだ。好んだだけでなく、強かった。近隣諸国すべてと戦い、ことごとく勝利してのけるほどの戦上手だった。

だが、戦場での勝利を帝国の利益に結びつけることが、彼にはできなかった。

戦後の交渉によって、手に入れたはずの城砦や土地を放棄することになったり、賠償金を受けとるという契約を無効にされたりした。まったく旨みのない土地を押しつけられて、結局放置したということもあった。

　戦には金がかかる。俸給を支払わなければ兵の士気は上がらず、食糧と水を用意しなければ兵は飢える。そうなると、兵は脱走するか、叛乱を起こす。命令を無視して略奪に走る者も現れる。戦どころではなくなってしまう。

　ジアルドは戦をするために、宝物庫を埋めつくしていた財宝を惜しげもなく使った。自分にとって不快感しかもたらさない政事には興味を持たなくなり、武官ばかりを重用し、戦場のことだけを考えるようになった。また、宮廷にいるときは積極的に宴を開いた。

　彼が四十年近い治世を終えて永遠の眠りについたとき、宝物庫の半分は空になっていた。残り半分におさめられていたものも、七割近くが借金の抵当に入っており、大商人たちがファルカリスに返済を迫ったという。

　話を聞き終えたアルヴェールは、すぐには言葉を発することができなかった。あのわからない行動に、そんな意図が隠されていたとは。

「お父さまの二人の兄は流行り病で亡くなったというけれど、私は心労で命を落としたのだと思うわ。借金まみれの国なんて、誰だって背負いたくないもの」

「よく皇帝になろうと思ったもんだな、親父は」

　それでも、この帝国と帝都を守るために、父は玉座についたのだ。

「ちなみにお父さまは、そんな宝物庫を見せられて、『これをいっぱいにするのが自分の仕事だ』って誓ったそうよ。この話を聞いたあとだと、『吝嗇帝』というのもずいぶん違って聞こえるものね」

それから思いだしたように、クラリッサは付け加えた。

「そうそう。おまえは小遣いをもらえなかったことを長く恨んでいたけれど、渡されてから十日ごとに使い道を聞かれる身にもなってみなさい。しかも、お父さまは財務官に帳簿をつくらせていたのよ。何に使ったのかを毎月読みあげられたら使う気をなくすわ」

アルヴェールは腹を抱えて笑い、クラリッサに軽く拳骨で小突かれた。

帝都の城門を出て、アルヴェールたちは東へ向かう街道に立っている。

澄み切った空には白い太陽が輝き、高い位置から地上を照らしている。北に目を向ければ、『天地をつなぐ』星の剣が、いつもより鮮明に見えた。

「アルさま、今度はジャーマル連邦に向かうんですか？」

「ああ、ちょっと面倒なお使いを頼まれちまってな」

シルファに答えて、アルヴェールは上着のポケットからあるものを取りだす。それは、鎖付きの古びた懐中時計だった。セイランが興味深そうに懐中時計を見つめた。

「どうしたんだ、それは」

「こいつをな、ジャーマルのフレイル家とやらに届けてほしいんだと。ついでに、そのフレイル家には金貨十枚を貸してるから、それを回収したらそのまま報酬にしてくれるとさ」

アルヴェールの説明は、ついぞんざいなものになる。

共同墓地での父の言葉に従い、アルヴェールは父の寝室にある棚をさがした。

そこから出てきたものは三つ。ひとつめはこの懐中時計であり、二つめはいま話したフレイル家について簡単にまとめた指示書だ。

三つめは十三年前に、アルヴェールが父から金貨十枚を借りたという借用書だった。懐中時計を届けたら、この借金を返済したことにしていいという一文が添えられている。さすが長く皇帝をやっているだけあって、ひとを使うのが上手いとアルヴェールは思った。

「そういえば、アルさま。私、お願いしたいことが……」

街道を歩きだしてほどなく、シルファがアルヴェールを見る。

「まだ、約束したことを言ってないと思ったので」

「そういえば、したな。何がいいんだ？」

「では、それを捨ててもらえませんか？　そのへんに、ぽいっと」

シルファが視線を向けたのは、アルヴェールが腰に吊した剣の柄に結んである、瑪瑙（めのう）をあしらった飾り紐だった。クラリッサとわかれるときに返そうとしたのだが、「お守り代わりに持っていなさい」と言われたので、こうして剣につけているのだ。アルヴェールは戸惑った。

「いや、これは預かりものであってだな、俺が捨てるわけにはだな……」

「約束を守ってくださらないんですか？」

シルファがじっと見つめてくる。追い詰められたアルヴェールは、助けを求めてセイランを見た。黒髪のセラフィムは首を横に振った。

「英雄ガリアーノも言っているぞ。『どうしようもなく諦めるべきときはある』と」

拗ねるシルファを懸命になだめすかし、アルヴェールたちはあたたかな陽射しを浴びながら街道を歩いていった。


……のちに、アルヴェールは神聖フィリア帝国の皇帝となる。

だが、それは十年以上先のことであり、シルファとセイランをともなっての、流天の騎士としての彼の旅はいましばらく続くのである。

# あとがき

はじめまして。あるいは、おひさしぶりの方もいるでしょうか。

川口士(かわぐちつかさ)です。この本を手にとってくださり、ありがとうございます。

本作は『精霊使いの剣舞(ブレイドダンス)』や『聖剣学院の魔剣使い』でおなじみの志瑞祐(しみずゆう)さんに世界観を設定していただき、僕が登場人物や話の流れを考える形でつくりあげた物語です。

このような試みは、はじめてでして、驚きや発見とともに試行錯誤のくりかえしでした。

神々の時代からはじまり、ひとではない者の時代を経て、ひとの時代に至る。それまでに生みだされたさまざまなものを、地上に積みあげて。

時間と手間をかけて考えてもらった壮大な世界を、拙いやり方で貧しい料理にはできない。

それではどの時代を、どの瞬間を切りとるか、ということで書いては直し、書いては直し、ときに話そのものを別の視点から見るなどして、本作ができあがりました。

この作品に登場したさまざまなひとたちの言葉や行動から、この世界を思い描いていただければ幸いです。また、個人的に設定したいくつかのテーマの中に、親子というものがあるのですが、そういったところも楽しんでいただければと思っています。

それから、本作と同日に発売する早矢塚(はやづか)かつやさんの『双月のエクス・リブリス』も、同じ世界を舞台にしています。シェアード・ワールドというわけですね。

　こちらは魔術師の卵たちが日々を過ごす魔法学院を舞台に、コメディ色の強い物語が展開する楽しい一品です。挿絵は白谷こなかさんです。興味を持っていただけたら、ぜひ読んでみてください。


　実は、本作は他所で展開する予定の作品でした。

　下準備もけっこう前から進めていました。

　ところが、諸事情からそちらでは出せなくなりまして、ダッシュエックス文庫さんに相談したところ、快い返事をいただき、こうして皆さまにお届けすることができました。この場を借りて、ダッシュエックス文庫編集部には心よりお礼申しあげます。

　それもあって、本作はこの一冊で完結しています。

　とはいえ、なんだかんだで長くつきあっていた設定と登場人物だけに愛着もありまして、別の企画に何らかの形で登場させることができないかなと、あれこれ考えているところです。

　この作品を読んでアルヴェールやシルファ、セイランやその他の登場人物、あるいはなにがしかの設定を気に入ってくださった方は、気長に待っていただけると、ひょっこりどこかで彼らやそれらに再会できるやもしれません。

それから、ここで宣伝を。

ダッシュエックス文庫さんで僕が手がけているシリーズ『魔弾の王と凍漣の雪姫（ミーチェリア）』ですが、二月くらいに五巻を出す予定です。本当は年明け一月にと思ってたんですが、ちょっと体調を崩したりして予定より遅れていまして……。


それでは謝辞を。

アルヴェールやシルファたちを凛々（りり）しく、可愛らしく、はたまたえっちく描いてくださったkakao様、ありがとうございました！

数々の登場人物の中でも、とくにシルファなどは過去にいろいろあり、大鎌を振りまわしたり、かと思えばアルヴェールに迫ったりと忙しい子でしたが、それらの面を描ききってくださったこと、嬉しいかぎりです。

他に、セイランが肉をかじるところもお気に入りですね。姉や、敵の彼女に関しては、この一枚で終わらせるのがもったいないぐらいで。それと、完成までにそうとう遅らせてしまったこと、まことに申しわけありませんです、はい……。

世界観を設定してくれた志瑞祐さんにも、あらためてこの場で感謝いたします。細かい点まで考えてくれて、書く側としては大助かりでした。志瑞さんの『聖剣学院の魔剣使い』はＭＦ文庫Ｊより現在二巻まで発売中です。

編集のH様にも、諸々手を尽くしていただいてありがとうございます。同じ会社のT澤さんには、DTPをはじめいろいろやっていただきました。お礼申しあげます。

そして、この本が書店に並ぶまでの過程に関わった方々にも、この場を借りて感謝を。

最後に読者の皆さまへ。

ありがとうございました。本作が一時の楽しみを得る手助けになればと思います。

それでは、またどこかでお会いしましょう。

急な寒さに冬支度を慌ててはじめながら

川口　士

帝剣のパラベラムと同じ世界を舞台とする姉妹作
大陸屈指の蔵書を誇る図書館塔に幽閉された美少女、その正体は――
そして塔の秘密部屋に封印された謎とは――
双月のエクス・リブリス
著　早矢塚かつや／挿画　白谷こなか

ダッシュエックス文庫

帝剣のパラベラム

川口士

2019年12月25日　第1刷発行

★定価はカバーに表示してあります

発行者　北畠輝幸
発行所　株式会社　集英社
〒101−8050　東京都千代田区一ツ橋2−5−10
03(3230)6229(編集)
03(3230)6393(販売／書店専用) 03(3230)6080(読者係)
印刷所　図書印刷株式会社



ISBN978-4-08-631347-6 C0193

黒獅子城奇譚
挿画　八坂ミナト
魔弾の王と凍漣の雪姫シリーズ
挿画　美弥月いつか
集英社ダッシュエックス文庫より発売中
川口士の本